源氏供養

森谷明子

JN090200

彰子皇太后への宮仕えを辞して出家した紫式部（香子）は今、彰子が手配してくれた質素な宇治の寺の庵に一人で暮らしている。彰子の元には、娘の賢子が出仕中。彰子の異母弟と恋仲になり、宮中生活を謳歌している。そんな折、香子は顕光左大臣の息女の延子より『源氏物語』の続きを促す便りをもらうも、関節炎が悪化しなかなか筆をとることができない。香子の周囲で、薬を盛られたであろう猫が発見されたりと、どこかきな臭い。一方で香子の侍女だった阿手木は筑紫に渡り、「刀伊の入寇」に巻き込まれる……。王朝推理絵巻、完結篇。文庫書き下ろし。

源氏供養

草子地宇治十帖

森谷明子

創元推理文庫

PRAY FOR GENJI

by

Akiko Moriya

2024

目次

人物相関図

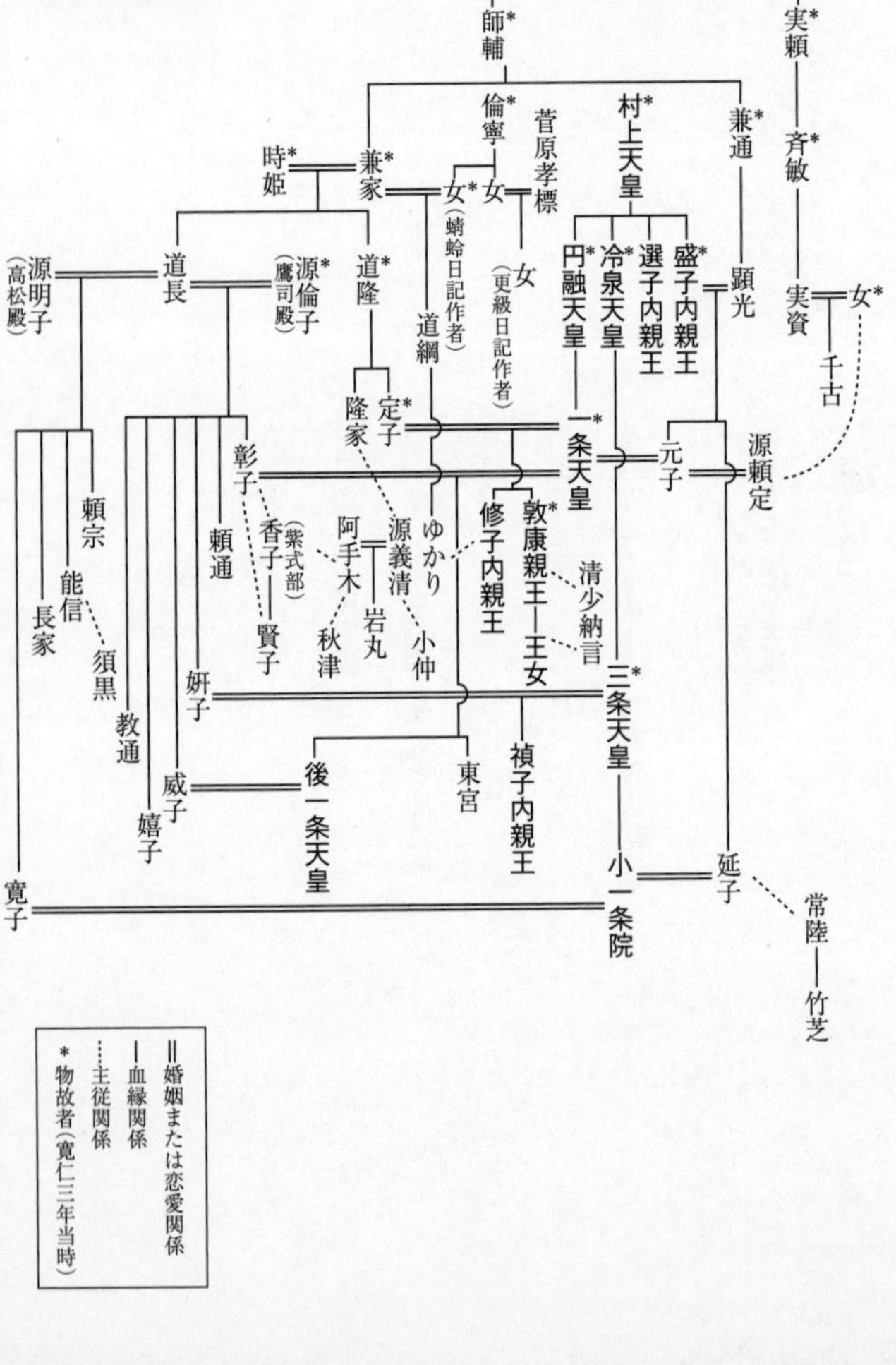

忠平*
師輔*
実頼*
倫寧*
菅原孝標
村上天皇*
兼通*
斉敏*
時姫*
兼家*
女*（蜻蛉日記作者）
女
女（更級日記作者）
円融天皇*
冷泉天皇*
選子内親王
盛子内親王*
顕光
実資
女*
千古
源明子（高松殿）
道長
源倫子*（鷹司殿）
道隆*
道綱
隆家
定子*
一条天皇*
元子
源頼定
彰子
頼宗
能信
長家
須黒
頼通
香子（紫式部）
賢子
阿手木
岩丸
秋津
源義清
小仲
ゆかり
修子内親王
敦康親王*
清少納言
王女
三条天皇*
妍子
教通
威子
嬉子
後一条天皇
東宮
禎子内親王
小一条院
延子
常陸
竹芝
寛子
＝婚姻または恋愛関係
―血縁関係
……主従関係
*物故者（寛仁三年当時）

源氏供養　草子地宇治十帖

一説には巻第二、かゝやく日の宮　このまきもとよりなし。
（藤原定家『源氏物語奥入』）

序章

三条の宮に、親族なる人の、衛門の命婦とてさぶらひける、尋ねて、文遣りたれば、めづらしがりてよろこびて、御前のをおろしたるとて、わざとめでたき冊子ども、硯《すずり》の筥の蓋に入れておこせたり。うれしくいみじくて、夜昼これを見るよりうちはじめ、またまたも見まほしきに、ありもつかぬ都のほとりに、たれかは物語もとめ見する人のあらむ。

（中略）

をばなる人の田舎より上りたる所にわたいたれば、「いとうつくしう生ひなりにけり」など、あはれがり、めづらしがりて、かへるに、「何をかたてまつらむ。まめまめしき物は、まさなかりなむ。ゆかしくしたまふなる物をたてまつらむ」とて、源氏の五十余巻、櫃《ひつ》に入りながら、在中将、とほぎみ、せり河、しらら、あさうづなどいふ物語ども、一ふくろとり入れて、得てかへる心地のうれしさぞいみじきや。

（菅原《すがわらの》孝標《たかすえの》女《むすめ》『更級日記』）

＊＊＊＊＊

これは、わたしの物語だ。

女ほど生きにくく、せつないものはない。

その続き、そうした嘆きを抱えているから男を拒み結婚を拒む女の、物語だ。

筆を動かしている間ずっと、不思議な思いにとらわれていた。これは物語なのか？　本当に起きていることではないのか？　それとも逆に、わたしがこの物語の中でだけ、生きているのか？

毒。

たしかに毒はあり、使われた。

だが、それをただ知っていることと、その毒が、何のために誰に使われたのか、それを明らかにするのとはまったく別のことだ。

誰が、誰に。そしてもっと重要なこと、毒をひそませた者は、なぜそのように駆り立てられてしまったのか。

これは、そのゆくたてを明らかにした物語だ。

第一章　『その頃』

1

寛仁三（一〇一九）年十一月

賢子《かたいこ》が、母の藤原香子《ふじわらのかおるこ》が晩年を過ごした庵を訪れたのは、死後二月近くが経った、寒い日のことだった。宮中で霜月《しもつき》は華やぎの季節だ。帝が神前で新穀《しんこく》への感謝をささげる新嘗祭《にいなめさい》とそれに続く豊明節会《とよあかりのせちえ》がつつがなく終わり、直後の賀茂臨時祭《かもりんじのまつり》も終わって、彰子太皇太后《しょうしたいこうたいごう》御所に仕える賢子もようやく体が空いた時には、すでに雪もちらつく季節になっていた。

宇治川《うじがわ》のほとりに立つ寺の、境内の奥にひっそりと設けられた庵。川辺の葦は枯れ切ってうつろなざわめきを送ってくる。荒涼とした風の音も高く、色彩のない冬の景色ばかりが広がっている。

それにしても、今年は、何とことの多い年なのだろう。始まりこそ穏やかに明けたものの、弥生《やよい》に病がちだった道長大殿《みちながおおとの》が出家なさったのを皮切りのように、卯月《うづき》に貴婦人がみまかり蚕族が侵入し、と都は息つく暇もなく騒ぎにみまわれ、その後は疫病の噂に怯える秋を迎えたのだった。

そして、そんな世を騒がすようなことどもの中でも、賢子を何よりも打ちのめすことが起きてしまった。ようやく涼風が立ち始めた頃に、母が逝ってしまったのだ。

年の初めからずっと、母は体調がよくなかった。彰子太皇太后に仕える賢子はなかなか見舞うこともできなかったが、夏が始まる頃には母も生気を取り戻したように見え、この庵で賢子を迎える声にも表情にも張りがあった。だが、それに安堵したのもつかの間、秋が来る頃には母はめっきりと痩せ、ふとした風の病がもとであっけなく世を去ってしまった。

夏の終わりから、西国では悪疫が流行しはじめていると騒がれていた。大宰府《だざいふ》での騒乱を収束させた武者たちに疱瘡《もがさ》という恐ろしい病が広がっている、きっと海の向こうから攻め込んできた刀伊《とい》の賊がもたらしたのだ、と。あの病は今に都までやってくるのではないか。母もそれを用心して庵にこもる生活をしていたのに、結局ほかの病に負けるとは……。

気を取り直して、母の庵の中を見回す。『源氏物語』を書いた女、紫式部《むらさきしきぶ》として世に知られ、道長大殿や彰子太皇太后の庇護を受けた母は、幸福な人生を送ったと思う。

ただ、気になっていることがある。

母の最後の住処《すみか》となったこの庵は、二間《ふたま》から成っている。母がいつも寝起きしていた居間と持仏を安置した仏間だ。あとは、その二室をぐるりと縁が取り巻き、寺とつながる廊下のところに簡素な水屋がついているだけ。

仏間はささやかな閼伽棚《あかだな》と小さな仏を安置した厨子《ずし》がある簡素なものだが、居間のほうにも物は少ない。二枚ほどの畳と文机《ふづくえ》、草子の入った櫃《ひつ》、そして円座が二つほどあるだけだ。文机は汚れを防ぐためだろう、幾枚かの白絹でおおわれていた。文机の幅よりも長い白絹を端から端までかけわたし、重ねることで全体が見えないようにしてあったのだ。その白絹を一枚一枚、賢子は取り除けていく。

文机に載っていたのは、かちかちに固まった筆と乾ききった硯《すずり》。そして何も書いてない紙が幾枚か。それだけだった。

「母は、この庵に物語を残していないかしら？」

賢子は傍《かたわ》らに控える童に尋ねる。この庵で母に仕えてくれた、みのという名の少女だ。

母の危篤を知らされて賢子が駆け付けてきた時、みのは脇に付き添ってくれていたし、その最期と葬送の時も、涙ながらにあれこれと働いてくれた。その、身も世もない悲嘆ぶりにみのと母のそれまでの日々が推し量られて、賢子はわずかながら慰められたものだった。

都で女房勤めに忙しい自分に代わって、この少女が母に寄り添ってくれていたのだと。

母の日常を知るのに、みの以上に適任の者はいないだろう。そして母はずっと、まだ書きたいものがあると言っていたのだが……。

「いいえ、何も残っておりませんでした」

みのは目をみはってそう言うと、さっきから足元にまとわりついている小さな白い猫を抱き上げた。そう、この童は猫が好きだった。母を看取った、大変だったあの時期。みのに、尼御前がどこかから持ち帰った猫ですがわたしが世話をしてもよろしいでしょうかと問われ、猫どころではなかった賢子は深く考えずに許したことがあった。それからずっと大事に飼っていたらしい。

「そう……」

賢子は考え込む。

では結局、世に出ている光源氏の一生を描いた、『桐壺』から『幻』までの四十一帖と、賢子が出した『匂宮《におうのみや》』『紅梅』。それが、『源氏物語』のすべてということになるのか。

「母は、毎日どんなふうに過ごしていたの?」

「朝夕には熱心にお経を読んだり、お勤めに精を出したりしていらっしゃいました。昼間は転寝《うたたね》なさったり境内を歩いたり……」

「そう」

まったく、隠遁《いんとん》した老女のありきたりな生活ぶりだ。

みのは、すまなそうな顔でひたすらうつむいている。

「わたしは物を知らなくて、式部の尼御前がお話ししてくれたことも全然覚えていないものでで……。それに、尼御前は出家される前、嘘の物語を作っていたんですよね? そんなもののことをお聞きしたら罰が当たりそうですし、だから自分から進んで何か問いかけたりはしなかったんです」

「嘘。お前はそう思っていたのね」

賢子は強いてなんでもないという顔で、みのの言葉を受け流した。

世は今、まもなく末世が到来すると怯えている。人は皆おのれの罪業の深さにおののき、ささいな罪でも作りたくないと我が身を省みながら暮らしている。特に冬が近付きそれでなくても心身が臆しがちなところへ疫病の恐怖まで重なったあたりから、浅慮《せんりょ》な者の騒ぎ方がひどい。仏の戒めに逆らってはならぬ。信心を尽くせ。そんな空気の中で物語を忌む人間も出てきているのだ。なぜなら、物語とは本当にはありもしないことをさも本当のように語るものだから。

——そんな嘘話に耳を傾けるのも広めるのも、仏の教えに背く。だから見よ、海の向こうから夷敵《いてき》が攻めてくるという前代未聞のことが起きたではないか。おまけに疫病がこれから流行すると言う。これほど世が騒がしいのは、きっと仏の罰が当たったのだ……。

そんな怯えが怯えを呼び、作り物語を楽しむことをこわがる者が出てきているのだ。そんな人々の中には、母のことを、衆生を惑わす悪人と言い出す者さえいるらしい。

「あ、でも」

脇にいた使僧が、助け舟を出すつもりか、口を開いた。

「尼御前はもはや何もお書きになってはいないようでしたからな。ただ、お体を悪くされるまでは、いつも夜が更けるまで起きていらしたようですが。大殿油《おおとなぶら》はずいぶんお使いでした。そうだな？　みの」

「は、はい。毎朝灯台の油を継ぎ足すのがわたしの役目でしたが……」

「特に夏の夜は心地よいもの、尼御前は昼の暑熱を避けて涼しさを楽しんでおられたのかもしれませぬ。ではないかな、みの」

「でも、この夏、わたしはおそばにいなかったので」

「おお、そうだったか。尼御前が、家の者と石山寺《いしやまでら》に参るがよいとお暇をくださったそうだな」

「はい。それで、たいそうありがたいお説教をするお坊さまに巡り合ったのです、末世が来る、ひたすら身を慎んで仏さまにおすがりしろと……」

物を知らぬと言いながら仏について生半可な知識をひけらかすみのから、賢子は目をそらした。ひなびてはいても好もしい顔立ちの童なのに、こんなぎらぎらとした目付きは似つかわしくない。

だが、使僧は穏やかに受け答えをしてやっている。

「そうか、それは殊勝な心がけだな、みの」

「尼御前のことも、毎日お祈りしています。お任せされたこの猫も一緒に」

「そうかそうか」

二人の会話を上の空に聞きながら、賢子は文机をながめる。年寄りは眠りが浅いと言うが、毎夜、母は一人で何を考えていたのだろう。なめらかな紙の面に指を這わせてみたが、もちろん何も教えてはくれなかった。

寛仁三（一〇一九）年一月―二月

実資《さねすけ》は、朝の日課である、日記を前にしている。朝廷に仕えてすでに五十年、自分ほど政《まつりごと》に明るい者はないと自負してきた実資にとっては、これは食事や身支度と同様、自然な営みとなっていた。

日々の勤め、時として出来《しゅったい》する不慮の事態、そのどちらにも対処するためには、これまでの前例をひもとくしかない。日記はそのための、最善の手段だ。ここまで実資が大過なく勤め上げられたのも政の前例や史実を即座に引き出せる日記があることが大きい。そしてこの日記はやがて、家を継がせる資平《すけひら》にとっての大きな財産となる。

正月九日

我が子息の宰相《さいしょう》（参議）の話では、小一条院《こいちじょういん》に召され、新しく中納言になった能信《よしのぶ》殿らと供をして小一条院の母后の御所に参り、その後ついでに堀河院《ほりかわいん》に立ち寄ったということだ。堀河院には顕光《あきみつ》左大臣やその息女の小一条院妃がおられるが、建物の簾《すだれ》その他のしつらえが、はなはだ見苦しかったそうだ。

堀河左大臣の御息女は――小一条院が自分のほかに新しく道長大殿の御息女を妻にしたことをひどくお嘆きらしいが――、今でも小一条院妃であることに変わりはない。小一条院としてもないがしろにしがちなことに多少はお気が咎《とが》めるのか、新年の儀式その他が一段落したところで見舞いにいくくらいの情はあるわけだ。

それにしても、この上なく高い身分の小一条院が高官らを供においでになったというのに屋敷が見苦しい状態とは、恥ずかしくないのだろうか。

こうしたところが、あの左大臣の心の浅さを示して世の嘲りを買う所以《ゆえん》なのだ。

――まあ、あの家のことはどうでもよいが。

それから実資は考えた。

昨日、参議の源《みなもとの》頼定《よりさだ》と私的な会話をしたことも日記に書くべきか。

実資の妻――すでに他界したが――は頼定の乳母《めのと》であり、そうした縁で彼とは親しい。妻を亡くしたことは痛手であるが、彼女は実資に、千古《ちふる》というかけがえのない忘れ形見を残してくれたのだ。子に縁が薄い実資は、一時かくや姫と呼んでいたほど溺愛している。

千古のことを思うと、自然に笑みが浮かんでくる。愛らしく賢く、そして気高い。

あの娘なら、立派な妃になれる。

そう、これは実資が最近ひそかに抱くようになった野望だ。今の帝には道長大殿の息女が中宮として上がっているし、一つ年下の東宮にも、御元服の暁には別の息女をと目論んでいる。

だが、皇統に侍《はべ》る女性《にょしょう》は複数いて当たり前だ。そして千古なら、家柄としてはもちろん、その資質でも、大殿家の子女などにひけをとらない。親の欲目抜きに実資はそう思っている。

しかし、今の世に並ぶもののない大殿家の権勢を思えば、こうした目論見を迂闊《うかつ》に表に出すことはできない。

そうした漠とした野望を語る相手としては頼定参議くらいしかいないのだが……。

やはり、日記には触れずにおこう。

＊＊＊＊＊

——もう、暦の上では春だというのに。

香子は手をさすりながら、顔をしかめた。初めて冬を過ごしたこの庵は、都を離れた宇治川のほとりにある。伝手を頼ってある寺の地所を借り受けられたのだ。寺の本堂や庫裏《くり》とは広い庭を隔てているため、静寂に包まれている。

この庵に出家後の香子が住んでいることを知る人は少ない。だから訪れる人もまれだ。都を離れて音信も少なく、まるで取り残されたように見えるだろうが、今、香子は、この侘び住まいが楽しい。

ただ、難を言えば冬の寒さが厳しいことは想像以上だった。四十を越えた身にはこたえる冷え込みだ。夜更けや朝方には、特にきつい。ここ宇治は、川が近いせいか、吹きすさぶ風も京よりも強く、部屋の中にいても凍えるようだった。

おかげで、年が明け、梅の香が漂う季節になっても、香子は一日中炭櫃のそばから離れられないでいる。炭は、毎日の食事と一緒に寺の厨《くりや》から運んでこられる。ありがたいことにどちらも潤沢だ。ついでに、今香子が羽織っている綿をたっぷりと縫い込んだ衣も寺の心尽くしだ。出家の身として、すべての施しは感謝していただく。とりわけ、その大半が、都におわす彰子太皇太后からの下されものとあっては。

太皇太后の威勢はますます盛んだ。今上はお産みになった最初の皇子、やがて帝の座に就く東宮は次の皇子。すでに何年も天下一の女人でおいでだが、その強運はまだまだ続くだろう。香子はその彰子さまに数年、女房として仕えた。『源氏物語』を書く女ということで通常の女房勤めとは異なっていたものの、彰子さまの庇護を受けて無事に勤め上げた後、その職を辞した。

賢子が本格的に出仕するとなり、付き添って御所に上がった時、久しぶりにお目にかかった彰子さまは変わらず美しく、御立派な様子だった。何のわだかまりもなく近況を尋ねてくださるので、香子もありのままを申し上げた。

――浮世に生きて、罪も重ねてまいりました。これからの余生はその罪を減じ、先に逝った者たちの菩提《ぼだい》を弔うことに捧げたいと存じます。

その言葉に、彰子さまは一つの寺を教えてくれた。宇治川にほど近い場所にあり、所柄、寺域も広い。その境内の隅に無人の庵があるのだという。

川を隔てて近くに彰子さまの父である道長大殿所有の別荘――このあたりの者は簡単に「宇

治の荘」と呼びならわしている――もあるので、都との使いも繁く通う、式部に必要なものは何でも届けさせるというありがたいお言葉付きだった。

――このくらいの便宜を図ることなど、なんでもないわ。式部が次の物語を書いてくれるなら。わたくしも周囲の女たちも、それを楽しみにしていますから。

ありがたすぎるお話に、香子としては謹んでお受けするしかなかった。

庵はささやかな水屋のほか二室から成っており、香子は片方に念持仏を据えて朝夕の勤行に使い、もう片方で寝起きをしている。庵は長い渡り廊下で寺の庫裏とつながっているので、香子の食事や炭を運んでくる使僧は雨や雪にも困らずにすむ。

今も、その廊下を踏む軽い足音が近付いてくる。そして格子を上げた向こうの縁から声がかかった。

「香子さま、お手紙でございます」

「ありがとう、みの」

みのは、香子がこの庵で使っている、ただ一人の女童《めのわらわ》だ。長くなりかけた豊かな髪と、しもぶくれの愛らしい顔立ちを持つみのは、年が明けて九歳になった。衣食住すべてを施しに頼る出家の身の上であるから、みの一人がいれば何も不自由はない。はっきり言うと動きは鈍《のろ》いし機転の利く童でもないが、素直なところがよい。

――世を捨てた者には、こうした持たざる暮らしがよいのだわ。

さて、その手紙は、薄紅の紙に優雅な筆致で書かれていた。

だが、その差出人を見て、香子はちょっと目をみはり、つぶやいた。

「どうして、この方が……」

「どなたなのですか」

みのも目を丸くして問いかける。この子は、まだ字をうまく読むことができないのだ。香子は折に触れ手習いを見てやろうとしていたのだが、みのは苦手なのか、なかなかはかどらない。

そんなみのに、香子は微笑して答えてやった。

「京の堀河邸というお屋敷にお住まいの女人、延子《えんし》さまからよ。お手紙を頂くのは初めてだと思うのだけど……」

みのがかしこまって控えるそばで、香子は読み始める。文面を追うにつれて微笑が広がるのが、自分でもわかった。

「そう、瑠璃姫《るりひめ》が延子さまとの仲立ちをしてくださったの」

また、つぶやきが漏れる。きょとんとしているみのに、香子は微笑のまま説明した。

「昔ね、瑠璃姫という方と知り合いになったの。わたしが想う人と一緒になるための手助けをしてさしあげたことを、今も感謝してくださっているの……。瑠璃姫もお元気のようね、よかった」

「その瑠璃姫という方とは、あまり会っていないのですか」

「この間、文は届いたけれどね。ああ、みのにはわからなかったかもしれないわね。瑠璃姫は今、筑紫《つくし》の大宰府においでなので、たやすくはお目にかかれないの」

「大宰府というのは、そんなに遠いところなのですか」

「海を越えていくの。都からだと、着くまでに半月近くかかるかしら」

「そんなに……」

みのの目は大きくなったままだ。宇治の里しか知らないみののには、京の都でさえ遠い場所だ。ましてや大宰府など、外《と》つ国《くに》だろう。

もっとも、香子自身も知っている土地は少ない。都と、若い頃に住んだ、父の任国の越前《えちぜん》。あとはこの宇治と、参詣したいくつかの寺だけだ。それでも亡き夫が一時大宰府に下ったことがあるので、いくばくかの親しみを感じてはいる。

「あ、でも、そこには香子さまの親しかった人が、ほかにもいるのですよね。前にそう教えてくださいました」

「ええ、そう。長年仕えてくれた、阿手木《あてき》という女人《にょにん》がね。瑠璃姫が大宰府にいることを知らせてくれたのも、その阿手木なのよ」

阿手木。

香子は、その名を懐かしく口にする。今のみのよりも幼い時から香子に仕えてくれた阿手木。香子が『源氏物語』を書いていた間、自邸で書き始めた独り身の時も、夫を迎え子を産み夫に先立たれた時も、彰子さまに仕える女房になった時も、どんな時にも支えてくれた阿手木。

その阿手木は、年が明けるとすぐに大宰府へと発っていった。夫の義清《よしきよ》や息子の岩丸《いわまる》とともに。義清が仕えていた敦康《あつやす》親王が去年の師走《しわす》に突然亡くなり、その葬送を終えた直後のことだった。

「御主《おんあるじ》の娘御の賢子さまも無事に成人なされ、太皇太后彰子さまの女房として立派に勤めていらっしゃいますし、御主の父為時《ためとき》さまもすでに出家の身。今回敦康さまのお亡くなりになったのは本当に辛いことでしたが、こうなると、あたしは京にいなくてもよくなりました。義清の主人の隆家《たかいえ》さまが権帥《ごんのそち》をなさっている大宰府に、皆で下ろうと思います」

すがすがしい顔でそう告げた阿手木が筑紫からの第一報を寄こしたのは、つい先日のことだ。その文面も躍るようだった。瑠璃姫と大宰府で再会できた喜びが、長文でつづられていたのだ。

そして、追いかけるように今、延子さまの文が届いたわけだ。

——式部さまが、新しい物語を書こうとしていると瑠璃姫と阿手木殿から聞きました。わたくしにも無聊《ぶりょう》を慰めるような物語を、見せていただけますまいか。

延子さまの丁重な文面に、香子は恐縮した。

延子さまは藤原顕光左大臣の御息女だ。香子などとは比べ物にならない、身分の高い女性なのだ。

だが、今は、お幸せとは言えない身の上かもしれない。

延子さまが嫁いだのは先帝の皇子の敦明《あつあきら》親王という方だ。結婚当時は東宮で、やがて御位《みくらい》に就かれた暁には延子さまも后になれるはず、と父の顕光左大臣は夢見ていた。だが、その目論見どおりにはいかなかった。

すべては、政権を握り続けている道長大殿が、敦明親王の即位を望まなかったせいだ。道長大殿にとって血縁関係が遠い敦明親王よりも、自分の孫――香子が長年仕えた彰子太皇太后の産んだ皇子――を位に就けたかったのだ。

道長大殿の意向を汲み取った貴族たちは敦明親王を冷遇し、おのれの前途を悲観した敦明親王は、父であった先帝――敦明親王の後ろ盾であった存在――が崩御されるとまもなく、みずから東宮の位を返上すると宣言した。

大喜びの道長大殿は敦明親王に上皇と並ぶ身分を保証し、小一条院という院号を奉り、我が娘の寛子《かんし》姫を妃として差し出した。

こうして小一条院は何不自由ない優雅な一生を保証されたわけだが、一方で華やかな前途を突然奪われたのが顕光左大臣と延子さまというわけだ。延子さまはいずれ帝の妃になれるという望みを我が夫自身によって断たれ、おまけにその夫は自分よりもはるかに強い後ろ盾を持つ寛子姫を新たに妻としてしまったのだから。父の左大臣にとっても不運な娘の嘆きを目の当たりにすると同時に、いずれ自分の娘が産んだ皇子を帝にという、貴族にとっての最大の夢をつぶされた。

延子さまは今、夫である小一条院の訪れもまれな堀河邸で、年老いた顕光左大臣とともに世に忘れられたような暮らしをしているという……。

今回延子さまと香子の仲立ちをした瑠璃姫は、おおやけにはできないが、小一条院の従妹《いとこ》――先帝の弟君の娘――である。陰ながら、小一条院の遜位《そんい》を思いとどまらせようと尽力したこともある。だから、延子さまの現状には心を痛め、同情しているのだろう。

その延子さまのお願いとあれば、むげにはできない。

——新しい物語、か。阿手木と瑠璃姫が、お心を引き立てようと、延子さまにそんなお話をしたのでしょうね。

香子としても、困るような申し出ではない。

『源氏物語』のその後はどうなっているのです、という催促はほかからも届いている。都の貴族の子女の誰彼からもあるが、一番多いのは、彰子太皇太后に仕える女房たちからだ。何と言っても、娘の賢子が彼女らの朋輩なのだから。

そして、香子としても書くことは自分の生き甲斐だ。

光源氏《ひかるげんじ》の死後、その美質を受け継いだ貴公子が二人いる。

一人は光源氏の娘、明石中宮《あかしの》が産んだ三宮《さんのみや》。もう一人は光源氏の晩年に妻の女三宮《おんなさんのみや》が産んだということになっている（実は女三宮と柏木《かしわぎ》という貴公子の間の不義の子）、薫《かおる》。

三宮のほうは、誰憚《だれはばか》ることのない身分にまかせて恋に明け暮れる、多情な人物に描きたいと思っている。そして薫のほうはもっと陰影のある人物に。

まずはこの二人について書き出そうと思っていた。どのように物語を広げるかの思い付きも、すでにある。

よい夫を迎えて子を産むのが女の幸せ。今も昔も女たちはそう教え込まれているけれど、本当にそうだろうか。結婚をしたところで思うに任せず、自分の不幸を嘆きながら暮らす女は多い。

ならばいっそ、最初から結婚などしたくないと思い極める女がいてもいいのではないか。

そんな女たちのことを、今までも多少は書いてきた。

たとえば、光源氏の従妹姉《いとこ》で源氏に何度も言い寄られながらも独身を貫いた、朝顔斎院《あさがおさいいん》。

夫柏木に先立たれた後、柏木の友人夕霧《ゆうぎり》に言い寄られても拒もうとした、落葉宮《おちばのみや》……。

しかし、朝顔は光源氏と同じような年頃だから、物語がここまで進みすでに老境にさしかかった今になって、恋物語の主人公にするわけにはいかない。落葉宮も結局意志を通し切れずに夕霧の妻におさまっている。二人とも、三宮や薫の恋の相手にはできない。

だから、女主人公も新しく出してみたらどうだろう。気高くて、でも結婚に希望を見出せない女を。

考えてみれば、朝顔も落葉宮も皇族だ。それに、孤高の立場を貫き通す女人像には、たしかに皇族や源氏の女のほうが似つかわしい。

そんなことを考えていた香子だが、今、延子さまのお手紙を見て思いを新たにする。

女というもの、幸せな一生を送ることは難しいし、何不足ない殿方と結婚したと言っても、そんな夫はまず間違いなく複数の妻を持つから不本意な結婚生活を強いられる。そう、延子さまのように。

だから結婚したくない……。そう思う女がいてもよい。でも、この世には、結婚した女のほうが余程多いのが現実だ。

香子自身、結婚した時、夫の宣孝《のぶたか》にはすでに何人かの女性とその間に生まれた子たちがいた。

宣孝はそれらの存在を見せつけて香子を苦しめるようなことはなかったが、それでも香子の胸にまったく波風が立たなかったわけではない。ただ、宣孝は香子のあとに新しい通いどころを作らなかったので、波立ちが先妻たちよりも小さかっただけだ。

——仕方のないこと。結婚とはそういうもの。

そうした世の風潮に、疑うことなく従っていたのだ。皆、そうだからと。

夫の二心に苦しむ女たちも、今まで描いてはきた。雲居雁《くもいのかり》、玉葛《たまかずら》を妻にした髭黒《ひげくろ》大臣の北の方。紫上もあとから光源氏が娶《めと》った女三宮のおかげで苦悩を味わった。

しかし、最初から複数の妻を持たれる前提で男と結婚する女の苦しみを、真正面から描いたことはない。それに紫上は誰からも賛美される女性であったから同情も買いやすく、何より最後まで光源氏の最愛の女であり続けられた。それほど恵まれていないもっと普通の女、普通に夫の心移りに苦しむ——それが当たり前だからこそ、嘆いても世間はたいして同情しない——「先妻」も、結婚を拒否し続けた女と並べて描いたらどうだろう。

物思いを続けながら、香子は、また微笑する。こうして新しい物語のあれこれを考えているのは本当に楽しい。

——ただ……。

香子は、また手をさすって、顔をしかめる。

——悩みは、この指だけれど。

去年の冬から指が痛むのだ。寒さが厳しくなるにつれてその痛みはひどくなり、指の節が腫れ上がって、冷え込みのきつい朝夕にはぎごちなく箸を持つのがやっと、筆を持って文字を書くことさえ難儀になったほどだ。

——延子さまにも、暖かくなるまで待っていただくしかないかしら。

ところで、延子さまのような方にお手紙をもらって、そのままにはできない。

香子は使者に褒美として麻布一巻きを与え、丁寧に口上を教えた。

「冬の寒さに指が動かず口伝えのお返事で失礼いたします、と丁重にお礼を申し上げてね」

まったく、不便極まりないが、指の回復を待つしかない。

まもなく、如月《きさらぎ》に入った頃だった。

香子の庵に、客が訪れた。

「堀河邸の延子さまに、こちらのお住まいを伺いました。彰子太皇太后にお目をかけていただいた、高名な式部の尼御前にお願いがあって参りました」

香子の前で頭を下げているのは中年の女だ。身なりは悪くない。少々派手かとも思える茜色の小袿《こうちぎ》姿もこの女には似合っている。愛嬌のある目付きだがふとした瞬間には鋭く光り、そのせいで豊満な体型とあいまって貫禄十分に見える。

「常陸《ひたち》、とお呼びくださいませ。今の夫が以前に常陸介《ひたちのすけ》に任じられました所以で、皆さまにそう呼んでいただいております」

「そうですか。何やら、雪間の若菜をたくさん持参してくれたと聞きました。ありがとう」

「いえいえ、夫の荘園がこの近くにありますもので、今朝摘んでまいりました。ほんのお口汚しでございます」

常陸はそこで、香子の近くまで膝を進め、哀願するような口調でこう切り出した。

「折り入ってのお願いでございます。我が娘を、そば近く置いていただけませんか。哀れな身の上で、寄る辺なく、浮世を漂っている娘でございます」

「それは……」

香子は返事に困った。地位も財産も捨てた出家の身で、とっさに返事ができるものでもない。だが常陸のほうはひるむ気配もない。

「いいえ、事情ならありのままに、お恥ずかしいことも申し上げます。ですから、どうか、どうか……」

常陸の長い説明を簡単にすると、こういうことになる。

常陸はまだ若かった――二十年近く前――頃、堀河邸で今は亡き北の方付きの女房をしていた。つまり、延子さまの母君に仕えていたのだ。そして、ふとしたはずみで顕光大臣の召人《めしうど》――召使待遇のままの愛人――となった。だが顕光大臣は気まぐれな人で、まもなくその関係は終わり、いたたまれなくなった常陸は堀河邸を去り、もっと位の低い男の妻となった。その時すでに身ごもっていたにもかかわらず……。

そして常陸は、娘を一人、産み落とした。まぎれもなく、顕光大臣の娘だ。夫も自分の子ではないと承知の上で、それでも常陸との仲はむつまじく、やがてその娘ともども常陸を連れて任国へ下った……。

「夫との間にもほかの子たちが生まれ、皆でどうにかやってまいりました。夫の任が明けたのを機に都に上りまして、まあずっと陸路を取ったものですから難儀しましたが、この近くにある荘園に落ち着きました。子たちが年頃になると、夫との間の娘には縁談も来ましたし息子はそれなりに官職もいただきました。ですが、元常陸介の実子ではないと知られているこの子だけは、どうにも身の振り方が決まらないのです」

常陸はそこまで言うと、袖で目を押さえた。

「なまじ美しく才気もあるように見えるだけ、余計に哀れで……」

「顕光大臣に、もう一度お話をしてみたらどうですか」

「しましたのです、何度も。けれど、本当にわしの子かどうかわかったものではないなどと、ひどいことをおっしゃって」

「まあ」

「それに、あの方は今、小一条院の訪れも途切れがちな延子さまのことで頭が一杯なのです。我が子は延子さまただ一人、ほかのことなどかまっていられん、と」

「そうですか」

香子も顕光左大臣と面識はないが、その噂はたくさん入ってくる。もともと才気や気力に欠ける人物と噂されていた。だが、その欠点がむしろ道長大殿には好都合だった。家柄だけはよい——道長大殿とは従兄弟《いとこ》同士になる——この顕光さまを自分の次席に据えておけば、ほかの貴族たちは彼を飛び越えての昇進がかなわず、つまり道長大殿の脅威になりえない。政治的な落ち度がない限り、上流の貴族たちに昇進はあっても降格がない。上に居すわる者は、出世競争に邁進する貴族たちをせきとめる石となるのだ。だから顕光さまは、道長大殿が左大臣だった時には次席の右大臣に、その後も左大臣にと、順調に昇進できた。

今回、小一条院の東宮遜位に伴って将来の夢を断たれた形の顕光左大臣だが、道長大殿の目論見どおり、そうした事態にもただ手をこまねいているだけだ。陰で道長大殿に呪詛の言葉をつぶやくより憂さの晴らしようも知らないような、無能な男なのだ。

ただ、その無能さのわりにというか無能さゆえにというか、思い込みは激しい。実は左大臣にはもう一人、延子さまの姉に当たる元子《げんし》さまという御息女がいるのだが、こちらは左大臣の意に染まぬ結婚をしたことで怒りを買い、勘当されてしまった。我が娘は延子ただ一人。そう言い張っている顕光左大臣なら、二十年も経って現れた隠し子に目もくれぬというのは、ありそうなことだ。

「そこで思い切って、延子さまを頼ってみたのでございます。わたくしがまず、昔の縁にすがって延子さまの女房となりまして、それからこの娘のことを持ち出しまして。妹と名乗ることはできなくても、おそばに置いてやってはくださいませんかと。でも……」

常陸は苦々しい表情を浮かべる。

「うまくいきませんでしたのです。堀河邸の延子さまの元で、ひどい目に遭いまして」

常陸はしばらくきっと宙を見据え、唇を引き結んでいた。よほどいやなことがあったらしい。次に口を開いた時には、別のことを言い出していた。

「尼御前が宇治にお住まいであることは、延子さまが教えてくださいましたの。お仕えする者もないお暮らしのようですし、宇治は人目に付きにくいところ。きっと隠してくださるのではないかと思い、こうしてまかりこしました」

「隠すと言っても……。わたしには、若い女人をお守りするような力もないけれど」

「とんでもないおっしゃりようです」

常陸は、強く首を振った。

「尼御前は太皇太后の庇護をお受けの方ではありませんか。まったく、都にいても、よいことはありませんでした。もともと顕光左大臣の縁故と明かすわけにはいかぬ事情ですし、それに加えてもう堀河邸には住めない、いいえ、京にはいられない身の上なのです。でも、式部の尼御前の所には、今でも、太皇太后始め、みやびな女性方が便りをなさるでしょう。ここにいれば、そうした女性方の御縁から、今までの素性を隠した上で、この子にも道が開けるのではないかと……」

常陸の勢いは止まらない。

「実はこの娘は物語が大好きで、竹芝《たけしば》とあだ名をつけられたほどなのでございます」

「竹芝、とは？」

「ああ、都のお方がご存じのはずはございませんね。武蔵《むさし》の国には、昔、都の姫宮が衛士《えじ》に伴われてやってきて、そのまま住み着いて幸せに暮らしたという言い伝えがございます。その住み着いた寺の名が、竹芝。この娘はその話が大層気に入りまして、誰彼かまわず語って聞かせたものでそんなあだ名が付きました。物覚えはよいのでございます。ですから、式部の君のお役に立つかと……」

「それはありがたいけれど。でも繰り返しますが、わたしには誰かを引き立てて世に出すような力はないのよ」

「それこそ望むところなのでございます！　どうか、人前に出ないままで、この子を庇護してくれるようなお方に巡り合えますようにと祈っておりますので」

結局、香子は承知した。いつもの使僧を呼んであわただしく伺いを立てたところ、「尼御前のお頼みなら」と、寺域内にある局《つぼね》を使うことを承知してもらえたのだ。

「この寺の庫裏を出て宇治川に面したあたりに、船泊まりとして今は使っていない船を収めている建物があって、いくつか小部屋もついております。その一つなら局に使ってもよいと住持の仰せです」

道長大殿の別荘との行き来も頻繁《ひんぱん》な寺だから物騒なことはないし、若い娘の局住まいでも安心だろう。それに香子としても、たしかに、話し相手がいることは悪くない。みの一人では心もとないこともあるかもしれないのだし。

「ありがとうございます！　この御恩は、生涯忘れることはございません」

常陸は大喜びで、香子の前にその娘を連れてきた。

「こちらでお世話になることができるのよ。さあ、御挨拶を」

「……竹芝とお呼びくださいませ」

たっぷりとした常陸の体の横で小さくなって頭を下げている娘。豪華ではないがきちんと着せられた小袿は、季節に合った紅梅の色。常陸が丹精込めて育ててきたことが窺われた。言葉付きも尋常、だが、かすかに東国訛《なま》りがある。

緊張しきっている娘の気をほぐそうと、香子は温かい言葉をかけた。

「そんなにかしこまることはないわ、お顔を見せてくださいな」

おずおずと顔を上げた娘は、たしかに美しかった。美人の第一条件とされる丈なす黒髪はつやつやと光り、雪のように白い肌と愛らしい唇。だが、容貌よりも、香子はまずその目の光が気に入った。

「どうか、ゆるりとお暮らしなさい。何もないところですが、数々の草子はあるわ」

その言葉を聞いた途端、娘の目の光がさらに強くなる。

「わたしが読んでもかまわないのですか?」

「ええ、もちろん」

「ですが、あまりのめりこんではいけません」

ぴしりと、常陸が釘を刺す。「あなたは御厄介になる身の上なのですからね。式部の尼御前の御迷惑になることなどしでかしたら、この母が承知しませんよ。そして、堀河邸の延子さまの寛大なおはからいも、決して忘れてはなりません。よいですね、延子さまや尼御前に粗相があったら、母は決して許さず、あなたを見限ることにもなりますからね」

竹芝の君の目の光が消え、体が小さく縮こまった。

「延子さまのことはともかく、わたしにまでそのように気を遣うことはないわ」

見かねた香子はそう口を出したが、常陸は頑固に首を振った。

「いえいえ、尼御前、自分の身の程を見極めるのは何より大事なことなのです。出しゃばって よいことはないと、今回つくづくと思い知りましたゆえ、この娘にはひっそりと暮らさせるこ とにいたします。延子さまにも、あなたからは何も申し上げなくてよろしい。身の置き所が定 まったこともこの母からお知らせしますからね。あなたはわたくしの指図どおり、尼御前のお 言い付けどおりに余計なことをせずにいればよろしい。まったく、わたくしもこの娘ゆえに数 数気苦労がございます。とは申せ、手のかかる子ほど可愛いと世に申すとおり、この子の行く 末は何よりも気にかかるもので……」

また涙混じりの長広舌が続き、いい加減香子が辟易《へきえき》したところで、常陸はやっと腰を上げた。

「またすぐに、様子を見に参上いたします。夫の荘園は近いですから、これからも季節のもの などお持ちしましょう」

何度も頭を下げて感謝の言葉を繰り返す常陸を、香子は娘とともに縁に出て見送った。川か らの風の冷たさに、思わず身をすくめ、習慣になってしまった動きで手をかばう。

するとﾞ、常陸が香子の手をさする様子に目を留めた。

「何やら、お手が不自由でございますか」

香子は苦笑して答えた。

「不自由というほどではないのよ。でも、寒さのせいか痛むの」

常陸は勢い込んで言った。

「それはお気の毒でございます。よい薬がないか、探してみましょう」

2

寛仁三（一〇一九）年二月

香子は去年から、まず、明石中宮の産んだ第三皇子、三宮――紫上が晩年とてもかわいがっていた光源氏の孫――について書き始めている。

光なきあと、その面影を伝える貴公子は、世に多くない。かろうじて、光源氏の御娘の中宮がお産みになった三宮、そして女三宮が晩年にお産みになった光源氏の末子の君が、光源氏によく似ていると評判である……。

そんな具合に始まる帖だ。

光源氏が世を去ったところで、今世に出ている『源氏物語』は終わっている。だが、貪欲な読者たちはそのあと登場人物たちはどうなったのですか、と知りたがってやまない。

だからまずは、そんな読者の欲を満たすために、今までに登場させた人物たちのその後を簡単にでも説明する必要があった。光源氏の女君たち、花散里《はなちるさと》や明石君がどのように過ごしているか。息子の夕霧はますます栄達への道を進み、二人の妻に月に十五日ずつ通う律義さもそのまま。

そして、孫の三宮だ。色々な女君に恋した光源氏そのままに、気になる女にはすぐに手を出し、だが定まった妻を持つ窮屈さをいやがってまだ独身を貫いている皇子。

一方で、出生に何か秘密があるのではと幼い頃から疑い、その結果恋にも奥手で遁世の志を捨てきれない、薫……。香子としては、薫を、人より抜きんでた存在にしてやりたかった。ありていに言えば、薫は不義の子である。光源氏の妻の女三宮が、言い寄ってくる柏木という男を拒み切れず、その結果生まれた罪の種だ。光源氏もそのことを知っていた。しかし、罪の子でありながら薫は賢く美しく、すべてを備えている……。

香子がここまでを書いたのは、去年のことだった。それ以来、筆が止まっている。文字どおり、筆を持てなくなったせいだ。

でも、書けなくても物語を作ることはできる。

春とともに、香子の中の欲も、ようやく目覚めたようだ。

心が弾むのを覚えながら、また新しく届いた延子さまの手紙を読む。そして首をかしげた。春は盛りを迎えようというのに、文面が沈んでいる。何か言いたげで、でもはっきりと言えないことがあるような……。

――葵《あおい》の帖などが、最近しきりに思い返されます。六条御息所《ろくじょうのみやすどころ》のようなことは本当にあるものなのでしょうかと。

何か、物思いの種が新たにできたのだろうか。この前のお便りまではお手製の胴着を下さったり早咲きの梅を下さったり、精巧な糸細工の総角結《あげまき》びで飾った経巻が届いたり――延子さま御自身で写経されたらしい――、香子が恐縮するほどだったが、それは延子さまの寂しいながらも心の落ち着きを表すものだと安堵していたのに。

筆が持てなかった香子は、お手紙を頂くことに恐縮しながら、せめてもと宇治の若菜や山菜をお返ししてきた。しかし季節が進むにつれて、延子さまの心の憂いがいや増しているように感じる。

堀河院で、何か起きているのだろうか？

都で阿手木と暮らしていた時ならば噂はいくらでも入手できた。頼もしい阿手木には使用人仲間が色々な屋敷にいて、下々の者から高貴な身分の方々の話まで、あらゆることを聞き込んできてくれたものだ。だが、宇治で隠者のように暮らしていては何もわからない。

娘の賢子ならば都の情勢には詳しいが、彰子太皇太后と道長大殿の庇護を受けている娘に、政敵左大臣の御息女延子さまのことは聞きにくくもある。
それでも、まずは賢子にそれとなく聞き出せば、何かつかめるだろうか。
自分で手紙を書けない香子は、松の枝を娘に送った。
まつとしきかば　いまかへりこむ
母の、古歌にひそませた願いを、娘はすぐにわかるはずだ。

「お元気そうで何よりです、母上」

賢子はまた美しくなった。嬉しい思いで香子は答える。

「おかげさまで、なんとかやっています。桜の花を持ってきてくれて、ありがとう。この寺には桜の木がないし、対岸の別荘でもまだ咲いている様子はないから嬉しかったわ」

「母上が一番好きな花でしょう？　ちょうど、太皇太后御所に早咲きの桜が献上されたところでしたの」

「そうなの。皆さまのことを教えてちょうだい。太皇太后さまはいかがお過ごしですか」

「ますますお美しく、お盛んな御様子ですわ」

「それはおめでたいこと。それで、お家《いえ》の皆さまも？」

「ええ。中宮の威子《いし》さまは相変わらずおしゃれが大好きだし、その下の妹の嬉子《きし》さまもまもなく着裳《ちゃくも》の儀式を控えているから、わたくしたちも大忙し」

「それは、嬉子さまの入内の準備も始まっているということね？　東宮との御縁組でしょう？」

「ええ。彰子さまのお妹君たちは皆さま栄華を約束されていますもの」

そこでふっと賢子は言葉をとぎらせた。

「どうしたの？」

「すべては宿世と彰子さまの御運の強さにあやかったものだから仕方ないことだけど……。頼《より》宗《むね》さまは、少しだけ心が晴れないかもしれないわ」

「まあ、頼宗さまがどうしたの？」

香子はつい、今までより身を入れて聞いてしまう。彰子さま威子さま嬉子さまといった息女がたは鷹司《たかつかさ》殿と呼ばれる女性の御腹だ。摂政頼通《よりみち》さまも。だが、道長大殿にはもう一人の妻――高松《たかまつ》殿と呼ばれている――がいて、こちらにも多くの子女がいる。そして賢子は、高松殿の産んだ頼宗さまと恋仲になっているのだ。頼宗さまは道長大殿の御次男だっただろうか。嫡男頼通さまに比べれば位は劣っているが、もちろん賢子などにとっては輝くようなお身の上の貴公子だ。左衛門督《さえもんのかみ》、検非違使《けびいし》別当《べっとう》などいくつも役職を持っているがその一つに彰子太皇太后の権大夫《ごんのだいぶ》――側用人のような役目――もあって、太皇太后御所に頻繁にいらっしゃるところから、賢子と知り合ったらしい。

「同じ母君から生まれた妹の寛子さまがね、お具合がよくないの」

「それは心配だこと」

答えながら、香子はどきりとした。寛子さまこそ、堀河院の延子さまの恋敵――道長大殿が東宮位を降りてくれた見返りとして小一条院に差し出した姫君だ。

そして、延子さまのお手紙にあった一言……。

——六条御息所のようなことは本当にあるものなのでしょうか。

「寛子さまは、御病気なの？」

「なんとなく、お体の具合が思わしくないと。……母上、ここだけのお話よ」

賢子が体を寄せて声を低めたので、香子も思わず体を乗り出す。

「わかったわ、誰にも言いません」

「呪われているのではないかと、高松殿の皆さまは御心配されているの」

「呪われて？」

いったい誰に、と言いかけて香子は口をつぐんだ。

誰もが考え付く人々がいる。小一条院を寛子さまに奪われた、堀河邸の皆さまだ。

そうか、そのことに延子さまは怯えているのではないか？

心ならずも、自分が六条御息所のように、寛子さまに取り憑いているのではないかと。

香子が描いた六条御息所も、別に呪ってやろうという明確な意思を持って生霊になったのではないのだ。ただ光源氏への愛着と自尊心が強すぎるあまりに、自分でも制することのできないうちに魂が我が身を抜け出して中有にさまよってしまい……。

だから六条御息所に心を寄せる読者は多い。誰にも、わだかまりを抱く相手はいるものだから。そうした相手に自分の魂が恨みを晴らしにいけるならどんなに心すく思いがするだろう、そんな夢想をしたことはあるから。

しかし、実際に恋敵の身が弱っていくと知らされた延子さまの恐ろしさは、そのような生易しいものではないだろう。

香子は思いもかけなかった事態に、気が咎めた。そんなつもりは毛頭なかったのに、自分が作り出した人物が、実際に生きている誰かを苦しめるとは……。

——なんとかしなくては。

香子は決心した。延子さまをそのように思いつめさせたのは自分なのだ。

「……それで賢子、道長大殿は、寛子さまの御不調について、どのように?」

「今は東宮の御元服と嬉子さまの着裳の支度で頭が一杯よ」

賢子は簡単に片付けたあと、これでは寛子さまに失礼だと気付いたらしく、言い添えた。

「だけど、もちろん、寛子さまへの祈禱は盛大にせよと、お言い付けになっているわ」

香子は少しだけほっとした。道長大殿がそれほど騒いでいないなら、堀河院への世間の目も緩やかだろう。

賢子は母が何を考えているか気付かないようだ。明るい声で話題を変える。

「そんなことより、『源氏物語』の続きはどうなっていますの、母上」

香子は嘆息する。

「また物語の催促?」

「だって、わたくしこそ、日々皆さまに催促されて困っておりますのよ」

賢子は口をとがらせる。

「光源氏が死んだあとも物語は続くでしょう？　続けてくださいますわよね？　こんなに長い物語を読む楽しみを知ってしまった皆さまは、新しい物語がないと辛抱できませんの。この事態を招いてしまったのは母上ですからね。母上には、どうしても続きを書いてもらわなくては」

「わたしのせいだと言うのね」

「光栄なことではありませんか」

生き生きとした娘の顔を、香子はまたため息混じりに見つめる。

「たしかに。でも出家した身ですもの、仏へのお勤めをないがしろにはできません」

「別に勤行のお時間まで割いてくれとは申しません。でも母上だって日がな一日、お経を読んでいるわけではないでしょう？　お暮らしに不自由なこともありませんよね」

「ええ、太皇太后さまのおかげで身に余る贅沢な暮らしだわ」

「そう、それならばよいですわ。それで今は、どんな物語をお書きになろうとしているのです？」

不幸な妻の話など賢子には興味あるまい。そこで香子は、今ふと思い付いたことを口にする。

「姉妹の話など、どうかしら」

「姉妹？」

「ええ。同じ親から生まれても、運には差が出るでしょう。一人は幸せな結婚をして子どもに恵まれ、けれどももう一人は何もかもうまくいかない、というように」

賢子はちょっと眉をひそめる。

「母上、それは、彰子さまと妹君たちのことですか?」

「あら、そうと限った話ではないのよ。誰か実在の人を念頭に置いているわけではないわ」

だがそう言いながらも、香子は気付いた。たしかに、この世に生きる姫君たちの誰彼のことに、それと考えないまま、こだわっていたのかもしれない。

道長大殿の長女の彰子太皇太后は先々帝の元に入内した。二人の皇子を産み、その一人が今上、もう一人は東宮。女としてこれ以上望めないほどの栄華を手に入れている。その彰子さまの権勢のおかげで妹の威子さま嬉子さまは今上帝や東宮――どちらも彰子さまのお産みになった皇子だ――の妃となる道が開けているのだ。

だが、つい忘れそうになるが、彰子さまと威子さま嬉子さまの間にもう一人、鷹司殿が産んだ姫がいる。

妍子《けんし》さま。皇太后と呼ばれながらも世間が忘れがちになる方だ。先帝の中宮となったものの姫御子《ひめみこ》一人を産んだだけで死に別れてしまったから。次代の政権への足がかりとなる男御子を産めなかった妍子さまを、道長大殿は家の助けにならぬ娘とみなし、その下の妹、威子さまを今上の中宮にして望みをかけている。威子さまが皇子を産めば大殿の栄華は続く。もはや妍子さまを当てにすることはない……。

彰子さまと威子さまは、姉妹ながら嫁と姑の関係にもなっているわけで、最近はそろって物詣でをしたり父道長大殿のお見舞いに出かけたりと親しくしているようだ。一方で間に挟まれている妍子さまは同行せず、先帝忘れ形見の姫宮一人を守りながらひっそりと暮らしているらしい。

そして健康がすぐれず呪詛に怯えている、異母妹の寛子さま……。

まったく、同じ道長大殿の息女でありながら、この方々の運の違いはどうだろう。彰子太皇太后はいよいよ権勢を増しており、そのお気に入り女房である賢子も時勢に乗った華やぎと生気にあふれているというのに。

今目の前にいる娘は、世の中にこわいものなし、という顔に見える。

母のそんな感慨を知ってか知らずか、賢子ははきはきと言葉を続けている。

「……母上、たとえば明石中宮のお産みになった皇子がめでたく帝になる物語はどうでしょう？　読みたいわ！　皆さまもきっと、大喜びなさるわ」

賢子が声を弾ませるのをよそに、香子には別の考えがあった。

「それでは面白くないわ。むしろ、失礼ながら不本意な立場に置かれた妍子さまのような女性のほうが、深い物語の主人公にはふさわしいと思う」

「でも、それでは皆さまが喜びません」

誰かを喜ばせるために書いているわけではない。

そう言おうとして、香子は思いとどまった。

太皇太后の庇護を受けている身としては、そんな反抗的なことは口にできない。

「そうね……。皆さまを喜ばせる物語は、難しいわね」

そう言えばあきらめてくれるかと思ったが、そこで賢子は思いもかけないことを言い出した。

「それならば、母上の手助けになるような誰かをここへ寄こしましょうか」

「え？　手助け？」

「そうですよ」

賢子が勢い込んで言う。「実はすでに何人か、是非にも母上のおそばにいさせてくださいませと申し出ている方がおりますの。式部の君の元で物語を書くお手伝いができるなんて夢のようだ、すぐにでもこの庵に参上しますと。たとえば中納言の君、大輔《たゆう》の君、それから……」

「ちょっと待って」

香子は娘の勢いを押しとどめる。

「賢子、今言ったのは、太皇太后の女房の方たちのお名前？」

「はい。光源氏は世を去ったにしろ、その栄華はまだまだ続きますよね。御子息や孫皇子、それに姫君方は華やかにお暮らしになるでしょう？　だって誰にも邪魔されず、思いのままに生きていけるのですもの。そんな物語を作るお手伝いをしたいという女房は、多いのですよ。それで、どなたに来ていただきましょうか？」

「……今のところは、結構よ」

「そんな！　皆さま、いつでも来られるようにお支度をしています」

「いえ、わたしにはお手伝いは不要よ」

太皇太后付きの女房たちは、栄達の物語を望むだろう。なにしろ太皇太后自身が栄光に包まれているお方だ。辛気臭い物語など受け入れまい。いや、太皇太后の庇護を受けている式部の尼なのに不届きだとそしられる事態になりかねない。

香子はゆっくりと息を吐き、それから穏やかに持ちかけた。

「実のところ、冬の間は筆を持つのが辛くて、物語が書けなかったのは本当なの。でもね、女房方のお手伝いはいらないわ。助けと言うなら賢子、あなたに頼みたいの」

「わたくしに?」

「ええ」

「でも、わたくし、太皇太后御所を離れるわけにはいきませんわ」

賢子は、また口をとがらせる。

「だって頼宗さまがお許しにならない」

「……頼宗さまとはうまくいっているのね」

「はい」

無邪気に笑う賢子は、たしかに母の欲目抜きで魅力的だ。香子は、内心ほっとする。

実は、賢子出仕に当たり、香子にはひそかに案じていたことがあった。誰にも、阿手木にさえ打ち明けられなかった秘密だが、賢子は十数年前に一度、道長大殿と関わりを持っている。当時は幼すぎた賢子も下々の者など気にもかけない大殿も、どちらも覚えているまいと腹をくくったものの、もしやと気にかけていたのだが……。やはり案じるまでもなかったようだ。

それにしても頼宗さまとは。賢子にはもったいないほどのお相手だ。残念ながら正式な妻にはなれないだろうが、それでもかまわぬ、一時、華やかな貴公子と恋ができれば幸運、と割り切ることさえできれば、宮仕えは楽しいものになるはずだ。

そして賢子は、今の立場に満足できているらしい。

――この子は、強い。

一時の恋を遊戯と割り切れず女房勤めを楽しめなかった香子に比べ、賢子は宮廷で生きるのが性に合っているのだろう。

そんな娘に、香子は穏やかに語りかける。

「もちろん、頼宗さまとあなたの仲を邪魔立てしようというわけではないのよ。あなたにこの庵に来てもらおうなんて考えてもいないわ。そうではなくてね、賢子、あなたが都に持ち帰って物語の続きを書いてくれない？」

「わたくしが？」

一瞬きょとんとした賢子の顔一杯に笑みが広がった。

「わかりました！　やってみます！」

「ええ、お願い」

香子は心からほっとして、励ます。

「三宮と薫がどんな人物か、恋模様を描いてくれればいいわ。そうして一帖、完成させてちょうだい」

——これでいい。

託された書きかけの草稿を大事そうに抱えて、賢子は車に乗り込んだ。意気込んでいる様子が伝わってくるのが微笑《ほほえ》ましい。その車を見送りながら、香子は胸をなでおろした。

——これでしばらく邪魔が入らない。

その間に、書きたい物語の続きを考えよう。

結婚を拒否したい女。でも、その意志を貫き通せるとは限らない。

そんなことを香子は考えていた。そして賢子と話していて、また思い付いた。

そうした主人公を一人ではなく、姉妹にしてみたらどうだろう。

権門の家に生まれた姫たちでは適当でない。実家の勢いがよければ結婚後も夫は妻の実家に気兼ねして、夜離《よが》れしにくいから。ただ一方で、物語である以上、姫たちは高貴であるほうが面白い。やはり、この間考えていたように皇族の姫がよいだろう。

皇統に生まれたと言っても、帝や東宮といった恵まれた地位にたどりつける者はほんの数えるほどだ。光源氏にしたところが、母の身分が低かったために、父帝に寵愛《ちょうあい》されながらも帝位には就かせてもらえず臣籍に下っている。ましてや、光源氏よりも時世に合わなかった皇子なら……。

香子は、以前に書いた心覚えを取り出した。光源氏は桐壺《きりつぼ》帝の二宮、二番目の皇子だ。そして表向きは桐壺帝の皇子として生まれた（実は桐壺帝の妃の藤壺《ふじつぼ》と光源氏の間に生まれた不義の子）冷泉《れいぜい》帝が、十宮。では、この十宮と帝位を争って敗北した皇子がいたことにしたらどうだろう。十宮が即位してしまえば、そうした競争相手の皇子は途端に冷遇されるはずだ。十宮と年齢は近い方がよいから、八宮ということにしようか。冷遇されている宮なら、都にいられずに隠棲するかもしれない。当然、そこに生まれた姫君たちも都の華やぎとは縁遠い生まれ育ちになる。

そうだ、八宮は宇治に山荘を構えていることにすればいい。香子が日々感じている宇治の野趣も風の香りも川の音も、すべてを物語の背景にできる。

香子は自分の思い付きに満足して、また考えを進める。

時代に取り残された皇子自身も不遇な身になるが、その姫御子であれば、なおさらだ。何しろ、この世は藤原氏の摂関家《せっかん》が事実上の権力を握っている。だから帝や東宮の妻となるのも、最近は藤原氏の娘ばかり。あたら貴い血を受け継いでも、そうした女たちは、時の流れに呑まれていってしまう。

決まった。

世の中から忘れられたような八宮と、その娘として生まれた姉妹の物語を書こう。

香子の頭の中には、すでに書き出しの文章が浮かんでいる。物語を新たに展開させる時の常套句を、ここでも使おう。「その頃」、と。

その頃。

世にかずまへられ給はぬふる宮おはしけり……。

世の人には顧みられない、年老いた皇子がおいでになった……。

声に出してみて、香子は満足する。その皇子には二人の姫がいる。どちらも美しく教養高く、だが、自分の前途を悲観している。帝の息子として生まれた父の八宮さえ、都を追われるように宇治で貧しい暮らしをしているではないか。ましてやその娘の自分たちは世間から存在さえ知られていない。ありふれた女の幸せなど、望むべくもないのだ。また、万に一つ、自分たちを想う男が現れたとて、自分たちの意にかなうほどの情けや分別のある殿方は、必ず、もっと時勢に乗った権力者の娘を妻にしてしまう。結婚とはつまり、家同士の、自家の勢力を増すための手段だから。

殿方の威勢を増すための材料など持ち合わせない自分たちは、正妻にはなれない。よしんば殿方自身が正妻にしてくれようとしても、彼の親が、実家が、世間が、それを許さない……。

ふと我に返り、こうした筋立てを延子さまはどう受け取るか考える。

無能で世に嘲られている顕光左大臣のような人臣の息女ではなく、読者の誰もが同情してくれる高貴で教養豊かでしかし運が悪い宮家の姫を主人公にしたら、自分がなぞらえられたとは思わず、ただ物語の中の女君たちに同情して読んでくれるのではないか。

ただ、延子さまが次女であることだし、心ゆかぬ結婚をするのは、物語の中でも、次女の中君《なかのきみ》ということにしようか。そして、長女の大君《おおいきみ》には、あくまで結婚を拒み通させよう。けっして恋心を抱いていないわけではない、しかしその恋が不幸しかもたらさないことに絶望して、結婚そのものを拒む女。

そうした女の心を理解しきれないながらも惹かれていく男としては、そう、女三宮が産んだ貴公子の薫がふさわしいだろう。そして、中君を妻に迎えても、もっと勢力のある家から縁談を申し込まれたらあっさりそちらも受け入れる貴公子として、明石中宮が産んだ三宮を。そうだ、どちらの男の性格にもこれが似つかわしい。

――これなら、誰も、実在の人物をなぞらえているとは思い及ばないはず。

香子は一人、微笑んだ。

実際の顕光左大臣から、読経と音楽を友とする風雅な宇治八宮を思い浮かべる人はあるまい。それに現実の御長女元子さまは現在父から勘当されているとはいえ、源頼定という公家と結ばれて幸福にお暮らしなのだ。これまた、独身を貫こうとする頑固な皇女に似ているとは誰も思わないはずだ。大丈夫、世間から余計な邪推をされることはない。

この姉妹の姉が結婚を拒み通し、妹は結婚をしたものの、やがて別の妻の存在に脅《おびや》かされるようになる。そしてその妹を気高く、嫉妬のあまりに身を誤ることなど決してない女性として描けば、延子さまのお心を慰められる。

それが、延子さまを悩ませるような物語を作ってしまった香子にできる、償いだろう。

さあ、物語を始めよう。

3

寛仁三（一〇一九）年十二月

春に出家なさった道長大殿――すでに御出家の身であるから「行観《ぎようかん》」さまとお呼びしなくてはいけない――は、土御門殿《つちみかど》の横に建立なさる仏堂のことに夢中だ。十体の阿弥陀様と、それを守護する四天王像が安置される、十一間の御堂を急いで作れとの御命令なのだ。

「御堂を建てるのにそこまで急き立てるとは、父上もお年のせいか、お気が短くなられたわ」

彰子さまはそう言って笑うが、御下命のあった者たちは大わらわだ。諸国の受領《ずりよう》たちが一人一間担当して御堂を完成させるのだそうだ。なるほど、それだけの人出と財力があれば短い時間での建立もできるのだろう。

「父上も、春頃にはお体の具合が思わしくなく世をはかなんでの御出家だったが、近頃はお元気だ。いや、それはよいのだが、突然物詣でなど思い立たれるから、我々は迷惑もしている」

賢子の局にやってきてそうぼやいたのは頼宗さまだ。弟君の能信さまたちと連れ立って大殿の仁和寺《にんなじ》参詣のお供をした帰り、ようやく体が空いたのだと言う。

「つつがなく御参詣がかない、何よりでございます」

賢子は、火桶にかけて温めておいた衾《ふすま》を甲斐甲斐しく着せかけてさしあげて、ねぎらう。この御所に着いたら必ず来てくれるはずだと、用意をして待っていたのだ。

「いや、道中の寒かったこと。ところで宇治はどうだったか。そなたは、母御である式部の尼御前の庵に参っていたのであろう」

「はい。頼宗さまが宮中から他出なさる機会にと思いまして。でもその間お目にかかれず、寂しゅうございました」

抱き寄せられながら、賢子は甘えてみせる。「尼の身でしたから残したものとてわずかでしたが、多かった草子は欲しがる方にお分けして、ほかの調度はすべてお寺に寄進し、何もかも片付けてまいりました」

「そうかそうか」

そこでふと、頼宗さまは何かを思い出すような顔になった。

「そう言えば、我が弟がひところ尼御前の庵に日参していたような。仁和寺で父君の出御を待つ間に、家人《けにん》どものそんな話が少々聞こえてきたのだが」

「能信さまが？　ああ、そんなこともございましたようですね。今年の夏のことですよね」

賢子は何心なく受け流したが、頼宗さまは難しい顔になった。

「そうだ、あの頃不穏な噂を耳にしたぞ」

「不穏、とは？」

「宇治の、我が父の別荘で毒を盛られた者が出たというのだ」

「まさか！　大殿の御別荘でなんて！」

賢子は耳を疑う。

「いや、ただの噂だ。弟は大層気に病んでいたのか、その話はされたくないようなので詳しくは聞いておらぬ。だが、悪い噂はどうしても広がるからな……。あの頃、弟は別荘の差配を任されていて気苦労が重なっていたようだ。なにしろ、父上が下にも置かない扱いをなさる院が宇治の荘をお気に召したとかで、度々御遊《ぎょゆう》なされていたからな。まあ、あの方もお暇にまかせてあちこち出歩かれるのがお好きで……おっと」

「大丈夫、この局でお口になさることは、どこにも漏れませんわ。院のことであっても」

賢子は笑って安心させる。

「院」と言えば、それだけで話は通じる。今上陛下の弟君に東宮の位をお譲りなされた、小一条院しかいない。

「小一条院には、わたくし、お目にかかったことがないのです」

「それでよい」

頼宗さまは真面目な顔で言った。

「女と見たら、すぐに手が出るお方だ。まあ、帝位とは関わりなくなったあの方には、女漁《あさ》りくらいしかすることがないからな。何もしないでいても上皇並みのお暮らしが手に入る。というわけで、女と見れば手当たり次第……」

「そんな、頼宗さまの妹君を妻になさっているのに！」

賢子が憤慨すると、頼宗さまは顔を曇らせた。

「寛子のことか。あれも、父上が東宮位を譲ってもらった礼のように、小一条院に差し出されたわけだからな」

「差し出されたなんて。院は御寵愛になっていらっしゃるでしょう？　昨年には姫御子がお生まれでしたし、そうそう、今月は次の御子の産み月ではありませんか？」

春の頃、寛子さまは御気分がすぐれず、呪詛か生霊の祟りかと御心痛であったそうだが、結局悪阻《つわり》だった。それを知った小一条院は、今度こそ王子を産んでほしいと、寛子さまを前にもまして大事になさっているらしい。

「そうだよ。仁和寺で、父上の御祈願とは別に、わたしも寛子の安産祈願男子出生祈願をしてきた。院も先々月には寛子を連れて石山寺に参詣なさった。母君が重い病というのに連夜管弦《かんげん》の遊びも催すというはしゃぎぶりで……。そのあと寛子は里に戻ったわけで、今、院はお身軽だ。だから、賢子、くれぐれも近寄らぬことだな。あの女癖には、供をすることの多い能信もほとほと手を焼いているようだ……。それに」

頼宗さまは苦笑する。「女のほうでも、たとえかりそめの戯《たわむ》れでも、この世の至高の君のお相手ができるなら本望、というような者が、数え切れぬほどいるからな。だからこそ、かの院のお遊びがやまないわけで」

「ええ、そういう女人もいますものね。わたくしには、そうした気持ちはわかりませんが」

言外に、自分にはそんなふしだらな心はないという意味を込めて、賢子は相槌《あいづち》を打つ。殿方を持つとしても、一度には一人きり。賢子はそう決めているのだ。

「でも、たしかに、それでは能信さまもお心の休まる暇がございませんでしたでしょうね。それで、先程おっしゃりかけた毒とは何ですの？」

「そう、そのことだ。春が終わる頃に、何か宇治で面倒なことがあったらしく、能信が尼御前に相談を持ちかけたのではないかと家人どもが口にしていたのだが……。何かそなたは聞いてはいないか？　何と言ってもそなたの母御は、宮中では人に知られた才女だったのだからな」

「いいえ、何も言ってはおりませんでした」

頼宗さまは気を取り直したように、改めて賢子の髪を掻きなでる。

「ならば、たいしたことではなかったのだろう。こわがらせて悪かった」

寛仁三（一〇一九）年二月—三月

「香子さま、お客人でございます」

常陸が、いそいそとやってきた。娘である竹芝の君を見舞うという口実でしばしば訪れてくるのだが、そのたびに香子の世話も焼いてくれるのだ。

生来のお節介な性分なのだろう。

堀河邸の延子さまに出仕していると言っても気楽な勤めぶりで、近くの荘園にいる夫の元常陸介とその間に生まれた娘とともに暮らす日も多いようだ。都で官人となっている息子も頻繁に訪れるらしい。常陸はそうした家族の世話を一手に引き受け、家人たちには仕事を割り振って働きぶりを監督し、さらには荘園の作物の出来具合まで目を配り、京の延子さまにも足繁く御機嫌伺い……というように、八面六臂《はちめんろっぴ》の活躍をしている。それでも、活力が涸れることはないようだ。数日に一度はこの寺に顔を出し、荘園からの作物を持ってきては厨に入り込んでいるらしい。

常陸を見ていると、ふと香子は懐かしい阿手木を思うことがある。阿手木も今頃、大宰府で奥向きの仕切りに走り回っているだろうか。

だが、常陸と似ていると言われたら阿手木は心外かもしれない。常陸はよい心の女だが、いかんせん、おしつけがましい。竹芝の君は母に言われたとおり、昼は局にこもり、たまの夜だけそっと香子の元を訪れる。母の言い付けを固く守って誰とも打ち解けようとしないのだ。

――あの娘も、もう少し気楽に生きてもよいのに。

香子が何を考えているかにはおかまいなく、常陸は膝を突いてしゃべり続けている。

「わたくしが宇治川の堤で摘み草をしていましたところ、お供の方に声をかけられましたの。式部の君の庵にはこの道を行けばよいのかと。わたくしが手にしていた野草の始末をするまでお待ちでございますが、まあ、御乗馬の姿も御立派なら、御器量もよい殿方で……」

香子は常陸の話が途切れるのを待った。とにかく話し出すと止まらないのだ。

「御遠慮なさって、庭でよいと仰せでしたが、御身分を考えたら大変に失礼ですので、わたくししの一存で簀子縁《すのこえん》に上がっていただきました。でも、やはりこのお部屋にお通ししたほうがよろしいかと存じます。それから、お酒などお持ちしようかと思いますの。大丈夫、わたくしもよく手を清めましたから心配ございません。あとは、摘んできたばかりの若菜でも……」

「それで、どなたなの？　あなたは今、『御身分を考えたら』と言ったけれど」

「まあ、失礼しました。道長大殿家の能信さまでございます」

――これはこれは。

香子は、口の中でつぶやく。

たしかに思いもかけない客だ。

「いかがいたしましょう、お通ししてよろしいでしょうか」

「ええ、そうね。失礼のないように、隣の仏間でお待ちいただいてちょうだい。わたしもすぐに参ります」

立ち上がりながらも、香子は驚いている。これはまた、思いもかけない来訪者だ。香子にとっては、面識もないはずの殿方だ。香子が仕えていた時代は、彰子太皇太后ともあまり行き来はなかったから。

それでも、能信さまとは同じ道長大殿を父としていても、母君が異なるのだ。

それでも、能信さまもこの世に絶対の権勢を誇る、道長大殿の御子息だ。嫡子である頼通摂政に昇進ではやや遅れを取っているが、大殿が父君というだけで将来は約束されている。とにかく香子としては最大の敬意を払わなければならない。

――それにしても都でお忙しいであろう方が、どうして……。

そこまで考えてから、香子は一つ心当たりを思い付いた。

いずれにせよ、お待たせしてはならない。

身なりを整えて隣室へ入ると、円座を与えられていた若公達《きんだち》が軽く頭を下げた。開け放した縁先には供回りらしい男の姿も見える。お供を一人連れただけの、お忍びのおいでというわけだ。

香子は敷居際で頭を下げて挨拶をする。

「お待たせしまして申し訳のないことをいたしました。このような場所へ、ようこそ、お越しくださいました」

「式部の君……。いや、式部の尼御前とお呼びすべきか。とにかく、お勤めのお邪魔をして恐縮です」

初めて見る能信さまは、目元が優しい、端整な貴公子だった。二藍《ふたあい》の直衣《のうし》に立烏帽子《たてえぼし》の、きりりとした姿。二十歳をいくつか過ぎた頃だろうか。

香子が部屋に入って下座にすわるのを待ってから、言葉を続けた。

「ぶしつけとは思いましたが、兄からこのお住まいを聞き、たってのお願いがあって参上した次第です」

「まあ、やはり兄上からお聞きになったのですか」

そう、この能信さまの同腹の兄が、現在賢子の恋人の頼宗さまなのである。

賢子が現在太皇太后御所でそれなりに一目置かれているのには、香子の存在も一役買っている。うぬぼれでなく、そう思う。その賢子としては母のことを吹聴したくもなろうから、恋の睦言のついでに香子の近況などささやいているのかもしれない。それが、弟の能信さまにも漏れ伝わった……。たぶん、そうしたところだろう。

「それで、能信さまのお申し越しとは、どのような?」

「『匂宮』を読みました」

「ありがとうございます」

香子は殊勝に頭を下げる。

『匂宮』とは、途中から賢子に執筆を任せた、光源氏の子孫のその後を書いた帖である。賢子はすぐに書き上げて香子にも写本を送ってきたが、正直、香子としては首をかしげる部分もあった。

引っかかったのは、柏木と女三宮の間に生まれた子を、世にも珍しい、その身から芳香を放つ公達であると描いたことだ。不義の子だからこそ仏の特別の加護が備わっているようにしてやりたかったのだろうが、少々やりすぎの気もする。香子がこの人物を「薫」と名付けたところから、賢子は想をふくらませたのかもしれない。

一方、明石中宮が産んだ第三皇子に、その薫の特性を妬んで薫物《たきもの》や香草にこだわるという性格を持たせたのは悪くないと思う。二人の貴公子は、今後恋の鞘当《さやあ》てを繰り広げるのだから。賢子がこの三宮に匂宮と名を付けたので、帖の名も『匂宮』となったわけだ。二人の貴公子を中心に物語を進めると言っても、薫より匂宮は格段に地位が高いのだから。

そう、だから匂宮はよいとしても、やはり本人がそれと知らぬうちに周囲を驚かすほどの芳香を発するという薫には、この先注意が必要だ。自分もこの特徴を活かしつつ書いていかなくては……。

香子の胸中など知る由もない能信さまは、屈託なく言葉を続けている。

「いや、新しい物語が読めるとは、嬉しいものですね。わたしの周囲の女たちも大喜びでした。そこで思い立ったのです。次をお書きになりましたら、この能信にも写本をいただけないでしょうか」

「まあ……」

「いえ、我が家の女どものためではないのです」

そこで能信さまは姿勢を改めた。

「妍子皇太后にお渡ししたいのです。そして、その姫の禎子《ていし》内親王にも」

これは意外だ。だが、それから香子は、また思い当たった。

この能信さまは、妍子さま――母は違うが、同じく道長大殿を父とする間柄だ――の権大夫、つまり側用人のような役目を務めたことがなかったか。

「いえ、わたしは、妍子姉上が中宮であられた頃には権亮《ごんのすけ》としてお仕えしました。権亮ですから、権大夫よりは低い身分です」

香子がそのことを持ち出すと、能信さまは淡々と訂正した。

「わたしが権大夫を務めておりますのは現在の中宮、妍子姉上の妹君の威子殿のほうです」

「それはそれは、わたしが都の情勢に疎いもので、御無礼をいたしました」

どちらにしろ、この能信さまは母の違う姉妹たちの用人として仕え続けているのか。ついでに、その兄の頼宗さまは、同じく異母姉の彰子さまの権大夫である。

ここにも二人の妻が描く図がある。道長大殿の二人の妻の、鷹司殿倫子《りんし》さまと高松殿明子《めいし》さまが。

どちらもたくさんのお子に恵まれているが、昇進は倫子さまのお子のほうが早い。倫子さまのほうが早い結婚で左大臣まで務めた父君の威勢も備え、しかもお産みになった長子が太皇太后彰子さまであることが多分に功を奏しているのだろうが……。

「能信さまは、妍子皇太后と今でもお親しくなさっているのですね」

そう言えば、例の小一条院が遜位の意志を大殿に告げた時、取り次いだのもこの能信さまだったはずだ。大殿の御一族の中では、三条帝ゆかりの人々に近い位置にいる方なのだ。

能信さまは、また淡々とうなずく。

「はい。妍子姉上は先帝の三条院に先立たれ、寂しいお暮らしですから。わたしは今でも、時折お見舞いに参上いたします」

それから、顔をほころばせた。

「それに、姫宮の禎子さまが大変に御利発な方なのです」

「禎子さまは、おいくつにおなりでしょうか」

「さて、今年は七つでしたでしょうか。物語が大変にお好きです。『源氏物語』もすでに読んでいらっしゃいます」

「それは、大変光栄に存じます。新しい帖が書き上がりましたら、さっそくにお届けいたしましょう。ですが……、少々お待ちいただくことになりましょう。実は今、書けないでおりまして」

「ほう」

能信さまは香子の手に目を落とした。

「失礼ながら、わたしも先程から気になっておりました。尼御前は、しきりにお手をおさすりになっていますから。もしや、お手が痛むのですか？」

「はい。冬の寒さのせいでしょうか、指の節が腫れ上がって動かなくなりましたのが、一向に回復しませんの。ですから、筆を持つこともかなわずにおります」

「それはいけませぬな」

能信さまは気の毒そうな顔をしてから、ぽんと膝をたたいた。

「そうだ、都に帰って家の者たちに聞いてみましょう。よく効く薬があるやもしれません」

「ありがとうございます、わたしなどのために……」

「いやいや」

能信さまは真面目な顔で言う。

「皇太后や姫宮や、ほかにも多くの、尼御前の物語を楽しみに待つ女たちのためにも、早くよくなってもらわねば。お気を遣うことはありません。実は、これからわたしは頻繁に宇治に来ることになりそうなので、またお邪魔したいと存じます。我が父上が正月以来体の調子がすぐれず、暖かくなったら宇治の荘で静養したいと申しておりまして。わたしは建物の手入れをしようと父上に申し出たのです」

「まあ、能信さまは父上思いなのですね」

若者は照れくさそうに言った。

「正直に申しまして、物語のお話を尼御前に伺えるのではという目論見もありました。宇治に参る用向きがあれば、その、行き帰りに尼御前にお会いすることもできるというわけで……」

「まあ。わたしと?」

「はい」

香子は思わず顔をほころばせた。なんと物好きな……もとい、嬉しいことを言ってくれる若者か。

「わたしこそ、それではおいでをお待ち申し上げます」

能信さまはそれからしばらく当たり障りのない四方山《よもやま》話をして帰っていった。

楽しいひと時だった。都の人々の近況を知ることができたのも、そしてこれからもそういう機会ができそうなこともありがたい。

それに、今の香子は物語を書ける状態ではないとはっきり言えたのもよかった。

従者に馬の口取りをさせて立ち去る能信さまの後ろ姿を、常陸がうっとりとして眺めている。

「素晴らしい殿方ですこと。あんな方に添わせられたら……」

香子は苦笑しながら居間へ引き取った。

能信さまは律義な性格らしい。三日もすると、この間の従者がまたやってきた。間近で見るとがっしりとした体格、無骨な目鼻立ちなのがよくわかる。日焼けしているせいで年の頃ははっきりしないが、動作は若々しい。今も、縁先にきびきびとした仕草で膝を突いて、折敷をこちらに見せた。

「若殿から、これをお届けするようにと」

「そなたは？」

「須黒《すぐろ》と申します。高松殿の明子さまにお仕えしておりますで」

「まあ、能信さまや頼宗さまの母御にですか」

「は。能信さまが節々の痛みによく効く薬はないかとお探しで、わしのことを誰ぞが知らせたようで」

「すると、そなたは薬に詳しいのですか」

「坂東にいた頃は、野山に分け入り様々に試したもので」

坂東者か。言われてみれば、なるほど、京童とはなんとなく言葉が違う。

須黒がうやうやしく目の上までささげている折敷には、大きな蛤《はまぐり》の貝殻が載っていた。二枚の貝は閉じられて麻紐でしっかりとくくられている。横に白木の匙も添えられていた。

「これは我が家に伝わる秘伝の薬でござって。痛む節々に塗りますと大層効き目がありますで」

香子がみのに合図して折敷を近くまで持ってこさせようとすると、須黒はそれを制した。

「このような童に扱わせてはならんのです。誰か、もっとしっかりした大人はおりませぬか」

「わかりました、ちょっと待ってね」

香子はみのに常陸を呼びにやらせ、また言葉を続ける。

「とにかく、わざわざありがとうございますと能信さまにはお伝えください」

「は」

須黒は口下手らしくその一言だけで黙ってしまったが、やがてせかせかと駆け付けてきた常陸に向き直ると、重々しく口を開く。

「よいか上臈《じょうろう》どの、この薬はめったな者には手を触れさせせぬように。尼御前のお手に塗る時には、ほれ、このような木の匙を使え。万が一にも手に触れたら、水でよく洗い流すように。尼御前、この薬を塗った指は麻布でその上から覆い、決して薬がほかの場所に付かぬように用心なされ」

「そんなにこわいものなのですか」

香子が尋ねると、須黒は又重々しくうなずいた。

「さよう。痛みには大層よく効くが、口にすれば猛毒となりますで。喉がふさがり息ができなくなり、死に至ることもありますで。みだりに人に触れさせますな。そして、手に付いた場合は必ず、よくその手をお洗いになってくださされ。どこかにこぼれたような時はしっかりと拭き清め、拭いたものはすぐに焼くように」

常陸も興味津々と言った顔でのぞきこむ。

「いったい、何を用いているのです」

「このあたりでは烏頭《うず》と呼ぶ草ですな。根を掘り出して薬に用います。葉を同じように使うことも……」

常陸が心得顔になった。

「ああ、あの。わたくしも中《あた》って死んだ者を知っております。たしかに用心しませんとね」

須黒は、その言葉に、常陸に向き直って尋ねる。

「ほう、上臈どのは知っているのか?」

「ええ、わたくしも荘園暮らしが長いのでね。それほど珍しい草ではありませんし。先日も、このあたりで見かけましたわ。……それでは尼御前、早速にお試しをなさいませんか」

大ぶりの貝を開けた常陸は顔をしかめる。

「そうそう、このきつい臭い。目が痛くなるような……」

たしかに、少し離れたところにいる香子のところまで、鼻を突く臭いがする。常陸は小さな木匙でとろりとした飴色の油をすくい、丁寧に香子の指に塗って麻布で巻いてくれた。

「さあ、これでよろしいでしょう。いかがですか?」

「なんだか、ぴりぴりとするような……。あ、でも、温かくなってきたわ。今まで冷え切って動かなかったのに」

「それはきっと効いているのですね」

常陸が勢い込んで言う。

「ありがとう。その木匙には気を付けてね、須黒の言葉があるから。みのにも、決してさわらぬようにと言い聞かせてね」

「はい、貝も木匙も大事にしまっておきましょう」

そう言いながら、ふと常陸は目を宙にさまよわせた。

「どうしたの?」

「……いいえ、なんでも」

4

寛仁三(一〇一九)年三月

春もたけた頃、香子が考えていた八宮の姫君たちの物語は、一応の結末にこぎつけた。

父の八宮の死後、姉の大君は薫から求愛を受け続ける。だが、どうしてもそれに応じる勇気が出ない。自分の容貌や年齢に自信が持てないことも大きい。だからいっそのことと、薫と妹の中君との恋の仲立ちまでするが、真面目な薫は大君の思惑にかえって意地になったこともあり、中君に手を出そうとはしない。大君の策略は結局中君の不信感をあおっただけに終わる。おまけに今度は薫のほうが策略を巡らして、匂宮を中君のところに手引きしてしまう（薫と違って女に対して躊躇《ちゅうちょ》のない匂宮はさっさと中君を抱いてしまう）。大君はますますこの世を厭うようになり、ついにこの世のすべてから逃げるように息を引き取る……。

こうして、『橋姫』から始まる物語は大君の死まで想が進んだ。

ここまで結婚を、恋愛を拒否する女がいることを、殿方は理解してくれるだろうか。

「いやあ、よくわかりませぬ」

こんな物語を考えております。香子にそう聞かされた能信さまは、そう言って頭を掻いた。別荘の改築を指揮しているという言葉どおり、頻繁に宇治を訪れるようになっていたのだ。改築の話を聞き付けた小一条院まで訪れてみたいと興味をお持ちだとかで、ますます手が抜けないらしい。

「だって尼御前、薫は真面目に大君を想っていたでしょう。どうしてその想いに応えてやれなかったのでしょうか、大君だって薫を憎からず想っていたのでしょうに」

「それでも、世間的な結婚を厭う心が抑えきれなかったのですよ。薫も結局、大君一人を守って一生を終わってくれるわけではない。必ず、もっと権門勢家の姫を妻にする。その時、大君はどんなに辛い立場に立たされるか。殿方というものは、決して一人の女だけで満足してはくれないでしょう」

「いやあ、そうおっしゃられると耳が痛いですが」

能信さまはまた頭を掻いた。

「それは、そのとおりですが。ですが男としては弁解もしたいところです。なにしろ、まず世間がそれを許しません。第一、勢力のある女の人脈も使って出世していかなくては、結局家の子どもや元からの妻さえ養えなくなる。それに、人よりも出世を望むのは男の本性でもありますし、そうそう、妻を迎えるのは子を生《な》してもらうという大事な務めにもつながります」

そこでふと能信さまは何かを思い出したのか、この方としては人の悪そうな笑みを浮かべた。

「能信さま、何か?」

「いや、……ここだけの話ですが」

ややきまり悪そうな顔だが、結局話すことに決めたらしい。

「頼通兄上がたいそう悩んでいるのですよ。嫡男として順調な出世を遂げておりますが、いまだ子がいないことに」

「まあ」

そう言えばそうだ。道長大殿には倫子明子、二人の妻の元に十人を超える子がいるが、その嫡男と目されている頼通さまに子が生まれたとは聞いたことがない。

「これぱかりは人の力ではどうなるものでもないことですが……。官職は上がってもおのれの跡を継ぐ子がいないということは寂しく心細いものです。一方で、頼通兄上に次ぐ地位の教通《のりみち》殿には昨年男子が生まれましたから。いや、人のことをとやかくは言えません、わたしなども……」

能信さまはうつむいた。「妻はおりますがいまだ子が生まれず、寂しい思いをしております」

「能信さまはまだお若いですもの。これからのことは悲観なさるに及びますまい」

「いや、それでも、周囲からは言われますよ。もう少し考えを改めてみたらどうだ、父君を安心させるためにも次の妻を持つことを考えるべきでは、などと。実際、家を立てるには自分の子女はどうしても必要なものですし」

「能信さまのおっしゃりたいのは、ですから殿方には幾人もの妻が必要ということでしょうか」

「そうです。出世とともに子を生すことも、家を盛り立てていくための務めでしょう」

やはり殿方というのは、女とは違うものの見方をする。ただ、それでも、香子の言い分を言下に退けない能信さまはよくできた人だ。わかりも早い。それが面白く、香子も応じる。

「そうでしょうね。だから男と女には、どうしてもわかり合えないことも起きてしまうのですよ。今おっしゃったような男の本性や家の存続の必要性を汲み取ってそれに寄り添える女であれば、そう、明石君のような一生も送ることができるのでしょうが」

明石君はやや劣る出自のために、自身の産んだ明石姫君を、源氏の妻としては格上の紫上の養女に差し出す。そして自分は生涯、一段格下の扱いに甘んじたが、その出しゃばらない身の処し方が功を奏して結局は幸福な晩年を送ることができた。

すべてを手に入れることができないのなら自分のつかめそうな幸福は何か、感情に負けずに賢く見定めた女の一生だ。実際、明石君を見習えと娘に諭す親が数多くいることも、香子は聞き知っている。

能信さまは整った顔をしかめている。

「……わたしはまた、女は誰でも明石君のような生き方を望むものだと思っていたのですが、違うのですか」

「もちろん。女と言っても気性はさまざまですから」

能信さまは、まだ納得しかねる顔ですわり直す。

「ではいったい、大君は、薫がどうすれば満足だったのです」

「大君も薫も出家して隣り合って庵を結び、心置きなく風雅な話と読経に明け暮れる……そんな暮らしですかしら」

そう、物語の大君は、今までの登場人物の誰よりも自分を卑下し、人生を悲観しているのだ。ひたすらに後世を希求し信心深く、手仕事にも巧みで父宮の法事には見事な総角結びを捧げ……。ここのところは、延子さまから頂いた総角に想を得た。帖の名も『総角』にしようと思っている。延子さまは喜んでくれるだろうか。

そんな香子の思いを知らない能信さまは、酸っぱいものを飲まされたというように口を曲げた。

「いやあ、それは男にとっては生殺しも同然。だいたい、二人そろって出家してしまったらどうやって食っていくのです?」

「そこまで生々しいことを思い付かない深窓の姫なのです、大君は。でも、おっしゃるとおり、こんな現実離れした生活が送れるはずがありません。出家したとて食べねばならぬ、着なければならぬ。だから大君はこの世を去るしかなかったのですよ」

「はあ……」

やがて能信さまは、傾きかけた日射しに、あわてたように立ち上がった。

「また長居をしてしまいました。そろそろ失礼しなければ」

だが、庵を出るところで、ふと思い付いたように振り返る。

「尼御前は、竹三条宮にお住まいの姫宮をご存じですか」

「竹三条宮?……はい、少々は」

京の竹三条宮と言われる屋敷には、ひっそりと一人の姫宮が住んでいる。

修子《しゅうし》内親王。

先々代の帝、一条院と定子《ていし》皇后の間に生まれた姫宮だ。この上なく高貴な身ながら、不幸としか言えない生い立ちを持っている。

母上の定子皇后は、道長大殿の息女の彰子さまが中宮として入内したため、気圧されるように勢力を失って第三子――修子内親王の妹宮――を産んだ直後にみまかられた。その後、その、母君が命と引き換えにこの世に遺した妹宮も世を去り、次いで父の一条帝も崩御。さらについ昨年には唯一残っていた肉親の敦康親王も黄泉《よみ》へ旅立たれた。母、妹、父、弟。もはやこの世に、修子姫宮の近しい肉親は誰もいない。

「修子さまはおいくつになりでしょう」

「わたしより一年遅いお生まれのはずですから、二十四歳ほどでしょうか」

能信さまはつぶやくように付け加えた。

「母上は才色兼備と喧伝されたお方。その忘れ形見の修子さまもさぞや美しいお方でしょうと噂されております」

「はあ……」

多少は内情を知っている香子は、曖昧《あいまい》に答える。以前に阿手木が少々お世話をした姫宮でもあるし、現在も竹三条宮に仕える、公称を命婦《みょうぶ》、ゆかりの君という女とは因縁を絡めた知り合いでもあるのだ。

実は、修子内親王は、自分の容貌をひた隠しにしている。内親王たるもの人目に触れることはもちろんないが、なかでも修子さまの引きこもり方は特別だ。決して誰にも見られないように——生まれつき消せない痣のある顔を世にさらさないように——、ひっそりと生きておいでなのだ。住まいとしている竹三条宮で、義正《よしまさ》という忠実な若侍とゆかりの君とともに。

「その麗質とお生まれの高さを思えば、男なら誰もがあこがれる女性でしょう」

——まさか？

香子はどきりとして能信さまを見たが、彼はすでに歩き出していた。

見送った香子は、ふと首をかしげた。能信さまはいつも、香子の庵へは、道長大殿の別荘への行き帰りに立ち寄る。大殿のための改築監督が役目なのだから。聞くところによると、大殿の健康はますますすぐれなくなっているそうだ。

それなのに、今、能信さまは別荘への道ではなく反対の方角、寺の裏手へ向かったような……。

だが、香子はすぐにほかのことを考え始めたために、能信さまのことは頭から消えた。

――修子さまに誰かが言い寄ったとしたら。

修子さまこそ、誰よりも結婚を拒否する女性のはずだ。だが、その意志を貫き通せるだろうか。

たしかに、今の世で誰よりも高貴な女性だ。生まれの高さが群を抜いている。帝と后の間に生まれた内親王ということなら、能信さまが陰ながら心を寄せているという禎子内親王もいるが、こちらはまだ幼女、身分も定まっていない。それに引き換え修子内親王は女の盛りというお年頃で一品《いっぽん》という最高位を授けられている。しかも、その後ろ盾は道長大殿家。成人式――裳着《もぎ》――の腰結役《こしゆいやく》は大殿だったのだ。

もしも、たとえば子の生まれないことを悩んでいる頼通摂政が妻にしようとしたら、どうなるだろう？　どこからも文句の出る縁組ではないが……。

――でも……。

考えた末に、香子はみのを使って使僧を呼び寄せた。

「竹三条宮へ、使いを出してください。そこの女房のゆかりの君という方に。お話がしたいから、よろしければ明日にでもおいでいただきたいと」

「修子姫宮の御縁談ですか」

小袿姿であってもりりしいゆかりの君は、唇をゆがめて微笑した。もともと彰子さまに仕えていた女房だったが、生粋の男嫌い、折があれば男装を好んでいたような人なのだ。

「たまに、当たり障りのない御挨拶のような文は参りますよ。頼通摂政から」

「やはり、そうですか」

「姫宮は、一顧だになさいませんが」

「そうですか」

「大丈夫。先方も、身分が身分ですから、無分別な若造よろしく無理に押しかけたりはできません。姫宮のことは、わたしと糸丸《いとまる》……いえ、義正が生涯お守りいたします。そうそう、不審な者は誰も通さぬと精勤している門番もおります。犬比古《いぬひこ》は、しっかりした律義な男ですから」

「まあ、犬比古も息災なのですね」

「ええ。邸内の力仕事を一手に引き受けております」

「よかった」

香子は嬉しかった。童名を糸丸といった若者のことも犬比古という男のことも、陰ながら気にかけていたから。特に、今まで幸せとは言えなかった犬比古が安住の場所を見付けられたなら、よかった。

「何より、ゆかりの君がいれば、姫宮も安心でしょうね」

「ええ。それに、義正がたいそう頼りになります」

「あの子も立派に成長したのですね」

「わたしに引けを取らない剣の使い手になりそうです」

「頼もしいこと」

ゆかりの君は、開け放たれた格子から外の若葉を見やりながら続けた。

「世に認められた結婚だけが女の幸せではない……。わたしは、姫宮と義正を見ているとそう思われてなりません」

「え？」

香子は思わず腰を浮かせた。

「ゆかりの君、それは……」

ゆかりの君は香子の顔に視線を戻して、平らな声で続ける。

「自然なことでしょう？　孤独な女性と、その女性を心の底からあがめ奉っている男。たとえそれが至高の位の女性と地下《じげ》の侍という組み合わせであっても、二人が互いに抱く思いを誰に咎められましょう？　ましてやこの二人の関係は、決して、決して世に漏れることはない。わたしがいる限り」

ゆかりの君は凄みのある笑みを浮かべた。

「わたしは、姫宮のお幸せをどこまでも守り通す所存ですから」

女房姿のゆかりの君が、一瞬、まるで剣を帯びた武者のように見えた。

「……ここにも竹芝の物語があるのかしら」

「竹芝とは？」

「最近知り合った人から聞いたのです。帝の姫宮が、衛士と手を取り合って武蔵へ逃げのびたという昔語りがあるのだそうです」

「そう。その姫宮も、武蔵で幸せになれたのでしょうね」

ゆかりの君の答えを聞きながら、香子は思案していた。

修子姫宮に、ひそかな恋の相手がいるというのは喜ばしいことかもしれない。元服してのち義正と名乗っている若者は、幼い時から中関白家《なかのかんぱく》に仕え、中でも修子姫宮をあがめてきた一途な性格だ。姫宮が彼を受け入れたのなら、その幸せを願うしかない。だが……。一方で姫宮の前途には不安もある。頼通摂政が我意を通せば、義正の純情など風の前の塵のように吹き飛ばされてしまうに決まっているのだ。

「姫宮のお幸せだけを、わたしも祈っております。でもそのためには、摂政に言い寄られた時の策はできるだけ固めておいたほうがよいと思います」

「策とおっしゃいますと？」

「たとえば……。今ふと思い付いたのですが、どこかに、修子姫宮が引き取ってお育てになれるような、幼い方はおりませんかしら。適当な家の子で、姫宮が養母となるのです。お寂しい暮らしを慰める者がほしいとおっしゃれば、応じる貴族の方はいるのではないですか？　なにしろ、姫宮は今の世に隠れもない高貴な女人なのですから」

「なるほど。養子に出す側の家としては感謝して姫宮のおそばを取り巻き、家人を配し、下世話なことを申せば貢物も寄せますね。その子の格が上がる、またとない機会なのですから」

さすがに、ゆかりの君はわかりが早い。

「ええ。そして、子どもや乳母、数が増えた家人の声などで竹三条宮がにぎやかになれば、摂政もおいそれと押し込むわけにはいかなくなるでしょう」

「そうですね。これはいい知恵を授けていただきました。早速、心当たりの家々に内密に打診をしてみましょう」

ゆかりの君が、さっきよりも明るい笑みを浮かべた。

「そうそう、話は変わりますが、香子さま、わたし『匂宮』を読みました」

「まあ、もうそこまで広まっているのですか」

「彰子さまの御所から写本の一つを頂けたのです」

「実のところ、あの中には娘の賢子の筆も入っていて……」

「ああ、やはりそうでしたか」

ゆかりの君は大きくうなずいた。「なるほど、香子さまらしくない筆の運びと思ったのはそのせいですか」

香子は内心、首を縮めた。このゆかりの君も『源氏物語』を長年愛読してくれているが、批評眼が鋭く、こわい方なのだ。なにしろ、香子にとってはある意味先達と言える『蜻蛉日記《かげろう》』の作者を祖母に持つ方である。

「いいえ、途中まではわたしです。でも今、筆が持てなくて……」

「そういう御事情でしたか」

我ながら言い訳のようになってしまったことに、香子はあわてて言葉を足した。

「どうぞ、今の話は御内聞に。賢子にも余計な噂はなしに、好きなように書かせてやりたいので」

「わかりました。あの少納言《しょうなごん》あたりもまた辛辣《しんらつ》なことを言っているそうですが、ではわたしからは何も言わずに置きましょう」

「少納言？」

香子は思いがけない名に驚いた。それから、記憶が次々によみがえってきた。亡き一条帝皇后の定子さまに忠心を捧げていた女房、清少納言《せいしょうなごん》。定子皇后亡きあとは敦康親王をお育てしていた。その敦康親王も昨年みまかられて……。

「今、あの人はどうしているのです？」

「敦康親王さまはお一人の王女を残されました。まだ四歳と幼いですが。その王女を誠心誠意、お育てしているようです」

「そうですか。生き甲斐があるというのは、よいことですね」

敦康親王の忘れ形見となれば、修子さまが養育するにはもってこいではないのか。

香子は、ふとそんなことを考えた。

ゆかりの君は言葉を続けている。

「この王女こそ后がね、と一心に思いつめているようですよ。亡き定子さまにそっくりなのだとか」

「え？……ということは……？」

「今上は今年十二歳、弟君の東宮は十一歳におなりとか。お二人にとってこの王女は腹違いの兄宮の遺児。こうした取り合わせは、世によくあること。四歳であれば、どちらとも釣り合わないお年ではありませんし」

香子は、目を開かれた思いだった。あの女房――香子より十歳近く年上のはずだ――は、まだ女の栄華を極める道をあきらめてはいないのか。

「そう、あの方はそうしたお家にいるのですか……」

「はい。修子姫宮は、清少納言をお近付けになりませんから」

ゆかりの君は、ぽつりと言う。「亡き定子皇后のゆかりの方たちが身を寄せ合って生きていければよいと思うものの、姫宮は御自分のことを世間にひた隠しにしようとする少納言を、どうしてもお許しになれないのです」

「そうですか……」

清少納言は、修子姫宮の容貌のことがあるために、できるだけ姫宮が世の注目を浴びぬよう、目立たぬようにと仕向けてきた。それは清少納言なりの守り方であったと思うが、姫宮にとっては、その清少納言が世間と自分との間に立ちはだかる邪魔者と受け取れたかもしれない。たとえ自身は世間から隠れたいと望んだとしても、自分を恥ずかしいと思っている他人は疎ましい。そんな心の動きも、人の性《さが》だ。なにしろ少納言は美しいもの愛らしいものを何よりも賛美する人間で、今また、美しい王女を世に出すことを至高の目的としているらしいから。一方で、修子姫宮は『枕草子《まくらのそうし》』でさえほとんど触れられず、無視された存在だ。

「そのためにも、清少納言は『枕草子』を広めることに怠りないとか。王女のおばあさまの、栄華の記録ですものね」

それでは、修子姫宮は清少納言と相容《あいい》れないだろう。仕方ない、どちらも悪くなくてもそうしたことは時に起きる。性の合わないものを無理に合わせてもゆがむだけだ。

「そうだわ」

ゆかりの君が、膝を進めた。

「こんな話をしていたら思い出しました。香子さま、実は、お願いしたいことがありましたの。先程、御自身では筆が進まないというお話を聞いて思いを新たにしました。わたしも、書いてはいけないでしょうか」

「え？　あなたが？」

ゆかりの君が、不意にはにかんだ。

「香子さまの物語を読み返してみると、自分でも書きたくなったのです。……あ、でも」

あわてたように手を振る。

「香子さまのお考えになっている筋立てを妨げるような物語にはいたしませんから。そうですね、『帚木《ははきぎ》』の冒頭で、悪女房が、光源氏とは名ばかり大袈裟だけれど、けしからぬ振る舞いも……みたいな書き出しで、本筋と離れた空蟬《うつせみ》の話を語ったでしょう。あんなような物語を。……そう、これは光源氏と離れたお血筋の家の悪女房たちの語る物語です、というようなものを。たとえば玉葛の娘が冷泉院の後宮に上がり、子を孕《はら》んで妬まれるというような筋立てを考えてみたのです。どうでしょう?」

ゆかりの君は後宮暮らしが短かったせいか、通常の女房とは違う言葉が混じることがある。

しかし物語なのだから、目くじら立てるには及ぶまい。香子は、微笑みながら答えた。

「どうぞ。わたしも読んでみたいわ」

ゆかりの君を見送った香子は、心配事が消えた安堵感で、そしてゆかりの君に励まされた思いで、自分自身の物語に考えを戻した。

ここからいよいよ本題に入る物語――延子さまの心に直接響くような、「元からの妻と新しい妻」の物語――になるのだ。

そう、これからの主要人物は中君だ。

大君に先立たれ、悲痛のうちに宇治に一人暮らす彼女を、夫となった匂宮は都の自邸へ迎え入れる。一度は大君に妻にしてくれと頼まれた中君が、匂宮の庇護のもとに入るのだ。薫はそれを複雑な思いで眺めつつも、「亡き姉の恋人」の立場から応援する。それでも生身の男の悲しさ、亡き恋人に似ている中君に不埒な思いを抱く自分も抑えきれない……。

光源氏ならここまでうじうじせずにどこかで思いを遂げていたことだろうが、薫は実子ではないのだ。やや滑稽に、でもその気持ちもわかる、という具合に描きたい。

そうすることで、匂宮と薫、二人の貴公子に思われる中君の魅力が際立つ。何と言っても、読者の心を中君に引き寄せていきたいのだから。

一方で、中君の前途にも暗い影が落とされかけている。光源氏の長男夕霧大臣が、自分の娘を匂宮の妻にと画策し始めているのだ……。

次の帖の思案も、ここまでできた。

——若葉が美しい季節になったこと。

香子は、庭を眺めて微笑む。日が射し込む時間に、こうしてぼんやりと物語のことを考えているのは楽しい。

みのが、にこにこしながらやってきた。

「そろそろ夕方のお勤めの時刻ですね」

そしてさらに近付いて、声をひそめる。

「昨晩、能信さまが尼御前の元を去られてから、どこへ行ったかご存じですか」

「いいえ」

何心なくそう答えて、数珠《じゅず》を取り上げようとした香子だったが、みのの次の言葉に手が止まった。

「お寺の裏の、船泊まりのほうに行かれたのですよ」

「え?……それは常陸から預けられた、竹芝の君の局に?」

みのが、うなずく。

——これはこれは。

香子は、初めて能信がこの庵に来た時に、あこがれるような目で見送っていた常陸を思い出した。彼女は早速に、竹芝の君の所へ能信を手引きしたというのか。

だが、恋する女のところへは頻繁に文をやり取りするはずだが、能信さまのそうした文使いを見た覚えはない。

香子は首をかしげたが、そのうちに思い当たった。

母の常陸が、娘にしつこいほどに、何もするな、すべては母が取り仕切ると念を押していたことに。能信さまの文は常陸の元へ行き、常陸が代筆しているのではないか。

——そこまで念を入れてあの娘を隠さなければならないとは、どのようなわけなのだろう。

それも気になるが、まず、押し込められている竹芝の君は息の詰まる思いをしていないだろうか。

あの娘を、夜になったら呼び寄せて気の紛れるような草子でも見せようか。

考え事にふけっていた香子は、ふとみのの得意そうな笑顔に気付き、たしなめる。

「そんなことを、このお寺の中で吹聴してはなりませんよ。お気の毒でしょう」

迷った末に香子は、今夜は竹芝の君に声をかけるのをやめることにした。能信さまが、今夜もまた彼女の局を訪れるかもしれない。しばらく宇治に滞在とおっしゃっていたのだから。ならば、野暮な真似はすまい。律義な能信さまは——彼女の局にいたとしても——行っておいでと送り出すかもしれないが、若い二人の恋路の邪魔をしたくはない。

それにしても、常陸は物事を進めるのが早い。やり手と言ってよいだろう。

能信さまは、常陸にとってはこれ以上を望めないほどの高い地位の男だ。とは言っても、正妻の地位には就かせられない。それでも、こうした男の庇護を受けることは女の幸いとみなされる。まして、能信さまのほうも御正妻に子が生まれないことを嘆いていた。新しい女に心を移す余地は充分にあるのだ。

香子は、自分の物語にも限りがあることを認めざるを得ない。結局のところ、延子さまも物語の中君も高貴な女性だ。だが、香子が物語の中で触れた「中の品《しな》」にも及ばない女たちは、所詮玉の輿など望めない。もとから品が下の者は、まだあきらめがつくのだろうか。だが、なまじ父を同じくするのに母の品が劣るからと認めてさえもらえない竹芝の君は、さぞやるせないことだろう。

明け方、早く目が覚めた香子は自分で格子を上げた。庭に目をやり、片隅に動くものを見付けてぎょっとする。

「誰？」

だが、遠慮がちに近付いてくるその人影に、香子は胸をなでおろす。竹芝の君だった。白い小袿をまとった姿で、庭の木立の中からやってくる。

「驚かせてしまってすみません。明星《みょうじょう》がとてもきれいで、つい誘われて外に出てしまったのです」

「そう。寺の境内でしたら、あなたが歩かれても大事ないでしょうね」

香子は相槌を打った。

「でも、裏庭はそのまま宇治川へ続いているので、お気を付けなさいね」

「はい」

素直にうなずいて、竹芝の君は自分の局のほうへ歩み去る。

彼女が一人でそぞろ歩いていたかどうかは――能信さまが一緒ではなかったのか――気になるが、そんな穿鑿《せんさく》は無用だろう。

離れているが、大殿の別荘からは家人たちのものらしい声が聞こえる。そう、船を使えば、竹芝の君の局まではすぐなのだ。

その夕暮れ、春の風に誘われて、香子も川のほとりをそぞろ歩いてみた。

そして、ふと草むらの中に目をやった時だ。

「まあ、これは……」

不吉なものを目にしてしまった。

小さな体。白に茶の交じった猫だ。四肢はもがいたかのように曲がったまま、こわばっている。

「かわいそうですね、尼御前。すっかり体が冷たくなっている」

香子についてきたみのが、しゃがんで猫の体をそっと動かし、顔が見えるようにした。

薄く開いた目は、すでに膜がかかったように曇っていた。口元が濡れたように汚れている。

「ええ、哀れなこと」

みのの横にひざまずいた香子は、鼻を突く臭いに顔をしかめた。猫は息を引き取る前に、苦し紛れに何か吐き出したらしい。魚と何か緑色のかけらを……。

「いったい、何を食べてしまったのかしらね。とにかく、葬ってやりましょう」

香子は、みのに命じて土を掘ってやった。それから猫を埋めてやると数珠を取り出し、経文を唱える。

「これできっと成仏できますね」

みのは、いつまでも熱心に手を合わせていた。

翌日、能信さまが改まってやってきた。

「まだ宇治の荘にいるつもりです。父は遠出ができませんが、この別荘のことをお話ししました小一条院が、早速に来てみたいと仰せなのです。ですので、お迎えの準備のため、わたしも今しばらくは滞在します。院は先日御子さま方の親王宣下の儀式を終えられたところでして。当分は静かなところでのんびりしたいと仰せなのです」

「そうですか。何にしても大殿の御一族が宇治においでになって賑やかになるのは嬉しく、心強いことでございます」

「それで、あの……」

能信さまはしばらくもじもじした挙句、こう切り出した。

「離れの女人は香子さまが監督なさっていると聞いております。女手があったほうがよいため別荘のほうへ連れてまいりたいのですが」

香子は微笑んだ。手伝いとは口実、新しい恋人を近くに置きたいのだろう。

「わたしは名ばかりのお目付け役、どうぞお連れくださいませ」

野暮は言うまい。


日ごとに緑が鮮やかになる庵で、香子はゆったりと過ごしていた。

一度、能信さまからの使いで須黒がやってきた。

「我が主から、筍《たけのこ》をお持ちしろと」

「まあ、見事な。これは、わざわざ京から？」

「いえ、そうではござらん。わしは今宇治の荘の守番を仰せつかりまして、これは、その裏の竹藪から今朝掘り出しましたんで」

「そう。いつもながら、お心遣いをありがとうございますと伝えてね」

「はあ……」

いつも不愛想な須黒だが、なぜか立ち去りかねているらしい。

「ところで尼御前、その後お手の具合はいかがで？」

香子は微笑んだ。

「おかげさまで、そなたの持ってきてくれた薬は、たいそうよく効きました。このごろでは痛むことも少なくなりましたの」

「それはようござった」

しばらく口ごもったのち、須黒は思い切ったように言い出した。

「お手元の薬を、わしに見せていただけませんかな」

何を言い出すのかと香子は驚いたが、別に拒む理由もない。

「ちょっと待ってね」

次の間の文机のところに行き、文箱《ふばこ》を開ける。蛤の中に入れられた薬を持って縁に戻る。

「はい。これが何か？」

須黒は貝を両手に持ち、紐を外してそっと開けてみた。

「尼御前、つかぬことを伺いますが、この薬の減りが早いということはありませぬかな」

「いいえ」

香子はあっけにとられた。「なぜ、そんなことを聞くの?」

だが須黒はそれには答えず、貝を香子のほうに押しやると、そそくさと立ち去った。

合点がいかない香子は、まだ首をかしげながら貝を取り上げる。ようやく痛みが取れてきたので、もう五日ほどもこの薬を塗ってはいなかったが……。

独特の臭いの薬だ。だが……。

この臭いに、別の場所でも出会わなかっただろうか?


「尼御前、京からお手紙です」

「ありがとう」

香子は受け取ってから、みのの簡素な衣の懐に目をやった。妙にふくらんでいる。

「みの、そこに何を隠しているの?」

「あ、隠しているのではないのです、さっき藪で……」

「まあ」

みのが大事そうに取り出したものを見て、香子は笑い出した。小さな黒猫だ。

「藪のいばらに引っかかって、鳴いていたのです。尼御前、わたしが世話をするから置いてやってもいいでしょう?」

香子がうなずくと、みのは目見えをさせるつもりなのか、いそいそと猫を縁に置いた。子猫は物怖じもせずによたよたと数歩歩くと、すわりこんで前足を舐め始めた。

「ああ、だめよ、尼御前にあまり近付いちゃ。お邪魔になるから」

甲斐甲斐しく猫を抱き上げてあやすみのの声を聞きながら、香子は庭に降り、ゆっくりと手紙を広げる。

修子姫宮からだ。ゆかりの君が香子の近況を話したのだろう。

『匂宮』の感想が、手厳しい。

やはり生半可なものは書けないと、香子は気を引き締める。それからふと、耳をすませた。

……川の向こうが、騒がしい。

大殿の宇治の荘から、にぎやかな吠え声が聞こえてくるのだ。

「なんでしょう」

また子猫を懐に入れて走っていったみのが、まもなく駆け戻ってきて知らせてくれた。

「京から犬を三匹ほど連れてきて、別荘の周りに置くのだそうです。別荘に出入りする里人が教えてくれました。貴いお方がいらっしゃるから、護《まも》りを厳重にするのだとか」

「そう」

貴いお方。今の世で一番貴いのは帝、次いで東宮と彼らの御生母太皇太后ということになるが、そのような方がおいでになるには少々準備が軽い。それに次ぐ地位の方と言うと、やはり小一条院だろう。

「なんでも、以前にいた犬が、最近急な病にかかり、用をなさなくなったのだとか」

「そうなの」

「いやな病がはやったものだと里人が嘆いておりました。ある晩急に、足を震わせて歩けなくなったり、口を開いて倒れたり……。そのうちの一匹は今でも歩けないでいるそうです。恐ろしいこと。人にうつるものでないとよいのですが」

みのの話をいい加減に聞いていた香子は、そこで顔を上げた。

口を開いて倒れたり。

その言葉で、突然思い出したのだ。この間死んでいた、野良猫のことを。体のこわばりは死んで時間が経ったせいだと思っていたが、たしかに口を開き、顔をゆがめて死んでいた。

そして……。あの猫が吐いたものは、かすかに、だが独特の臭いがしていた。

「尼御前？」

みのに答えず、香子は足早に居間に戻ると、文箱の中の貝を取り出す。紐がやや緩んでいるのを縛り直す。

何も起きはしまい。きっと。

だが、とにかく用心のためにこの貝はもう少し厳重にしまい直すとしよう。

5

寛仁三（一〇一九）年十二月

師走。

年末の数々の行事の支度に追われている中、賢子はある噂を耳にした。ささやいているのは、もちろん太皇太后御所の女房たちだ。

「頼通さまが、ひそかにあるお屋敷に文を遣わしていらっしゃるのよ」

「わたくしも聞きましたわ。かなりの御執心で……」

気になるそのお相手というのが、竹三条屋敷の修子内親王だというのだ。

「まあ！　修子さまと言えば、あの……」

「そうよ。先々帝の姫宮、定子皇后のお産みになったあの方よ！」

「だって、頼通さまには定まった御内室がいらっしゃるではありませんか」

「ええ、父上の道長大殿が薦めた高貴な方がね。でも、いまだにお子がおありではないもの。頼通さまは、そろそろ三十に手が届こうというお年で」

「そんな、まだ二十八歳のはずだわ」

「明ければ二十九歳、大した違いではないわよ。それなのに、いまだ一人のお子もないなんて、摂関家にとっては大問題でしょう」

「だから、修子さまを？」

「お血筋から言ったら、御正室さまよりも上だわ。帝と后の間にお生まれになった最高位の一品内親王ですもの。おまけにきっとお美しいわ。なにしろ母君は一条の帝が溺愛なさった美貌の誉れ高い……」

「しっ！　あなた、口が過ぎるわ」

一人の女房があわてて止めるが、話し手のほうは意にも介さない。

「あら、今さら気にすることがあって？　美貌の后と言っても、とっくの昔に亡くなられた方よ。それに、一条の帝の一の后は、何と言っても彰子さま。その事実は揺らがないのだもの」

「それもそうね……」

「そうよ。彰子さまだってお気になさらないわ。結局、競争相手として張り合う前にこの世を去った女人よ、定子さまは」

――たしかに、そうだわ。

賢子は彼女らの話を聞きながら考える。一度もお目にかかったことはないが、修子内親王には、なんとなく親しみを感じているのだ。亡き母が、ずっと気にかけていた姫宮だから。

それに、最高位とは言え、孤独なお身の上だ。母后、妹宮、父帝、弟宮。近しい係累には次次に先立たれ、一人で竹三条宮にお暮らしの方。賢子より少々年上とは言え、まだお若いのに。

その、容姿にも身分にも何不足ない方に頼通さまが通われるなら、めでたいことではないか。

たしかに、頼通さまに一人もお子がいないことは、大殿家にとっては頭の痛いことなのだ。

頼通さまの、優しげな、しかし底知れない光を時折宿す目を思い浮かべながら、賢子は考える。

頼通さまとて御自分のお子が摂関家を支えることを望まれているだろうに、男子が生まれなければそれがかなわない。女子が生まれなければ、帝や東宮に入内させて皇子を産んでもらい、次の御代《みよ》を作ってもらうこともできない。ましてや、自分の次席にいる弟君教通さまには、すでに御息女ばかりか昨年待望の男子も生まれているのだ……。

女房方のおしゃべりの輪を離れ、ふと賢子はもう一人の姫宮のことを考えた。修子さまと同じく、孤独な方。彰子さまの御妹君、妍子皇太后のお産みになった禎子姫宮だ。

ついこの間、その妍子皇太后のことを何かと気にかけている能信さまに声をかけられたのだ。

「そなたは、母の尼御前から何か聞いてはいないか」

「何かとは？」

「四方山話として、聞かせてくれたことがあるのだ。『源氏物語』の続きの話を。世に忘れられた、美しい皇族の姫のことを書きたいと言っておられた」

「ああ、そう言えば……」

今年の春、母は楽しそうに語っていなかったか。だが、賢子には魅力のある筋立てには思えなかったので、聞き流してしまったのだが。

「何か、母御の残した草稿などが庵には残っていなかったのか？」

おやおや、この方も気になるのか。賢子はどなたにも言っている、同じ言葉を返すしかなかった。

「はい。残念ながら、何もございませんでした」

そう、母が集めていた物語の草子類はあったものの、母が書いたものは何一つなかったのだ。

「それは残念だ。そうしたものがあれば妍子皇太后と禎子姫宮をお慰めできるかと思ったのだが」

あの時の言葉に、今、御所の女房としての賢子の勘が働いた。

能信さまの異母兄頼通さまにお子がいない。道長大殿の御子息の中で一番の出世頭の頼通さまに、だ。弟君たちとしては、そこに栄達の機会がある。もしも、しかるべき女人を後宮に送り込み、その人が皇子を生すことができれば……。

修子内親王は、帝や東宮に侍るわけにはいかない。何しろ母が違うとはいえ姉に当たる方だから。だからこそ摂関家の嫡男の妻にはふさわしいわけだが。

一方で、帝や東宮の御妻としてめあわせるのにふさわしい姫宮なら、禎子内親王がいるではないか。いまだお小さいが、あと五年もすればお年頃になる。何より、今上も東宮もまだお若い。そして后がねにお育てするのに早いということはない……。

能信さまはそれを見越して、誰にも言わずに肩入れなさっているのではないか。こうした野望は胸に秘めておくものだ。実を結ぶには何年もかかる。その何年かをひそかに、だが着実に進めていけぬようでは、宮廷人たる資格はない。

そんなことを考えていると、かしましい声が耳に飛び込んできた。

「ところで賢子さま、母上は本当に物語を残していなかったのですか」

「はい」

賢子はうんざりして答える。まったく、誰にも同じことを聞かれ、そのたびに同じことを答えているのだ。

「まあ、それは残念なこと」

「晩年の母は指が思うように動かず、筆を持つのもままなりませんでしたので」

「それはさぞかし御無念でしたでしょうね」

「わたくしも、そう思います」

女房のいつ果てるともないおしゃべりにうんざりしながら、賢子はまた能信さまのことを思い出す。

――あ、そうだった。

能信さまに、また聞きそびれてしまった。先日頼宗さまが漏らしていた毒とは、何だったのだろう？

目の前の女房はまだしゃべり続けている。

「太皇太后さまも、きっと残念にお思いですわよ。衣食のお世話はもとより、紙や、そうそう、特別にあつらえさせた文箱までお与えになっていたというのに……」

その言葉に、突然、賢子は別のことを思い出した。

さっぱりと片付けられた母の庵。白絹の掛けられた文机。その下にあったのは長い間手を触れていなかったとおぼしい硯と筆、そして重ねられた白い紙。

太皇太后が母に贈った文箱がなかった。

漆塗り、螺鈿《らでん》細工の見事な文箱。母が大事にして、いつも文机の上にあった箱が。

——あの箱を最後に見たのはいつだっただろう？

賢子は、懸命に思い出そうとする。

母が危篤という知らせを受け取り、賢子は車で宇治に急いだ。車は頼宗さまが手配してくださったものだ。御自分の母上の明子さまが写したという法華経一巻も、経箱に入れて持たせてくださった。その行き届いた心遣いに、動転しながらも賢子は感激したのを覚えている。

そして、母の庵に入り……。

だがその時は、念持仏の足元に横たえられている母のそばに駆け付けることしか頭になかったから、隣室の文机など目にもしていない。

では、その前に母を訪れた時はどうだっただろうか？

——だめだ、どうしても思い出せない。

ただ、最後に見たあの庵の光景は克明に思い出せた。固まった筆、乾ききった硯、幾枚かの白い紙……。

「あら！」

突然浮かんだ考えに賢子は思わず叫びを上げ、あわてて周囲を見回す。大丈夫、さっきの女房はもう立ち去っていた。

けれど、どうして今まで気が付かなかったのだろう?

文机の上に残された幾枚かの紙。

だが、彰子さまはいくらでも使うがよいと、潤沢に、上等の紙をお与えになっていたはずだ。

あの大量の紙は、いったいどこへ消えたのだ?

寛仁三(一〇一九)年三月

能信さまが連れ出してから三日ほど経って、竹芝の君は局に帰ってきた。

一度も局を離れたことなどなかったかのように、またひっそりと暮らしている。日中は香子が貸してやった草子を読みふけったり、写経をしたりで過ごしているらしい。

香子にしてやれることは、ほかにないだろうか。若い娘は一人で思い悩んでいるのではないか。

香子が気がかりなのは、竹芝の君の表情が生気に乏しいからだ。日中は人目に付くことを恐れている彼女を、夜、話し相手にと呼び出すのだが、相変わらずひっそりとした佇まいなのだ。

恋をしている娘ならば、もっと内面から輝き出るような光を持っていてもよいだろうに。

だが、竹芝の君は今も鬱屈《うっくつ》したものを抱えているように見える。

――あの娘の境遇を思えば、無理もないかもしれないけれど。

いくら能信さまの想い人になれたと言っても、身分が定まるわけではない。竹芝の君は定まった屋敷も持たない仮住まいで、能信さまの気分一つで居を移さざるを得ない身の上だから。しっかりした身分があれば殿方を通わせる形の婚姻もできるが、それよりも格下の扱いということだ。

娘の賢子は、まったくこだわらずに宮廷遊戯として恋愛を楽しんでいるが、それとこれとは少々違う。賢子には彰子太皇太后のお気に入り女房、しかも及ばずながら紫式部の娘という評判がある。おまけに、恋愛を恋愛と割り切れるさっぱりとした気性。頼宗さまの妻にならなくてもいい。後宮暮らしに華やぎを添える恋ができればいい、結婚など女房勤めに堪能してからでよいと割り切っている。

だが、竹芝の君には、そうした心のよりどころも、いや、身の置き所もない。

それからまた、香子は自分の物語の中君を考える。

中君は宇治の侘び住まいを捨てさせられ、匂宮の意のままにその邸宅に移される。それでも彼女は幸い人と呼ばれる。匂宮を自身の娘の婿にと目論んでいた夕霧大臣は内心穏やかではないものの、廃《すた》れ皇子の忘れ形見などに圧倒させてなるものかと、娘と匂宮の結婚を華々しく執り行おうとする。

こうした筋立てにすれば、誰もが中君に同情して心を寄せるだろう。薫も中君に惹かれていくことがさらに、中君の魅力を増すことにつながる。

香子の物語はここまで進んだ。

一方、大殿の宇治の荘では小一条院が機嫌よく滞在しているらしい。近隣の荘園の者はこぞってお手伝いに参上し、都からは御機嫌伺いの使者がしきりに来る。夜は管弦の遊びが行われ、その楽しげなざわめきが香子の庵にまで伝わってくる。

一度、夕刻に散策している時、香子もその一団を目にした。

小振りながらしっかりした造りの船に幔幕《まんまく》が張り巡らされ、宇治の荘近くの川辺に寄せられている。朱の傘をさしかけられながらその船へ乗り込む、藤色の直衣《のうし》姿の人物……。

——あれが小一条院だろう。周囲のかしずき方から、並大抵の人物でないことがわかるから。

能信さまの姿は見えないが、船尾で巧みに舵《かじ》を操っているのは須黒だ。

船はなめらかに、川面に滑り出た。折からの夕日に照らされて、ゆったりと進むその光景は、一幅の絵のようだった。

香子は思いがけなくめでたいものを見せてもらったと思いながら、ゆっくりと庵へ戻ったものだ……。

だが、翌朝。妙な噂を使僧が聞き込んできた。

「先日、宇治の荘の下人が体を壊したそうです」

「まあ。体を壊したとは、どのような?」

「宴の下げ渡しの料理を食べたら倒れたとか……」

「それで、小一条院や大殿家の方々は御無事なのですか？」

「そのようですよ。いずれ、意地汚く食い漁ったのでしょうが、息ができないと転げ回ったとか……」

香子は、はっとした。

息ができない。

その言葉を、どこかで聞いた。

そうだ、あの薬について、須黒が言っていたのだ。

――でも、まさか。

そう否定する一方、胸騒ぎは収まらない。

――決してあり得ないとは言い切れないではないか。薬をひとたらし食物に混ぜるのは、簡単なことだ。人が多いと言っても都と違ってすべてが簡単な別荘だ。この機会に、自分が恨みを抱く誰かに意趣を晴らそうと企む者が、もしもいたとしたら。

そしてそうした効き目のある薬、いや毒を、自分は持っている。

香子は、あわてて薬を検《あらた》める。陽気がよくなってしばらく必要を感じていなかったのだが……。心なしか、減っていないだろうか？

香子も、この部屋を空けることはある。その隙に、誰かがこっそりと忍び込むことはできるだろう。

香子は首を振って、自分の疑念を退ける。

まさか。そのためには、ここに薬があることを知っていなくてはならない。誰が知っているというのか……。

香子はまたぎくりとした。

知っている者は、わずかながらいるではないか。

香子に思い付くのは？　そしてこの庵に出入りしても怪しまれないのは？　さらに、宇治の荘にも出入りできるのは？

ごく自然に、一人の顔が浮かんできた。

常陸。

その時、先程の使僧がまた戻ってきた。

「尼御前、宇治の荘より能信さまがお見えです」

「今日は、御相談があってまいりました」

能信さまの訪れは珍しいことではないのに、今日の香子はどきりとして迎える。心なしか、痩せてはいないか。

「どのようなことでございましょう」

「もうお聞き及びでしょうか、別荘で下人が食中《あた》りを起こしまして」

「はい、ちらりとは耳にしましたが」

能信さまは膝を進め、声を低めた。

「非常に頑健《がんけん》な者だったのでさいわいに回復したのですが、今になって毒を盛られたのだと騒ぎ出し、それに乗ずるような者まで出る始末でして。いやもちろん、それらの者は叱り付けて口止めをしたのですが」

「……お心当たりはおありですの」

能信さまは大きくかぶりを振った。

「とんでもないことです。ですが、食中りというのもたしかに解せないことでした。なにしろ、きゃつの食したものに異常などあるはずがないのです。なぜなら、院の御宴会で残った羹《あつもの》を、そのまま下げ渡したのですから。皆が院の御前で口にしてから一刻と経っておりませんから、その間に傷んだということもありえませんでしょう」

「ですが、下人は明らかに異常を訴えたとおっしゃるのですね。それはどのような具合だったのですか？」

「羹を口にしたところ、苦い、舌を突き刺すようだと言って吐き出したそうです。それから、口の中が焼けるようだ、喉がふさがれて息苦しいと苦しみ出しました。一時は泡を吹いて気を失ってしまったとか。しっかりした同輩が腹の中のものを吐かせてやったのがよかったのか、やがて正気付きましたが」

「突然そうなったということは、たしかに、ただごとではないと思えますが……」

「はい。しかも鉢にわずかに残っていたのを野良犬に舐めさせたところ、同じような状態になりました」

能信さまはさらに声を低める。

「医薬の心得のある武者に検めさせましたが、毒の疑いがあると。それで尼御前、その武者というのが、須黒なのです。あの者は東国から縁故を頼ってきておりますが、生国では草木の探求に熱心だったとかで」

香子は表情を引き締める。

「わたしに下さった、あの薬を調合した人ですか」

「そのとおりです」

「わたしの手元の薬は、そのままありますが」

能信さまはあわてたように手を振った。

「いいえ、尼御前を疑っているのではありません。しかしあの須黒は、ほかに薬はないと申すのです。なので……」

「それでは疑われても仕方がありませんね。ただ、わたしはこの庵のある寺から遠出はしませんし、もちろん、宇治の荘にはまいったこともございません。そのことは、誰に聞いても確言してくれましょう」

能信さまはほっとした表情になった。

何を考えているかは、香子にもわかる。下人とは言え毒だと騒がれたら、念のために調べねばならぬ。だが、該当する薬を持っている唯一の人物の香子が潔白であるなら、能信さまはもう疑わなくてよいということだ。

「とにかく、人に知られるわけにはいきません。院は今もおいでなのです」

「そう、小一条院が御滞在なのですものね」

今の世に「院」と大殿家が敬うのは小一条院だけだ。帝や東宮に次ぐ、あがめ奉らなければならない、雲の上の存在。どんな傷も付けてはならない……。

「能信さま。膳を下げた者たちは、取り調べましたの？」

「それが、膳部はしばらく渡殿に置き放しになっていたそうです。たしかに、そこに何かを入れることは誰にでもできてしまいました。ですが、そんな毒など誰も手に入れられないとなれば、これはもう、ただの思い過ごしでしょう」

能信さまの表情が穏やかになっている。たしかに、大殿家としては、ただの食中りと片付けられたら、ありがたいだろう。

「万一にも、院のお耳に入ったりしないように、近在の者たちには固く口止めをしております。どうぞ御承知おきください」

「はい、もちろんでございます」

結局、能信さまは事の次第を検めるよりも荒立てたくないのだ。宮廷人として当然の保身の術だ。

「しかし、尼御前は知恵者と承っております。何かお気付きのことがあれば、ぜひ」

付け足しのような言葉は、ただの社交辞令。それがわかるから、香子も無難な言葉を返す。

「……わかりました。今は何も思い当たりませんが、気が付いたことがありましたら、すぐにお知らせいたしましょう」

それで気が済んだのか、能信さまは話を変えた。

「ところで、局の住人ですが、先般戻ってきての様子はどうでしょうか。また、尼御前にはよしなにお使いください」

「承知いたしました」

お使いください、という言い方がひっかかるが、まあいい。

「ただ……」

能信さまは口ごもる。「あの女のことも、口外無用にお願いいたします」

「もちろんですとも」

それから能信さまは姿勢を改めた。

「ここだけの話に願います。実は父上の体調がいよいよすぐれず、出家を志しているのです」

「まあ」

大殿が。権勢を誇っていたあの方が。

「ですからわたしはまもなく京に戻らなければなりません。父上が政から退けば、わたしも一層身の処し方に慎重を期さねばなりませんから」

道長大殿の御子息が何を心配なさるのか。世人はそう思うかもしれないが、人にはそれぞれ苦労がある。敵は大殿家の外にいるだけではない。大殿が御隠居となれば、子息たち相互の争いも、ますます苛烈になる。政治に携わる大殿の御子息だけで、何人いることか。

「局の女人にも、しばらく会いに来られぬと申しておきました。よろしくお願いします」

能信さまを見送ったあとで、香子はみのに言い付けた。

「夜になったらおいでくださいと、竹芝の君に伝えてちょうだい」

「はい。……尼御前、どうかしたのですか？」

「え？」

「なんだか、こわいお顔をしているから……」

心配そうなみのに、あわてて香子は笑顔になる。

「そんなことはないわ」

少し、考えていることがあるだけだ。


夜。

思いがけなく話が進んだ。

匂宮と薫、二人の貴公子の想いを持て余す中君の悩みを思い浮かべると、次々に想が湧いてくる。

真夜中過ぎにようやく区切りをつけた香子は、居間の灯りを消した。

喉が渇いた。ひりひりとした痛みも感じる。

そうだ、この前常陸が米から作ったという飴を持ってきてくれた。居室の外の水屋にあるはずだ……。

みのはぐっすり眠っているだろう。

香子は自分で取りに行こうと、一度部屋の外へ出る。そして縁を回り、水屋で目当ての飴の壺を手に入れ、戻ってきた時だ。

庭の茂みで音がした。

ぎくりとして立ち止まる。

こんな何もない庵でも、物取りか？　いや、人さらいか？

しばらく気配を殺して立ち尽くしたが、何事も起きない。香子は用心しながら、居間に戻った。

明け方まで様子を窺ったが、何もないまま日が昇った。

陽だまりの中で、香子はもの思いにふける。

――物語の筋を、少し作り変えようか……。

それから、耳をそばだてた。何か声がする。かんだかい叫びのようだ。そして、言葉にならない、しゃくりあげるような声。

――あの声は……。

香子は急いで庭に降りて、声のほうへ駆け付けた。

「みの？　どうしたのですか」

「この子が……」

みのは、小さな体を手に、泣きじゃくっていた。黒い毛の塊《かたまり》がのぞく。

「それは、この間迷い込んできた子猫ではないの」

「はい……」

みのがいくらゆすっても、猫は動かない。目は半開きのまま、何も見ていない。

香子はみのの手から、そっとその体を受け取った。

「もう息をしていないわ」

「どうして？　どうしてこんな……」

「かわいそうなことになったわね」

いたわるような香子の言葉に、みのは堰《せき》を切ったように激しく泣き出した。その泣き声を耳にしながら猫の体を検めた香子の、動悸が激しくなる。口から吐いたものが喉元まであふれ、乾いてこびりつき、そしてまぎれもなく、あの薬の臭いがした。

また薬が使われている。しかし、これほど香子の近くで使われたのは初めてだ。

誰が、何のために？

すぐに思い浮かんだのは、昨日の能信さまの来訪だ。貴人の訪れであるから寺の者も知っている。宇治の荘に仕える者も承知のことだろう。そして能信さまは、宇治の荘での騒ぎについて語っていた。

――尼御前は知恵者と……。

考えたくはないが、どうしてもいやな方向に香子の思いは向いてゆく。

まるで、誰かに脅されているような……。

背筋がぞっとして思わず振り返るが、周囲はのどかな光に満ちた庭だ。その中でみのの泣き声だけが響く。

香子はなんとか気を鎮めて、みのを抱き寄せた。

「かわいそうなことをしたわね。とにかく、この猫を弔ってやりましょう」

みのを導いて庵の近くの塀際に穴を掘り、猫の冷たくなった体を埋めてやる。みのがなおも泣きながら摘んできた花を供え、一緒に経を唱える。

みのはようやく落ち着いてきたようだ。土盛の前で合掌しているみのを残して、香子は庵の居間に戻る。

みのの前では平静を装っていたものの、実は香子も大きく動揺していた。

内心、このあたりで起きている毒飼いの意図はつかめかけたと思っていた。薬を隠すことで、香子なりに策を講じているつもりでもあった。

だが、この猫の死だけはまったく思いも寄らなかった。香子の描いた図にどうしてもあてはまらない。

この庵の猫を殺して何になるというのだ？

ようやく泣きじゃくりをやめて庵に上がってきたみのに、声をかける。

「みの、顔を洗っていらっしゃい」

その夜。前夜以上にはかどり、一人になった夜更け。香子はそっと庵を忍び出て、今度は生垣の元に隠れた。月が美しい。

先程、部屋の灯は消した。香子が考えたとおりなら、そろそろ……。

その考えを裏付けるかのように、人影が一つ、現れた。

姿を拝見したのは一度だけだが、顔よりもむしろその歩きぶり、あたりに漂う香でわかる。そして、何よりも、あたりを憚らないその身ごなし。

間違いない。小一条院だ。

むろん、香子の庵に用があるわけではない。

小一条院は悠然と寺の廊下へ向かう。そしてその先の局に姿を消した。


翌朝。

まぶたを泣き腫らしたみのまでが心配するほど、香子は口数少なく考え込んでいた。

小一条院が、竹芝の君の局に通っている。そのことは事実だ。一昨夜、香子が物語の筋を考え終わって庵の灯を消した。そうしたら、人影——小一条院——がお忍びで庭に現れたのだから。

香子が寝《しん》に就いたのを見届けて、竹芝の君の局に向かったのだ。たまたま香子は外に出たから、その姿を見たわけだ。

そして昨夜も。

庵の灯が消えるのが、合図。そのあと竹芝の君が自分の局に戻る。

小一条院がどこで竹芝の君をお目に留めたのか、それは別に不可解な謎でもなんでもない。この局にいる竹芝の君のことはごく少数の者しか知らないが、宇治の荘へ——小一条院御滞在の大殿別荘へ——女手が足りないからと呼び寄せられていたのだ。人少なで狭い別荘のこと、目に触れてしまったのだろう。

それだけのことなら、騒ぐことではないのかもしれない。宮廷でなら、夜ごと違う殿方を迎える女房など珍しくもない。

だが。

ここは宮廷ではないし、竹芝の君も後宮女房ではない。小一条院は、そんなことにおかまいなしだろうが。

香子は、そこで首を振る。

——だからと言って、わたしには何もできない。小一条院は何をしても許される、誰もがこの上なく大事にする存在なのだから。お諌めすることなど、大殿にさえ不可能事なのだ。

香子が描いているこの絵には、まだ見えないかけらがある。

そして一方で、何の関係もないかもしれないが、不吉な出来事がいくつも起きている。同じような症状に苦しんだ猫や犬や下人。

能信さまが宇治の荘での珍事を香子に知らせた、その翌日に見つかったもう一つの猫の死体。

関わりを付けるといっても不確かな根拠しかないが、では全く無関係と言い切っていいものなのか。

香子はいらいらと、また首を振る。

今日は季節を先取りしたかのように蒸し暑い。頭が重く、考えがまとまらない。

だが、何か不吉なことがこの宇治で起こりかけているらしいのに。

思案に余った香子は竹芝の君を呼び出した。

ところが、みのは困った顔で帰ってきた。

「あの、どこにもいらっしゃらないのです」

香子ははっとした。

「どうしたのでしょう、お近くを散策などなさることはありますが、こんなに日も高くなってからということは今までになかったのに……」

香子は局に駆け付けた。

小さな室内は乱れた様子もなく、ただ、ほのかな残り香があるだけだ。

そして、竹芝の君の衣装の中で一番上等な小袿が見当たらない。

香子は心を鎮めて言った。

「騒ぎ立ててはお気の毒です。今日一日、君は物忌みで誰にも会えないということにしますよ。いいですね」

みのは要領を得ない顔付きのまま、うなずいた。

竹芝の君は夕刻になって姿を現した。顔が青い。

「尼御前、御心配をおかけして申し訳ありません。有明の月に誘われてそぞろ歩いておりましたら気分が悪くなり、動けずに川のほとりで休んでおりましたの」

「そうですか……」

香子は頭を下げたままの娘をじっと見つめて言う。

「回復なされて、よかったこと。では物語の続きを聞いてもらえるかしら」

竹芝の君は香子を見つめてうなずく。筆を持てない香子に付き合って物語を紡ぐ手伝いをしてくれている娘なのだ。

だが、香子には疑念があった。

常陸。

貝の中の毒を取り出すことができた人物。常陸の今の夫は大殿に取り入っている受領だから、宇治の荘に出入りもできる。あの気性だから、まかないどころではきっと重宝される。ということは、膳部に薬をひと匙紛れ込ませることも……。

その常陸は、最近姿を見せない。堀河邸の延子さまの御体調がよくない、いやな咳が取れない、などと記した手紙が来たきりだ。

香子としても、できればこんな時に顔を合わせたくはないから、それはよいのだが……。

——とにかく、今は様子を見るしかないかしら。

特に、竹芝の君に注意して。

ところで、能信さまの言葉は本当だった。

病篤い道長大殿が、ついに出家したという。

一家の大黒柱の大事ということで、皆が都へ引き上げたらしく、宇治の荘はうってかわって静まり返った。小一条院も優雅に遊んでいるわけにはいかず、逗留をとりやめにして京に帰られたようだ。至高の身分とは言え、小一条院も道長大殿の息女を妻にしている身なのだから。

近在も貴顕の人々への奉仕がなくなったせいで、穏やかな日々に戻った。だが、その静けさの底には、何かあやういものが流れているような気がする。

久しぶりに、延子さまから桜の枝に付けられた便りがあったのは、そんな頃だった。

——先日は尼御前から何よりのお見舞いをいただいて、限りなく嬉しく存じました。このところ気分がすぐれずに日を送っておりましたが、新たに嬉しい知らせも聞こえ、それを励みに筆を執りました……。

読み進めて、香子は安堵の吐息をついた。日頃の延子さまのお悩み——大殿家の寛子さまの御不例——の原因がわかったのだという。

なんと、悪阻だった。小一条院の子を懐妊されていたのだ！

——この上ない慶事と、わたくしも一度に心が晴れた思いで……。

そんな文面に、香子は思わず、京の延子さまに頭を下げた。

なんと気高いお方だろう。恋敵の懐妊を喜べる。もっとも、仮に一抹の嫉妬が混じっていたところで表に出さないのが貴婦人のたしなみだ。それでも、この文面はそのまま受け取ってもよい気がする。自分が寛子さまに仇《あだ》をなしていたのではないという安堵が前面に出ているからそう感じるのだろうか。添えられた満開の桜の花もあいまって、晴れ晴れとした思いだけが伝わるようだ。

――もう、この方を不幸にする出来事が起こりませんように。

香子はそう祈り、そしてまた思案を続ける。

6

寛仁三（一〇一九）年三月―四月

（実資の日記）

三月二十二日

昨夜大殿が出家されたによって、皇太后が行啓《ぎょうけい》を行った。また本日朝、太皇太后と中宮もそろって行啓されたということだ。

実資は筆を置いて、腰をさすった。先日来、腰痛がひどくなるばかりなのだ。昨日、道長大殿の病悩がひどいと聞いた時も見舞いをやめたほどだが、ついに出家したと聞いては、そのままにしてはおけない。ただの病気とは、事態の重さが違う。急ぎ参入してあれこれと立ち働いたために今日は立ち居もできず、横になっている始末だ。

大殿の出家と聞いた時には一大事と思ったが、一晩経ってみれば、なんのことはないとも思えてくる。

大殿はすでに太政大臣職も辞し、摂政も子息に譲っていた。世の中は何も変わらない。

「父上、腰の具合はいかがですか」

「おお、千古か」

実資は顔をほころばせた。

「温めた石をお持ちしました。お腰に当てれば、いくらか違うかと」

付き添ってきた乳母が甲斐甲斐しく介抱してくれるのを、ありがたく受ける。

「おお、これはよい。痛みが軽くなるようだ」

「それはようございました」

千古は見舞いの言葉もそこそこに、切り出す。

「それで、大殿家ではいかがでしたの」

「長年、出家する出家すると騒いでいたお方だったが、いよいよとなったら神妙だったぞ」

実資も、千古相手では言葉を飾ることはない。

「ま、考えてみればすでに政を引退なさっていたような立場だからな。あの家の息子どもは、いよいよ自分たちの出番と腕をさすっているのだろうが」

「父上は、いかがです」

実資は横になったまま、千古を見上げた。

「父も変わらぬぞ。まだ、今は」

「まだ、今は」

千古は繰り返してから、思いがけぬことを言い出した。

「ところで、わたくしはいつ裳着をするのですか」

実資は、起き上がろうとして腰の痛みに唸る。

「……もうしばらく待て」

「また、そのお言葉ですか」

千古は実資の腰をさすりながらも不満そうに言う。「もうしばらくとおっしゃいますが、世の姫君方にはわたくしの年ですませておいでの方がたくさんいらっしゃいますわ」

「……仕方ない。父の思うところを聞かせよう」

実資は介添えを受けながら、千古の顔が見られるようにゆっくりと向き直る。

「父はまだ変わらぬと、今言ったな。世が動くまで、千古は女として一人前にならぬほうがよいのだ」

千古が忙しく考えているのがわかる。やがて、ぱっと顔を輝かせて言った。

「世が動いて、父上が御昇進なった暁には裳着、ということですか」

「姫さま、それはどういう……？」

脇で聞いていた乳母が、合点がゆかぬように問いかけるのに、千古は教えるように言う。

「世が動き、父上が輝かしい位にお着きになったら、わたくしも位が上がる。……父上は、わたくしは入内もできるとおっしゃった。大納言の娘では更衣《こうい》どまり、けれど大臣の娘なら女御《にょうご》になれる」

「まあ」

乳母の驚くのをよそに、実資は千古の聡いことに満足する。

「父はそんなことを漏らしてしまっていたか。そうじゃ。じゃからそれまで、千古は世に出ぬ秘蔵の娘でいるのじゃ」

「裳着をすませたにもかかわらず貰い手のない、売れ残りの女になってはならないのですね」

「まあ、姫さま、はしたないおっしゃりようを」

乳母があわてても、千古は動じずににっこりと笑った。

「得心がゆきました。それではその日まで待つとします」

「そうだ」

実資は才気にあふれた娘を頼もしげに見やる。売れ残りなど、とんでもない。まだ少女の頃、何を早とちりしたのか、大殿家の若造が文を遣わすほど熱を上げたこともある、評判の姫でもあるのだ。

「そのまま、美しく賢くと、励め」

「そうそう、わたくし、今、『源氏物語』の、明石姫君の養育のところなどを読んでおりますの、何事にも人に後れを取ることなく、書も歌も芸事も、抜きんでられるようにと育てられているのですよね」

「それはよい。千古にも学べることが多そうだ」

「ええ、あの物語の中の女人がたは、どれもたしなみ深く美しく、女の手本と思います」

「……そうだな」

一瞬ためらった後、実資は答えた。

「父上？　どうかなさいましたか」

「いや、どうということもない」

「そうでございますか。もしや、千古が手本にしてはならぬ女人もいるとか……？」

意味ありげな千古の笑みに、実資は真面目に答える。

「そうじゃな。ま、藤壺中宮にだけはあまり思い入れをしないほうがよかろう」

「あら。藤壺こそ、真に迫った描かれ方をしていると思いますのに」

実資は少々驚いた。実資自身は、もっともけしからぬのは、藤壺中宮だと思っている。なにしろ後宮で義理の息子と忍び合い、おまけに不義の子を帝位に就け……。

しかし、千古のこの思わせぶりな言葉は、どういうことか。

「千古、それは……」

実資が言いかけたところで、子息の資平がやってきた。

「父上。これから、また大殿入道のところに参上しますが……」

「おお、そうか」

実資は、大殿への口上を資平に告げる。実資の目から見ればまだまだ足りぬことは多いが、このくらいの使いはやり遂げるだろう。席を立とうとした資平に、実資はもう一つ、言い付けた。

「それからの、参議の頼定殿に、わしが面談をしたいと伝えてくれ。何、急ぐ用事ではない、いつでもよいと」

「はい」

資平は素直にうなずいたが、千古のほうが好奇心を見せた。

「頼定さまと、どのようなお話なのです?」

「……千古は気にせんでよい」

さっき千古の言葉で思い出したのだ。実資の厨子の奥にあるものと、『源氏物語』を書いた女について、ずっと気になっていることを。あの藤式部という女、すでに他界したかと思っていたが、出家したもののまだ存命だと最近耳にしたのだ。ならばやはり、今のうちに……。

しかし、そのことを絶対に千古に知らせてはならない。

「父のささいな用事じゃ」

＊＊＊＊＊

静かだった宇治の荘に馬のいななきが聞こえたのは、卯月になってからのことだった。抑えてはいるが、たしかに身分の高い誰かが訪れているのだ。かしずく者の、うやうやしい声が聞こえてくる。

その夜、不安を抱えながら竹芝の君の局をのぞいてみる。またももぬけの殻だ。

香子はその局に入って竹芝の君が戻るのを待った。だが朝になっても、日が高くなっても戻ってこない。香子はそのまま局に居続けた。

「竹芝の君と夜更かしをしてしまったの、今日はここで、二人で昼寝をしているわ」

一度庵に戻ってみのにそう告げたので、誰もそれ以上穿鑿しなかった。香子の動静など寺の者は気に留めないし、子猫が死んだことですっかりしょげているみのも、何も聞かなかった。みのは、暇があれば子猫の塚に花や水を供えている。

丸一日過ぎての、明け方。

香子は竹芝の君の庵を出て、庭に隠れた。

こんな下世話な真似をしている自分にやましいものを感じながらも木陰に立ち続けていると、やがて、川のほうから竹芝の君が蹌踉《そうろう》とした足取りでやってきた。

――よかった。とにかく、無事だった。

ほっとしている香子の耳に、川のほうから水音が聞こえてきた。規則正しく、だが、あくまでもひそやかに。

近くで櫂《かい》を操る者がいるらしい。

竹芝の君が、局に入ろうとして立ち止まった。

──気付かれた？

だが、身を縮めている香子のほうを見向きもせず、竹芝の君はまたふらふらと歩いて局に消えた。小さなつぶやきが聞こえた。

「このうき舟ぞゆくえ知られぬ……」


めったにしないことだが、香子は使僧を呼び寄せ、自分からあることを頼んだ。近隣の噂にはめっぽう強く、そのことでわきまえが足りないと、住持にいつも叱られている若者だ。

その若者がいそいそと耳打ちに来たのは、夕刻のことだった。

「はい、近在の噂を聞き回りましたが、尼御前の御推察どおりでございます。小一条院はよほど宇治荘がお気に召したのか、先月はずいぶんと長逗留であったそうですが……」

そして恐れ入ったという顔で香子を見上げ、付け加えた。「尼御前は賢くていらっしゃる。実はまた一昨日の夜から、お忍びで別荘にいらっしゃっているそうですよ。先般宇治で川遊びをしたのが大層お気に召したらしく、また船の用意をしろというお言い付けも含めて直前に知らせが参ったようで。しかし今回は、ごくひっそりと、供の者も少なかったとか」

「大殿が御出家なさったばかり、大殿家の皆さまは、都で新しいお暮らしの用意などに奔走されていらっしゃるでしょうからね。小一条院も一応は大殿の婿に当たる間柄、宇治で浮かれていると知れては聞こえが悪いものね」

「まあ、そうでしょうね。小一条院がどんな振る舞いをされたところで、誰にも文句は付けられないでしょうが」

「それにしても、院は船遊びがお好きなのね。わたしにもわかる気がするわ。川風が気持ちよい季節ですものね」

僧はちょっと肩をすくめた。

「ところが残念ながら、来たばかりというのに昨日は一日お部屋にこもりきりだったとかで、今回はまだ宇治川の遊びは催されておりませんそうで。大殿家では荘に残った番人たちにまめに船に手入れをさせ、いつでもお望みをかなえるようにと申し付けているそうですが。わたしにその話をした里人が言っておりましたよ。お支度の手伝いに馳せ参じればご褒美が頂けると楽しみにしておったのに、と」

「お部屋にこもりきりとは、どうして？」

「なんでも京からおいでになる途中の道で何やら穢《けが》れに触れたとかで、昨日は誰にも姿をお見せにならなかったとか」

「そうですか」

そこで使僧は膝を進めてきた。

「これは極秘にしているそうですが、小一条院の馬が病気にかかったらしく、触穢《しょくえ》とはそれのことではないかと……」

「病気とは、どのような？」

「何でも、厩《うまや》に入れて世話をしてやり、翌朝厩番が飼葉をやりに小屋に行ったところ、白目をむいて倒れていたそうです。口から泡を吹き、喉をひゅうひゅうと木枯らしのような音を立てていて……。お気に入りの御愛馬だとかで、厩の者が院に申し上げようとしたところ、おそばの者が『そのまま様子を見てやれ、院は厳重な御《おん》物忌みにより誰にも会わぬから』と……」

「それで、馬はどうなったの？」

「一日様子を見ていましたところ、どうにか夕方には常のような息遣いに戻ったそうです。宇治へ来る途中で何やら悪いものに憑かれたのではないか、ひょっとすると乗っていらした院も同じ穢れにやられたのではと。……尼御前？　どうなさいました？」

「いいえ、なんでもないの。ありがとう」


一人になった香子は、次の日も考え続けた。

自分の心に描いた絵が、不吉な色を帯びて迫ってくる。

ただ一つ、解せないかけらがあるのだが。

日もたけた頃、香子はようやくある思案にたどりつき、みのを呼び寄せた。

「みの。正直に話してほしいことがあるの」

「なんでしょうか……」

いつもと違う香子の表情に、みのはすでに怯えている。だが、香子はかまわずに話を続けた。

「あなたは毎日、あの子猫を埋めた塚に水や花を手向けてやっているのね」

「はい」

身を縮めているみのに、香子は優しく語りかける。

「本当に、かわいそうなことだったわ。どう、たいそう嘆き悲しんでいたけれど、少しは落ち着きましたか?」

「……はい」

みのは短く答えながら、しきりに外へ目をやる。早く香子の前から逃げ出したいというように。香子はそれを知らぬふりで、言葉を続けた。

「あとから思い出したのだけれど、あの猫は藪のいばらの中に引っかかっていたところを、みのが見付けたのですよね? その時に怪我でもしていたのか、歩きぶりが少したどたどしかったし、よく足を舐めていましたね」

「……はい」

「そして、あの日、みのは突然子猫が苦しんでいるところを見付けた。動転しているうちに、猫は死んでしまった。何か、口から臭いのするものを吐いて」

「……はい」

何を言っても言葉少なに答えるだけのみのに、香子は静かな口調を崩さずに、突然切り出した。

「ところでみのは、わたしの文箱にさわりましたか？　いつも、部屋の掃除はしても文机の上は手を触れないでよろしいと言い付けておいたはずですが」

みのは青ざめる。

「みの。この文箱を開けたのですね？」

みのは唇を震わせたまま声を出せないでいるが、その表情が充分答えになっていた。

「そして、貝の中の薬を出したのね？　決していじってはいけないと、須黒にも常陸にもきつく言われていたでしょう」

「すみません！」

みのは、そう叫んでわっと泣き伏した。

「あの子の、前足の傷がよくならないので……。何か膿《う》んでいるようで嫌な臭いもするし、ずっと足を引きずっているのがかわいそうで……。あの薬を塗ったおかげで尼御前は本当に楽になったとおっしゃっていたから、とてもよく効くのだと思って、尼御前はもう薬もいらなくなったとおっしゃっていたから、だから尼御前が外を歩いている時にこっそりと、少し、使い古しの瓢《ひさご》に入れて取っておいたのです。たっぷりと塗ってやったら……」

「何を使って塗りました？」

香子の語気の激しさに、みのはさらに涙を流しながら白状した。

「て、手でさわってはいけないと従者の人が言っていたのを隅で聞いていたから、椿《つばき》の葉を使いました。あの葉は固いから、うまくすくえました」

香子はほっとした。みのも、薬の扱いそのものは、間違えなかったらしい。

「何も知らない猫は、あの薬の臭いをいやがって舐め取ろうとしたのでしょう。そして」

死んでしまった。

みのが泣き止むのを待って、香子は何よりたしかめたいことを尋ねた。

「子猫に塗ってやったあと、その瓢はどうしたの？　それと、その椿の葉も」

「……この薬がいけないのだとわかったから、両方とも川に流しました」

香子は、全身の力が抜けるような安堵感に包まれた。ともあれ、みのの仕業《しわざ》は子猫以外に害を及ぼすことにはならなかったようだ。香子は気を鎮めて、まだ泣いているみのに声をかけた。

「気が済むまで泣いたら、また、一緒に回向《えこう》してやりましょうね」

「あ、あの、わたしは……」

「そなたはもう充分罰を受けているでしょう。それよりも、竹芝の君を呼んできてちょうだい」

だが、その時だった。あわただしく砂利を踏む足音が聞こえた。

「何でしょう」

いぶかるまでもなく、須黒が庭先に駆け付けてきた。

「どうしたのです？　何があったの」

「大変な知らせでございます」

須黒が、青ざめた顔で告げる。

「都から使いが参りました。延子さまという方が今朝、堀河邸で突然息を引き取られましたとかで」

近頃健康がすぐれないことは薄々伝えられていたが、あまりにも急すぎる死だった。

「なぜ、そのようなことに……」

「日頃お体の調子が思わしくないと言っておいでだったのはご存じで?」

「ええ、いくらかは。春浅い頃からいやな咳が取れず、熱を出す日も多かったとか……。御本人はたしなみ深く御体調のことなど騒がなかったけれど、常陸がそんなことを言っていたわ」

「そのために、昨日は父君も参内を控えるほどだったようで。明け方いくらか落ち着かれ、少し気分がよいようだと、久しぶりに起きて御子さま方と対面なさろうとしたら、その支度を整えている最中に、突然咳き込まれて大量の血を吐かれ、女房どもが動転しているうちにそのまま……」

「そう……」

心労のせいで体を壊していた。そういうことだろうか。それとも……。

余人は心労と片付けるだろうが、香子は別に知ってしまっていることがある。だが、それはみだりに口にすべきではない。

まずは、しなくてはいけないことがある。

「竹芝の君にお伝えしなくてはいけないわね」そして須黒を見る。

「使いが宇治の荘へ来たのは、宇治荘に御滞在の小一条院にお知らせするためでしょう?」

「はい。どこにござるかわからず、手間取ったとか」

なるほど、お忍びの小一条院の居場所をつきとめるのに時がかかったのか。しかし当然、お知らせしなければならない。小一条院は延子さまの夫なのだから。

「そして須黒はこの寺へ、わたしよりもまず、竹芝の君にお知らせしたくて来たのでしょう?」

竹芝の君も深いつながりがある。

須黒は苦しそうな顔になった。

「は……。ただそのことですが、尼御前のお口から伝えてくださらぬか。お若い人が、どれほど動転なさるかと思うと、わしは辛くて……」

「わかりました」

香子は重い足取りで廊下を進む。須黒もついてきた。

局に向かうと、竹芝の君が庭を眺めて小さくうずくまっている姿が目に入った。

「どうなさいました?　竹芝の君」

言った端から愚問だったとわかる。

「……もうご存じなのね。延子さまのこと」

「はい。母がたった今、使いを寄こしましたから」

別の使いか。考えてみれば、こちらも当然か。延子さまの女房となっている常陸こそ、真っ先に竹芝の君に知らせるだろう。恩顧を受けていた女君が亡くなってしまったのだ。

竹芝の君は香子とも目を合わせずに、前栽を見つめている。涙が幾筋も流れている。

香子は竹芝の君の前に膝を突いた。

「ところで、常陸の君は、あなたの母君は、延子さまが亡くなった時に堀河邸にいらしたの？　延子さまの近くに仕えていたと聞いていましたが」

香子は体を硬くして返事を待つ。竹芝の君はゆっくりとかぶりを振った。

「それが、母はちょうど石山寺に参拝に行っていて、堀河邸には居合わせなかったそうです。何日か前からお寺にこもって、延子さまの御健康とわたしの行く末を祈願していたとか。その母の元へ先程、堀河邸の同輩から知らせが入り、母は取るものもとりあえず都に向かいました。その時自分へ知らせにきた使いに、帰京の前にわたしのところへも足を運んで知らせるようにと命じたのです。だからわたしもつい今、知ることができたのです」

竹芝の君はまったく顔色を失っていたが、香子は少しだけほっとして、ひとまず次の指示を出す。

「その、母君からの使いはまだいるの？　いるならここへ呼んでほしいのですが」

やってきた使者は、竹芝の君の言葉を裏付けた。

「常陸の君のことを、延子さまは信頼なさってそば近くにお使いだったのです。お知らせしても、常陸の君は、にわかには某《それがし》の言葉を信じませんでした。まさか、こんなに急にみまかられるとは、と……」

宇治へ寄り道して時がかかったと気がかりなのか、使者は気ぜわしそうに去ってゆく。丁重に見送った香子は、体のこわばりが解けるのを感じた。

恐れていたことが、少しだけ消えた。

香子は先日来、常陸こそが毒を盛っているのではないかと疑いをかけていたのだ。だが、宇治での出来事はともかく、常陸は石山寺にいたというなら、延子さまの死に関わっていた可能性は低くなる。あの使者が証人だ。

——それに亡くなった時の様子も、宇治で「病」にかかった犬や下人とは異なるようだ……。

香子は改めて竹芝の君に向き直り、言葉をかけた。

「延子さまのことは本当に、お気の毒です」

「……はい」

「お親しくしてくださっていたのだものね」

「はい。堀河邸にいた間。短い期間でしたが」

だがそのことを話したくはないようで、竹芝の君は話をそらした。

「それに、母はその御縁でわたしが宇治に身を寄せられたことを感謝しておりましたし、延子さまは八宮の姫君の物語を喜んでいらしたとか。……あの、尼御前。わたしは、衣を替えてもいいのでしょうか」

香子は、沈痛な思いで、震えている細い肩を眺める。

異腹とは言え、竹芝の君は延子さまの妹だ。肉親の死に際しては喪服に替えるのが当然。だがこの娘は、世にも、父君にさえも、妹と認めてもらえていなかった。

「それでも延子さまは、わたしの境遇を憐れんでくださったので……」

「お召しになるといいわ」

そう言ったものの、この庵には喪服の用意がない。みのに縫物はできないし、寺を頼ろうにも女人がいないのだから無理だ。

人は、突然に世を去ってしまう。

それでも、人の悲しみを和らげたり苦悩を消したりしようとあがくことはできる。もしかしたら、そのあがきが実を結ぶことも……。

「あの、尼御前、何かわたしにできることは……」

気が付けば、みのがおずおずとした顔で見上げている。

心を鎮めて、香子は言い付ける。

「まずは都へ使いを出してほしいの。それからね、みの、あなたはしばらく親元へ帰りなさい」

みのの顔がゆがんだ。

「言い付けを守らなかったわたしは、もうおそばに置いてもらえないのですか……？」

「いいえ、違うわ」

香子はこわばっている表情を和らげながら、優しく言った。

「母御が、今度石山寺へ参詣に行くと言っていたでしょう。あなたもうらやましがっていたではないの。だから、連れていってもらいなさい」

みのの顔が明るくなった。

「そうですか！　よかった！　いつも姉ばかりが可愛がってもらっているのが悔しかったのです！」

この子は素直だ。それは、この子の取り柄だ。だから、しばらくそばから離しておこう。不用意に香子の言動を誰かに漏らしては、香子にも、みのにも、よくない。

「みのは親の家へ帰る支度をしなさい。参詣のあとも、しばらくゆっくりしてくるといいわ。けれど、その前に京への使いを頼むのを忘れないでね」

いつもの使僧にと言いかけた時、香子は須黒がまだ庭先にうずくまっているのに気が付いた。

「いいわ、みの。あなたは支度をしなさい。使いはここにいる須黒に頼みます」

須黒は無言で頭を下げた。

「太皇太后の御所へ行ってください。そして……」

香子が短く指示を出すと、須黒はまた無言で頭を下げ、立ち上がる。

その後ろ姿に、香子はつい声をかけてしまった。

「須黒。あなたは船を操るのが得意のようね」

振り返った須黒の顔が、一瞬動いた。だが出てきた言葉は短く、淡々としていた。

「は、さようで」

「では、宇治の荘でも重宝がられているでしょうね。船を漕げるなら宇治川の行き来くらいはお手のものでしょう」

須黒は答えず、ただもう一度頭を下げて立ち去った。

「顕光左大臣は大変なお嘆きようで、朝廷への出仕ももちろん、堀河のお屋敷から一歩も出ないでお過ごしです」

香子に呼ばれて駆け付けてきた賢子も、さすがに沈痛な面持ちだった。

「今になって伝わってきたのですが、延子さまは今年の初めくらいから熱が出たりしつこい咳が取れなかったり、でもそうしたことを世に知られるのを嫌がって仕える者にも口止めしていたそうですよ。心が離れた小一条院の気を引く手管などと見られたら、はしたないからと」

「そう……」

それが貴婦人の矜持《きょうじ》というものだ。たおやかな延子さまの、精一杯の自尊心だったのだろう。

思えば、それもあって、常陸の訪れがこのところ間遠だったのだ。

「ところで母上、喪服はお一人の方の分でよろしいのですね。手元にあったのは萱草《かんぞう》色の袴と朽葉の小袿。ごく軽い喪服ですが」

「ええ、結構よ。急なお願いをしたのに、ありがとう」

「いいえ、これくらいのことならいつでも。でも、どなたがお召しになるのです？　母上はもとから墨染めの衣ですし、お近くに俗の姿の女人がいるのですか？」

「ええ、近頃出入りしてくれる人が、少々堀河邸とゆかりがあってね。陰ながら喪に服したいと望んでいたのよ。御弔問《ごちょうもん》に行けるほどの身分ではないので、わたしとこの庵で回向をしましようということになったの」

「そうですか」

「ほかに、堀河邸の様子で耳に入っていることはある?」

賢子は声をひそめた。

「小一条院は、どこか知りませんがお忍び先から大急ぎで駆け付けたそうですよ。なんと言っても御妻の急死ですものね。葬送の準備は、結局小一条院が手配なさっているとか。左大臣ときたら、何を申し上げても耳に入らないようで、ただ、この老いぼれの命を取って若い盛りのお方はどうぞこの世に返してたもれ、と天に向かって泣き叫んでいるとか」

「そう……」

だが、賢子にとっては他家の不幸だ。適当なところで切り上げると、別の話を始める。

「ところで、母上。わたくし、新しい物語を書いておりますの」

「あら」

「母上から引き継いだ『匂宮』を皆さま大層喜んでくださって、もっと読みたいとおっしゃるのですよ。それで、ほら、柏木の弟君を、今までに何度か母上は登場させていたでしょう?あの人のところに、ほら真木柱《まきばしら》の姫君っていましたよね、あの人が後妻として嫁いでもいいのではないかと思ったんですの。それで、元の夫との間に一人の娘、新しい嫁ぎ先には二人の姉妹がすでにいることにして。その三人の姫君たちと東宮や匂宮との恋を描いたらどうかしら、と」

「そう」

香子は微笑ましい思いで娘から草稿を受け取った。『紅梅』と題が付けられている。紅梅は誰もが愛でる、華やかな花だ。美しい男女の恋にふさわしい。自分はもう、宮廷の恋模様を描きたいとは思わないけれど、この若い娘は若さのままに華やかな後宮を描いているのか。せっかくだから、その姫君たちのことを香子も盛り込もうか。

「それで、どんなふうに物語は進むの？」

「大納言と真木柱との間に生まれた上の姫が東宮の妃となりますの。その次の姫を大納言は匂宮の妃にと目論んでいるのですが、匂宮のほうではその姫ではなく、大納言には継娘に当たるもう一人のほうに気持ちが動いている……。そんな、父親の違う二人の姫をこれからどうするか、考え中ですの」

「読ませてもらうわ、面白そうね」

ふと、香子はつぶやく。

「姉妹というもの、考えていくとなかなか複雑で物語の種になりやすいのね」

「今の世では、どうしてもそうなりますよね」

賢子も、考え深そうに相槌を打つ。

「だって、道長大殿の御姉妹のことを、誰もがよく知っていますもの」

一番上の彰子さまは皇子二人を産んだ太皇太后で、今の世に第一の女人だ。次の妹の妍子さまは皇子を産めず、内親王一人を守ってひっそりと暮らしている。その下の妹君は今上に入内し、道長大殿が皇子の誕生を今か今かと待っている。さらに下の妹は、まだ元服もされていない東宮へ……。

同じ父と母を持ちながら、運命は大きく違う。兄弟、姉妹とはそういう宿命のもとにある。

さらに、母の違う道長大殿のもう一人の姫が小一条院の妃の寛子さま。

延子さまを失意の中で死なせた形の姫君だ。

延子さまにとっては羨んでも妬んでも仕方のない寛子さまは、しかし自身を不運と思っているかもしれない。院号を持つ身とはいえ、小一条院は決して帝位には近付けない方だから……。

「ところで、母上」

物思いは娘の声に破られた。

「母上御自身の物語は、どうなっているのです？　そろそろ陽気もよくなりましたし、お見受けしたところ張りのあるお顔ですけれど」

香子はあわてて、首を振る。最近、考えることが多くなったからそう見えるのだろうか。

「まだ、無理よ」

宇治の姫君たちの物語は、まだ世に出すわけにはいかない。筋がどう動くかもわからないし、これほど暗い話は歓迎されないかもしれない。だからこそ、完結するまでは世に——とくに宮中の女たちに——読ませるわけにはいかない。

賢子を見送って、香子はまた思案に戻る。

――もう少し確かめなければいけないことがある。

ようやく手のこわばりがなくなってきたことがありがたい。

香子はみのを呼び寄せようとして思い出した。すでにみのは庵を発っている。

使僧を呼び、一通の短い手紙を託す。

「これを、京の堀河邸にいる常陸の君に届けるように言ってちょうだい」

まもなくその返事が来た。

――式部の君には御丁寧な弔問をありがとうございました。堀河邸の誰もが動転のあまり宙を踏むような思いですが、なんとか生きております。式部の君がお尋ねになった延子さまの姉君元子さまも、陰ながらの御弔問がありました。

常陸はそうしたためた手紙に、大きな荷物を添えていた。

――これで、はっきりした。

香子は竹芝の君を呼び寄せ、届いた物を見せる。

一そろいの喪服だ。賢子が持ってきたものとは違い、墨染めの表着に鈍色《にびいろ》の袴。これ以上ない重い喪服は妹としてふさわしい。

「母君が、これを着て延子さまの菩提を弔えと仰せよ」

――あなたは延子さまの妹で、延子さまの御恩を被った身。

常陸の君はそう言っているのだ。

墨染めの衣に着替えた竹芝の君は、美しい。色彩のない衣装がより引き立てている美しさだ。

竹芝の君は静かに涙を流していた。その顔をじっと見つめながら、香子は常陸の荷の中にあった別のものを、二人の間に置いた。

香子が延子さまに贈った物語だ。『橋姫』『椎本《しいがもと》』『総角』そして『早蕨《さわらび》』の四帖。

――延子さまには大層慰められると読んでおいでででした。ですが、今となってはこの堀河邸には不要のものでございます。娘には、御恩のある延子さまのために祈りをとお伝えくださいませ。わたくしはこのお屋敷を離れられませんので……。

涙を流し続けている竹芝の君に、香子はその常陸からの言葉を伝えて、なおも言葉を続けた。

「世に隠してここまで物語を筆記してくれてありがとう。筆が持てないわたしはただ物語の案を練るだけだったけれど、それを聴き取ったあなたがこうして草子にしてくれて、本当に嬉しかったわ」

初めは、徒然《つれづれ》を持て余す竹芝の君を慰めようと、夜な夜な思い付くままに語っていただけだったのだ。香子としても口に出して、誰かの反応を窺いながらのほうが物語は作りやすい。暗くなると寝てしまうみのでは相手にならない。そもそも、作り物語は仏の禁じる悪行だと怯えるような子だし。

幾夜が過ぎた頃だろう、竹芝の君がはにかみながら、そしてびくびくしながら何枚かの紙を香子に差し出したのは。

――わたし一人で聞いているのではもったいないと思ったのです。だから、お粗末ながら、局に帰って書き留めてみたのです……。

香子の喜びようが、竹芝の君には意外ながらも、身に染みて嬉しかったらしい。

それから毎夜、二人は物語を作り続けた。筆を持てない尼と人に隠れて暮らす娘は、好一対だった。

竹芝の君のおかげで宇治の姫君たちの物語はぐんぐん進んだ。まったく、筆記だけではない。その草稿をまとめて草子に仕立てるのも重要な手仕事。それを竹芝の君は一人で、誰にも漏らさずにやってのけてくれたのだ。

そして少し前、香子と竹芝の君は草子を贈った。延子さまは大層喜んでくださった。さらに延子さまには、嬉しいことが重なった。

小一条院のもう一人の妃、寛子さまの御不例が悪阻と判明したことだ。

延子さまの生霊が、などと面白おかしくはやし立てた世人は口を拭って寛子さまと小一条院の慶事をほめそやしたが、延子さまは一切卑しいことを口にしなかった。

——この上ない慶事と、わたくしも一度に心が晴れ……。

そんな便りを香子にもくださった。なんとまっすぐな方なのだろうと、感嘆したものだ。

その可憐な方が逝ってしまった。

あの便りに添えられていた桜も、すでに散ってしまっている。

「それでも、わたしたちは、少しは延子さまをお慰めできたのかもしれないわ」

竹芝の君は小さく首を振る。

「草子を作って贈るなんて、ですぎた真似をと母は叱るかもしれないと思っていました。わたしは字が下手だから、恋文も書いてはいけない、能信さまに愛想をつかされると言われていたのです。でも尼御前はそんなことはない、延子さまに読んでいただくにはこれが一番だとおっしゃってくれたから……」

「そうですとも。常陸の君もあなたが書いたものだとは気付かなかったようですし、困ったことにはならなかったでしょう? 何より、延子さまはこの四帖の物語を喜んでくださったじゃないの」

「ええ」

一瞬竹芝の君は笑みを浮かべようとしたようだが、すぐに顔を曇らせた。

「でも、その延子さまは、もう……」

そんな娘に向かって、香子は続けた。

「ええ、これからはもう、延子さまに読んでいただくことはできない。でも、わたしの物語はまだ終わらない。終わらせたくないの」

竹芝の君が、涙に濡れた顔を上げる。

「え? 延子さまはもういらっしゃらないのに、ですか? たしかに、次の『宿木《やどりぎ》』はまだ途中ですが……」

香子はしっかりとうなずいた。

「あの『宿木』を書き直しましょう。そして、ここから先は、あなたのための物語なの」

第二章　刀伊の夏

1

寛仁三（一〇一九）年四月六日

阿手木は、目の前で針を手にしている瑠璃姫をいぶかしげに見やった。

「瑠璃姫、何かおっしゃりたいことでも？　さっきからわたくしの顔をちらちらと御覧になっているようですが」

問われた瑠璃姫は、きまり悪そうに微笑《ほほえ》んだ。

「たいしたことではございませんの」

「たいしたことではないのなら、なおさらおっしゃってくださいな。気になってたまりません」

「だって……」

阿手木は縫物を——義清の破れた狩衣《かりぎぬ》を繕っていたのだ——膝に置いた。

「そんなに言葉を濁すなんて、瑠璃姫らしくありません。いったい、なんですの？」

「そう詰め寄られると余計に言いにくくて……。でも、やっぱり申し上げようかしら。お方さま、あのね……」

「はい、なんでしょう」

「少し、肥えました？」

阿手木は思わず自分の体を見下ろした。夏に入り、大宰府のこの館のあたりも日に日に日射しは強くなって暖かさも増している。都の貴族に仕える女房家人《けにん》たちよりも、筑紫の府館に働く人々の身なりは格段に質素で、気取る者もいない。というわけで、今の阿手木も単《ひとえ》を二枚ほど重ねた上に袿《うちぎ》を羽織っただけの簡単な恰好だ。その袿も縫物に夢中になっているうちに滑り落ち、肩脱ぎしてしまっている始末。向かい合っている瑠璃姫からは、体の線がはっきりとわかるありさまになっている。

阿手木は憮然として、袿を肩に引っ張り上げた。

「そうかもしれません。だって、筑紫のものは何でもおいしすぎるのですもの、魚も菜も。それでつい、食が進んで……」

瑠璃姫は、おかしそうに笑う。

「よろしいではありませんか。女人《にょにん》はふっくらとしているのが魅力的。古来そう言われていますし、お方さまの大事な御主《おんあるじ》も『源氏物語』にそう書いていらっしゃるでしょう」

「それはそうですけど、一方で御主の物語の女人たちは大変にお口がきれいですわ。たとえ仕えている女房たちの前でも果物さえ口にしないような、上品な女君ばかりですもの」

「それは物語の中だけのこと。そのくらい、書いている香子さまも読んでいる者も承知していますよ。まさか、紫上や六条御息所だって霞《かすみ》だけを食べていたわけでもないと」

「たしかにね」

そこで阿手木はようやく笑った。

「それに、この府館では『源氏物語』などと言っても通じる人はわずかですしね。白状しますとね、筑紫に来て初めて、菜にも魚にもこんなにたくさん種類があるかと驚いたのです」

それは本心だった。阿手木は役目上、府館の厨《くりや》を監督しているが、最初のうちは、そこに持ち込まれる山の幸や海の幸の豊かさに目をみはったものだ。丸々とした芋、みずみずしい菜は季節が進むと次々に新しいものが現れる。そして、海から上がったばかりの魚の数々。すべて艶《つや》がよく、どうかすると竹籠から跳ね上がるほど新しい。なかなか恐ろしい棘《とげ》やひれをもつものもあるが、そんな魚ほど美味なのが面白い。

「海が近いというのは、豊かなことなのですね」

瑠璃姫は満足そうにうなずく。

「あの海が、海の幸も外《と》つ国《くに》の財物ももたらしてくれるのですよ。筑紫で育ったわたしとしては、この国をお方さまが好きになってくれて嬉しいわ」

阿手木は穏やかな気持ちでそんな瑠璃姫を見つめる。阿手木よりいくつか年下だろう瑠璃姫は、すでに夫のある身の上だが、まぶしいほどの美人だ。おまけに、高貴な血筋である。おおやけにはできないが、五代ほど前の帝の孫であり、先代帝の姪《めい》に当たる君なのだ。

「それにしても瑠璃姫、いい加減にわたくしの呼び名、元に戻してくださいませんか。ただ、『阿手木』と。互いに京にいた頃は、そう呼んでくださっていたのに。瑠璃姫に『お方さま』なんて呼ばれるたびに、身がすくみます」

「それはいけません」

瑠璃姫は涼しい目元をきりりとさせてたしなめる。

「お方さまの背の君、輔殿《すけどの》と皆がお呼びしている源義清さまは、大宰府を統《す》べる権帥《ごんのそち》、隆家中納言殿の腹心。それに府館のほかの殿方たちは奥方を連れて下っておられない。だから現在、府館の奥は実質お方さまが取り仕切っているのではありませんか。もしもおいでになっているなら帥殿の奥方さまが内向きの差配をなさるはずですけれど、京にとどまっておいでなのですし」

そうなのだ。帥殿隆家中納言の北の方はもちろん貴族の家の出だが、大宰府に来ていない。本音を言えば、阿手木はそのような身分の高い方と接することがなくてほっとしてはいる。だが、そうは言っても、自分が高い地位にまつりあげられるのはやはり違うと思っている。

「とにかく、お方さまには今の地位にどんと腰を据えていらしていただかなくては困ります。奥の取り締まりの風紀が緩みますから。したがって、そんな偉い方に書生の妻であるわたしごときがなれなれしい口を利くことはできません」

「だって、瑠璃姫のほうがよほど貴いお血筋ではありませんか。わたくし、落ち着かなくて」

「それはそれ、これはこれ。大体ね、お方さま、わたしのような身の上は、大宰府では珍しくありませんのよ。わたしはたしかに父方の血筋をたどれば数代前の帝に行き付きますが、それを言うならわたしの夫も源氏の流れを汲む者ですし、その姉は菅原道真《みちざね》公の末裔に嫁いでいる。この程度の人間はざらにいるのが筑紫なのです。ですから、あくまでも今の役職に従って身分の上下を定めるのが、間違いないのです。そもそも、義清さまだってれっきとした源氏ではありませんか」

「もっと若い時、東国であの人を気に入ってくれた武者がたまたま、自分で源氏の裔《すえ》と名乗っていて——何も証《あかし》になるものもないのに——、死の間際に養子にしたというだけですけれどね。わたくしも後から聞かされたくらい、本人も大層なことと思っていませんのに」

阿手木はため息をつく。

「とにかく、わたくしには荷が重いわ。帥殿の奥方さまは、大宰府に来ないままになるのでしょうか」

「ええ、たぶん。都で御子息の元服の儀式に夢中でほかのことは頭になさそうだとか、大宰府にも伝わってきましたし」

その元服の儀式は、道長大殿のお屋敷で、大殿の御子息を冠親《かんむりおや》にして盛大に行われたという。

帥殿は道長大殿の甥《おい》に当たり、その意味では当代きっての一流貴族なのだ。だが、京の都にはなじまぬ気性の方ともいえる。その証拠に、この大宰府に来て、在庁の官人も筑紫の荘の住人もおよそ都風とは違う気質の男たちの中にいて、実になじんでいるのだ。闊達な声を上げて馬を走らせ、時には力比べに加わり、競射に興じ……。

実は、阿手木はひそかに帥殿に対して含む所があった。以前に、ふとしたことから、女に手荒な真似をしたことを知っていたから。だが今は、それもこれも帥殿の気質のなせるところだったのだろうと胸に納めている。大宰府で、良くも悪くも過去にこだわらない、豪快な帥殿を知った阿手木はそうした心境になったのだ。組み打ちで下級役人に投げ飛ばされても笑い飛ばし、女をめぐる諍《いさか》いや夜這いの顛末を面白そうに聞いている帥殿の、数々の側面の一つだと。

もっとも、いくら大宰府が性に合っても、所詮は都人《みやこびと》、いつかは都に帰る身だ。阿手木はそう思って言ってみた。

「そうね、帥殿は、今年一杯で任期が終わりますもの。ですから奥方さまは、お子たちと一緒にこのまま京で夫君のお帰りを待つおつもりでしょうね」

その言葉に、瑠璃姫は小さくため息をついた。

「帥殿の任期が終われば、わたしもお方さまとお別れですね。せっかく、こうして親しくしていただけたのに」

それから気分を変えるように明るく言い足した。

「だからそれまでに、筑紫の海の幸も山の幸も、たくさん召し上がっていただかなくては。もうすぐ、柑子《こうじ》もビワもたくさん実る季節ですわ。そうそう、山桃も」

「そうですね」

阿手木は、この間、海の近くの警固所《けいごしょ》に行った時のことを思い出した。警固所とは博多《はかた》の鴻《こう》臚館《ろかん》に付属していて海の向こうからやってくる船を迎える番所のことであり、府館に勤める武者たちは交替でその番役に詰める。現在その番に上がっている義清のため、阿手木も時折、この府館から四里の道を馬に乗って出向くのだ。

京では、自分が馬に乗るなどほとんどなかった。若い頃に、一度か二度あったかどうか。そもそも童の時は自分の足で京の大路を歩き回ったし、結婚して一児の母となるとそれなりの身分が備わり、牛車で移動するのがならいとなっていた。

しかし、この筑紫ではそう言ってもいられない。牛車の数が少ないこともあるが、何より、車が役に立たない道が多いのだ。起伏が急で狭い野の道は、車に適さない。と言って近間ならよいが、一里も二里もとなると、足での移動も難しい。行儀よくすましていなくてはならない「お方さま」なら、なおさらだ。

「馬にお乗りになればよいわ」

瑠璃姫にそう言われた時は、こんな野の道をとんでもないと思ったが、すぐに、ほかにないとわかった。それに幸いなことに、阿手木は体を動かすことが苦ではない。介添えの手さえあれば、馬の背に乗ることはできた。大きくてこわいと最初は体がすくんだ馬も、阿手木にあてがわれたのは厩《うまや》で一番おとなしく性質の良いものだと折り紙付きだったので、阿手木を侮《あなど》ることなく、従順に歩いてくれた。

そしてもっと幸いなことに、阿手木には小仲《こなか》がいる。小仲は義清に仕えている童だが、馬の扱いが巧みで、大宰府では阿手木に付いていることが多いのだ。最初は恐る恐る乗っていた阿手木だが、小仲はしっかりと口綱を握っている。

「大丈夫です。お方さまには特別おとなしい馬を選ぶし。おれが付いている限り、お方さまの身に何か起きるようなことはありません」

阿手木もすぐに馬に慣れた。最近は、小仲以外の者が馬の口取りをしても無事に帰ってこれるほど、上達した。今では、警固所へ行くのが楽しみだ。季節は夏に入り、野の若草や花々は美しく、かぐわしい。その道を下ってゆくと、やがて目の前に海が開ける。その眺望はいくら見ても見飽きることがない。そして警固所に着けば、義清が待っている。

阿手木はそんなことを思い浮かべながら言った。

「そう言えば、警固所の門脇にも、それは見事な柑子の木がありますね。黄金のような実が生っていました。京のものとは比べ物にならないくらい、大きくて」

その実に見とれた阿手木は、思わずつぶやいてしまったものだ。

――まあ、おいしそう。

その言葉に、瑠璃姫は、またおかしそうに笑った。

「ああ、そのせいですね。お方さまはたいそう果実がお好きらしいと、まかないどころに、あちこちから早生《はやな》りが山のように届いていますよ」

阿手木は首をすくめる。本当に、迂闊《うかつ》なことを口にできない。今度はまた、「食べることの大好きなお方さま」と噂が立ってしまったのか。

阿手木は急いで話題を変える。

「瑠璃姫、姪の君は、いつ府館においでになりますの」

瑠璃姫の夫君の年の離れた姉は、菅公の五代目の孫に嫁ぎ、娘が一人いる。瑠璃姫とほぼ同じ年頃のこの君は、『源氏物語』の愛読者なのだ。

阿手木が大宰府に着き、瑠璃姫がいるのに驚き喜んだ翌朝、彼女は勇んでやってきた。豊かな体つき、戸外に出ることを厭わないせいで日に焼けているが、あけはなしの笑顔が魅力的な女性《にょしょう》だ。

「ずっとお会いしたかったんです！」

彼女の『源氏物語』への造詣は深く、鋭い読み方をする。

「この物語を書いたお方は、なんと広いものの見方をするのでしょう。わたくし、感じ入りました！」

瑠璃姫に紹介されるのもそこそこに、彼女はそんな風に切り出したものだ。

「たとえば、どんなところにですか？」

「この長い物語の中で、何もかも兼ね備えた人がほとんどいないところ、でしょうか。たとえば紫上です。容姿もお人柄もたしなみも、すべて備わっているのに、ただ一つ、光源氏の子を産むことができなかった」

「ええ」

「わたくし、晩年の紫上が苦しんだのは、何よりそのことだと思っていますの。一方で、源氏が最後に娶《めと》った女三宮は、たいして愛されていないように見えながら、さっさと子を産んだ」

「ええ、でも、実はそれは源氏の子ではありませんよね」

瑠璃姫が言葉を挟むと、姪の君の語調がさらに勢いを増した。

「ですから、そこなのです！」

姪の君の勢いに、阿手木も気圧された。

「そこ、とは……？」

「読んでいるわたくしたちは全員、源氏の子でないことを知っているけれど、紫上は知らない。子を生すのは前世からの深い宿縁があるからだと教えられているから、つまり、自分と源氏との絆は弱いと思い知る。そんな紫上の苦悩はいかばかりか……」

「そうなのです」

嬉しくなった阿手木は、思わず姪の君の手を取ってしまったものだ。

「そこまで読んでくださるなんて、御主もきっと喜びます」

彼女がいると、こんな風に、話は尽きることがない。瑠璃姫を交えて三人で語り合うのが、今の阿手木の一番の息抜きだ。

「姪の君ですか。月が替わりましたから、そろそろやってくるでしょう」

瑠璃姫は答えて、外を見やった。

「あら、何か騒がしいような……。また、誰かの喧嘩かしら」

阿手木は耳をすませ、それから顔をしかめた。

「もしや……」

急いで声のする裏庭に駆け付ける。案の定、取っ組み合っている片方は見慣れた姿だった。

「小仲！　やめなさい！」

阿手木の一喝に、取り囲んではやし立てている童たちは黙り込む。だが、彼らの中心にいる二つの体は動きをやめない。小さいほうが小仲、もう一つは……、彼らの動きが速すぎてわからないが。

自分より柄の大きい童に抑え付けられている小仲は、阿手木の声など耳に入らないらしい。一瞬の隙を見て右手につかんだ泥を相手に投げ付けた。相手は顔を背けたもののよけきれず、わずかに泥が目に入ったらしい。ひるんだところで、小仲はすかさず身をひるがえして相手から逃れ、立ち上がる。泥だらけ傷だらけの顔の中、光る目は相手をにらみつけている。いつも無愛想な小仲だが、ここまで怒っている表情を見るのは久しぶりだ。そして、ようやく相手の顔が見えた。

やはり。少監《しょうげん》殿のところの少名麻呂《すくなまろ》だ。

にらみ合っていたのもつかの間、また二人が互いの腕をつかんだところで、表の方向から駆け付けてきた大きな侍があっという間に二人の間に割って入り、阿手木の数倍の大音声で叱り付けた。

「また、お前らか！　少名麻呂も小仲も、いい加減にせい！」

丸太のように太い腕で二人の襟首をつかみ、なおも怒鳴る。

「お館で諍いは許さぬ！」

ようやく阿手木も安堵の息を漏らす。できれば、あの少名麻呂とだけは仲よくしてほしいのだが。

大宰府に詰める役人は数多いるが、その中でも少監殿と呼ばれる有力者の流れの子だ。少監殿の早くに亡くなった子息が召使に産ませたという出自で、したがって嫡流ではない。まだ元服もしていない。それでも府館に暮らす童たちの大将格で、悪童どもをまとめている。

対する小仲は阿手木の従者のような位置にいる。都下りの童で（当面）府館で一番偉い「お方さま」のお気に入りとなれば、それだけで反感を買いやすいだろう。

それにしても、何度争えば気が済むのか。

小仲が義清や阿手木とともに大宰府に到着したのは睦月《むつき》のことだ。最初のうちは悪童たちに目を付けられて喧嘩に明け暮れていたものの、ひと月もするとその回数は減り、やっと仲間として扱われるようになった。弥生《やよい》に入ってからは、少名麻呂と仲よく連れ立っているところも見かけられるようになっていたのに。

すぐにでも二人を捕まえて事情を問いただしたいところを、阿手木はこらえた。今仲裁に入ってくれた侍に任せたほうがよい。阿手木の権力は奥向きでこそ有効だが、府館の表は武者の世界。そして、武者は上下の縛りに厳しいということを、阿手木もすでに学んでいる。いざという時、上に立つ者の下知《げち》に瞬時に従ってこそ、兵団は力を発揮できるのだと。

夜になったら小仲を呼んで、事情を聞こう。

そう考えて彼らが追い立てられていくのを見送っていると、うしろから袖を引かれた。

「お方さま、あの二人、今度は何をしたのです?」

「真砂《まさこ》」

真砂は少名麻呂の妹だ。初めて見た時、阿手木は少年と見間違えた。日に焼けた肌、風にほつれてなびく髪は後ろで一つにまとめられ、つぶらな瞳がよく動く。どれも都の、美人の範疇には入らない。だがそれでもこの娘を阿手木は美しいと思っている。童に交じって野山を駆ける活発な娘だ。

「真砂、わたくしにもわからないわ。でも、いつものことですもの」

「でも、おかしいです」

真砂は眉を寄せて言う。

「少名麻呂は小仲のこと、見直したって言っていたのですもの。怪我をした馬の扱いが巧みだったとかで。そんな話を聞いたからこそ、わたしのじじさまも、小仲に背振《せぶり》の牧の手伝いを許したのだし。ほら、なかなか仔を産めずに難産かとあやぶまれていた母馬が一頭いたでしょう」

「ああ、そうだったわね」

たしかに、少監殿は府館の西方五里ほど離れた、背振の山並みの中腹に牧を持っている。常時四十頭ほど飼われているそこの馬は、逸物ぞろいと有名だ。

「小仲を頼るくらいだから、今はうまくいっているとばっかり思っていたのに」

「いいわ、夜になったら聞き出してやります」

そう言いながら、ふと阿手木は考える。この娘はいつも、小仲のことを気にしている。

それから、そんなことを気にする自分に驚いた。

何をこだわっているのだ？　当たり前ではないか。小仲も、いつまでも子どもではない。本人はずっと渋っているけれど、今年中には元服をさせなければと思っていたではないか。

そうしたら嫁取りということになる。

なぜ、心のどこかがちくりと痛むのかは、考えないことにしよう。

瑠璃姫に勘付かれてしまう。


延子さまからの手紙が届いている。

――宇治にお住まいの式部の尼御前に便りを届けました。尼御前の、わたくしを慰めてくれようとのお心遣いが身に染みております。

添えられていたのは、縁起物の手毬。徒然《つれづれ》に手掛けたという細工が見事だ。

――心にかかることがあったのが、ようやく晴れまして、このような手慰みをいたしました。

瑠璃姫は、延子さまとずっと交誼《こうぎ》を続けている。それを介して、阿手木もこの高貴な女人と交わりができた。瑠璃姫よりもさらに身分の高い方だが、『源氏物語』の読者という点では同じだ。

気付けば、外はすっかり暮れていた。

「母上、おなかがすきました」

一人息子の岩丸が、泥だらけで走り寄ってくる。

「まあ、早く体を洗っていらっしゃい。今日は何をしていたの」

「秋津《あきつ》と池で釣りをしていたのですが、何もかからなくて……」

「すみません、若君は池に落ちたんです。泥が深くて」

後ろから追いついた秋津がすまなそうに頭を下げる。瑠璃姫が都から連れてきた童だが、今は岩丸の守役のような立場だ。

「秋津のせいではないわ。どうせ岩丸が言うことを聞かなかったんでしょう。さあ早く、井戸で水を浴びていらっしゃい」

岩丸を急き立ててから、阿手木は秋津を振り返る。

「ところで、小仲はどこにいるかしら?」

昼の諍いのことを、問いたださなくては。

だが、秋津はまた申し訳なさそうに答えた。

「背振の牧で生まれた仔馬の様子を見に、出かけました」

阿手木は顔をしかめた。

「逃げたわね。あの牧からは今日戻ってきたばかりというのに、またとんぼ返りしたというの? よほど叱られるのがこわかったのね」

口をへの字に結んでから、自分の前にいる秋津がおどおどしているのに気付き、表情をやわらげた。

「お前のせいではないわ。いいから、下がりなさい」

一人になると、延子さまのお手紙を大事に読み返す。最近御主から便りが少なく、ようやく届いたものも代筆だったことを心配していたけれど、延子さまの話によると、お元気でいるようだ。

今晩、御主に手紙を書こうか。そう言えば阿手木のほうも毎日の忙しさにかまけて、ここひと月ほど御無沙汰してしまっていた。筑紫は遠いが、あの柑子を届けられないだろうか。

小仲の喧嘩や御主へのささやかな心配事しか心にかかるものがないというのは、平穏な証拠なのだ。

そう、今日も一日は穏やかに暮れてゆく。

2

寛仁三（一〇一九）年四月七日

（実資の日記）

四月七日

大納言俊賢《としかた》卿が今日、重ねて上表を行った。

実資はいったんそこで筆を置いた。

源俊賢卿は先々代、一条の帝の御代《みよ》から長らく朝廷に仕える賢人である。最近老いて弱られたのか、何度も上表（辞表）をお出しになっているが、おそらく今度も帝はお取り上げにならないであろう。一条帝の皇子である今上帝は、俊賢卿を高く買っておられる。

――いや、正しくは今上帝というより、その母君である太皇太后のお考えか。

さまざまな役職を歴任する傍《かたわ》ら、俊賢卿は彰子さまが中宮・皇太后・太皇太后と御出世をなさる間ずっとその大夫を務められている。彰子さまが――父君道長大殿の義兄に当たるとはいえ血はつながっておらぬのに――、誰よりも御信頼されている殿上人と言ってよい。その証拠に、今回の上表でも、太皇太后大夫は引き続きお務めするからほかの役目から退きたいとの意向らしい。そのほうが辞表を受け入れられやすいとわかっているのだ。

――今の世に誰よりも権勢を持つ彰子さまにあれほど信頼されているとは、うらやましいことだ。

実資は日記を閉じた。ようやく今日の勤めが終わった思いで立ち上がる。向かう先は愛娘の千古の居間だ。

「千古、まだ起きているか」

「はい、父上」

千古は目を落としていた草子から顔を上げて、涼やかな声で答える。

「何を読んでいた」

「『枕草子』を」

「ほう、そうか」

先日、自分の裳着《もぎ》のことを実資にせがんだ千古だが、実資の秘めた野望を聞かせて以来、そのことはふつりと口に出さなくなった。そのかわりに書や琴の修練に一層励んでいるらしい。

そして、『枕草子』も読み直している。後宮での日常が描かれているため役に立つと、実資が薦めたものだ。

草子を膝に置いた千古は、目を輝かせて、後宮での定子皇后のありさまや優雅な会話の描写を口にする。

こうした学びは千古のためになる。いつか千古も後宮に暮らすようになるかもしれないのだから。

――まったく、あの左府が上表すれば、俊賢卿などと違って喜んで取り上げられるものを、往生際の悪い。左府さえ退けば、わしに大臣の位が回ってくるのに。

だが、さすがにそこまで下世話なことを千古の耳に入れるわけにはいかない。だから実資は別のことを言った。

「まあよい。帝に侍《はべ》るとなれば、『枕草子』も『源氏物語』も必要だ。だが、千古の手本となる女人は『源氏物語』の中にも少ないぞ。そうだな、紫上だけを見ていればよい」

「藤壺中宮はいかがです」

「それは無論、いかん」

実資は言下に退けた。よりにもよって、義理の息子と密通を犯した后など。

「父上はいつも、藤壺中宮にかろうございますのね」

「ん？　どういうことだ？」

その言葉に意味ありげなものを感じて尋ねたが、千古は笑うだけで返事をしなかった。

＊＊＊＊＊

義清が上番役で警固所務めをしていると、阿手木の朝の仕事はあまりない。義清やその手下の武者たちの世話がいらないからだ。暇な時こそ先手仕事をすべきだろう、そろそろ衣替えの心づもりを、などとのんびり考えながらきちんと片付いた厨を後にする。

息子の岩丸は、秋津相手に木剣を握って剣術のまねごとをしている。府館には多くの童がいるが、その中に交じって遊んでいると、すっかり土地の子どものようだ。

そんなのどかな昼下がり、突然府館の門あたりが騒がしくなった。

「対馬《つしま》から解文《げぶみ》が届いたぞ！」

解文？　何のこと？

阿手木が尋ねるまもなくその男は帥の中納言殿の執務する政所《まんどころ》に走り込んでしまったが、瑠璃姫が教えてくれた。

「対馬には島司《とうし》がいますが、その者が作る公式の文書が解文です。それにしてもこんな臨時の文を寄こすとは、いったい何があったのか……」

「常ならぬことが起きた、ということですか？」

なんとなく胸騒ぎを覚えて阿手木が尋ねると、瑠璃姫はうなずいた。

「ええ、たぶん。わたしもこんな急ぎの文は、聞いたことがないのです」

瑠璃姫と二人、落ち着かない気持ちで政所を窺っていたが、その答えはすぐに知れた。声高なやり取りのあと、政所から何人もの男たちが叫びながら出てきたのだ。

皆が一目置いている少監殿の、際立って高い姿が認められたと思う間もなく、その少監殿が叫んだ。

「一大事じゃ！　賊が現れた！」

「ぞく？」

これまた、阿手木には何のことかわからない。そうしてとまどっている間にも少監殿が、そして付き従っている武者たちが言葉を継いでいく。

「五十艘余りの賊船が対馬に押し寄せ、略奪の限りを尽くしたそうじゃ！　老人子どもは殺され、成年の男女は捕虜になり、牛馬や兵糧は根こそぎ奪い取られたと」

すぐには呑み込めない事態を理解するにつれて、阿手木の頭の中でささやく声がする。

……これはとんでもないことではないの？

いつもは陽気な男たちのこわばった表情に、阿手木は次第に恐ろしくなってきた。

「略奪って……。でも、対馬はここからかなり遠い島ですよね?」

阿手木がすがるように言うと、瑠璃姫が答えた。

「ええ。海の具合にもよりますが、七日かそれ以上かかるでしょう。その使者が賊船をかいくぐって来たにしろ賊船がいなくなってから漕ぎ出したにしろ、とにかく襲われたのは幾日も前ということになりますね」

「でも、そのような騒乱が起きたのは対馬だけなのでしょう?」

阿手木はつぶやいた。対馬の島影は、晴れていれば筑紫にいても見えるが、それでも遠い。

「賊はそのまま引き上げたのかしら」

阿手木は希望を込めて言ってみたが、瑠璃姫は硬い表情のまま、男たちの動きを見つめて言った。

「それでも、対馬の警固は大宰府の役目です。帥殿は、まず詳しい情勢をお知りになりたいでしょうね」

だが、対馬の続報より早く、ほかの知らせを持った門番が奥庭に駆け込んできた。

「申し上げます! 壱岐《いき》から一人の僧が参っております! 壱岐も賊船に襲われ、奮戦むなしく島司以下多数の者が殺され拉致されたと! 島内に残った者はわずか十数名とか」

府館がさらに騒然となる中、帥殿が庭先まで出てきて、矢継ぎ早に下知を飛ばす。

「まずはこの館にいる主立った者をここに集めろ。それから少監、警固所から来た使いにそなたの家の者を付けて帰せ。ここと警固所の間の繋ぎをする心利いた者が、数名はほしい」

「は、すぐに」

少監殿が身をひるがえして厩のほうへ走るのに、家人が何人か従った。

厨の戸口でそのありさまを見守っていた阿手木は、「警固所」という言葉にはっとした。

警固所は海のすぐ近くにある。

だから、対馬にしろ、壱岐にしろ、使者はまず警固所に駆け込んだのだろう。そして賊も、海から押し寄せてくるのだろう。

「何が起きているの?」

隣にいる瑠璃姫に震える声で問う。

「賊とは、何者なのです? いったいどこから、誰が、攻めてくるというのです?」

阿手木にはわからないことばかりだ。海は美しく、その向こうに外つ国があることを知ってはいる。しかし、その海の向こうは我が国よりも進んだ賢人の地ではないのか。やってくるのは知識をたくわえた使者や、この国では作れないような錦や文物ではないのか。それなのに、人殺しや人さらいが力にまかせて押し寄せてきたとは、どういうことなのか。

「わたしにもわかりません。たしかに、海を越えて襲ってくる賊の話は聞いたことがあります。たとえば、数十年前にもあったそうです。でも、船の数が違いすぎるわ。五十艘を超える船団で押し寄せてくるなんて……。こんなことは、初めて聞きます。いいえ、はるか昔に大宰府を朝廷が作られた時には、こうした事態への備えのためだったのかもしれませんが、結局その御代にも筑前が攻められたことなどなかったのに……。ああ、少監殿」

瑠璃姫は、近くを通りかかった老人を呼び止めた。

「いったい、襲ってきたのは何者ですの？」

赤ら顔の矍鑠《かくしゃく》とした少監殿は、眉を寄せて言った。西国の訛《なま》りがあるが、さすが長年府館に勤めていただけあって、その言葉は阿手木にも聞き取りやすい。

「定かではありませんが、刀伊《とい》の者ではないかと」

「刀伊？」

「海の向こう、大陸の北に住む民ですな。馬を駆り、広大な土地で暮らしているそうです。近年、さらに西に住む別の民に圧されて南下し、海へ乗り出して略奪の限りを尽くしているとか……」

そこで少監殿は、自分の話し相手が女性であることを思い出したように付け加えた。

「いや、御心配召されるな。船で襲ってくる異人はたまさかおりますが、いつもたいしたことはござらぬ。手当たり次第に人も物も奪ってまた船で逃げてゆくだけ。今回もそういった不逞《ふてい》な賊でありましょう。御安心なされ、すぐにも追い払います」

無骨な老人だが、阿手木たちを安心させようとしてくれているのだ。

「女人方は奥にお引き取りください。はや、日が暮れる。我らが押し出すのは明朝になろう」

少監殿と話しているわずかの間に、庭には男たちがあふれていた。たしかに、ここにいてもできることは何もない。

だが、奥に引き取ったものの、休むどころではない。阿手木は思い付いて大釜で飯を炊かせ、女たちを指図して握り飯にして折敷に盛り上げては政所の執務の間に運ばせた。今、帥殿は主立った頭目を集めてそこで軍議をしているという。それにこれから、帥殿の下知に従って、近在の荘から続々と武者たちが集まってくるはずだ。

「軍議……」

阿手木はつぶやいてみる。今まで一度も口にしたことのない言葉だ。

落ち着かないまま二刻ほど過ぎた時、見慣れた姿が奥の間に現れた。

「阿手木、ここにいたか」

「義清！」

一気に安堵の想いが体中に広がる。

「これはいったい、どういうことなの？　対馬や壱岐が襲われたって、少監殿は刀伊という賊だって……」

そこで阿手木は義清のこわばった顔に気付いた。

「ほかにも何かあるの？」

義清は阿手木の手を取った。

「すぐに広まる話だから、今、おれから言っておく。突然に島々が襲われたという知らせで警固所も大騒ぎになったんだが、それだけじゃなかった。賊はすでに筑紫の浦のいくつかに上陸したらしい」

「え？」

一気に体が冷えた。

「夕刻になって怡土《いと》や志摩《しま》の郡が襲われたという知らせが届いたんだ。それから早良《さわら》も……」

怡土は大宰府の西九里、志摩は同じく西北西十里、そして早良は西五里のところにあるはずだ。

「考えてみれば、対馬や壱岐からの知らせも船、賊も船。対馬壱岐の使者よりも早く賊は筑紫の浦に来ていたんだ」

「それは、どんどん大宰府にも近付いているということ？」

阿手木の怯えた顔に、義清は笑いかけた。

「安心しろ。浦での戦いには土地の者が応戦して、賊を押し返したそうだ。奴らはいったん船でどこかに退いたらしいが、今夜また動くことはないだろう」

「でも……」

「それに、いいか、奴らは船で移動しているのだから、内陸にいればひとまず安全だ。女子どもは大宰府を動くな」

そして板間にすわり込んだ。供をしてきた何人かの侍も後ろにいる。

「とにかく、腹ごしらえをさせてくれ」

「気が付かなくてごめんなさい、すぐに」

阿手木はあわてて握り飯を盛り上げた折敷を運んでくる。それを腹に納めると、すぐに義清は立ち上がった。

「帥殿は、政所か」

「ええ、駆け付けてきた人たちと軍議をしていらっしゃるわ」

義清は微笑んで、阿手木を見下ろした。

「阿手木の口から『軍議』なんて言葉を聞くと、妙な感じだな」

「うん、あたしも似合わないと思う」

義清に対しては、言葉遣いも若い頃に戻ってしまう。

義清が肩を抱いてくれた。

「心配することはないさ。大宰府には番を勤める武者が常駐しているし、今夜にも帥殿の下《くだ》し文《ぶみ》が近在の荘に回る。国人は馳せ参じるし、彼らは日頃から武勇自慢だからな。そうした兵をそろえて、夷敵《いてき》などすぐに蹴散らしてやる」

そして傍らを見やって言う。

「秋津、頼んだぞ」

「はい」

秋津も、ひょろひょろした体ながら真剣な顔だ。瑠璃姫と小仲、そして阿手木を命の恩人と思っている童なのだ。

それでも阿手木は落ち着かず、義清の後を追って政所に行ってみた。すぐに、帥殿のこんな声が飛び込んできた。

「おお、義清か。とにかく、明日だ。あるだけの兵をそろえて警固所に向かう。馬を確かめよ、武具の手入れを怠るな。弓矢も十分に備えるのじゃ」

阿手木は立ちすくんだ。そうだ、これは夷敵なのだ。帥殿が指揮を執るのなら、義清は従って戦わなくてはならない。

京にだって夜盗はいた。人々が襲われ命を取られることだってあった。でも、こんな、思いもかけないところから得体の知れない者たちが突然に襲ってくるなんて、そんなことがあってよいものか。

「お酒をお持ちしました」

落ち着いた声が隣でそう言った。瑠璃姫だ。その声に気を取り直し、阿手木も瓶子《へいじ》を取って男たちのところに進む。

軍議の場を去ってから瑠璃姫がつぶやいた。

「わたしの夫は文官ですので、今、大急ぎで文を作っております。おのおのの荘に兵馬を要請する下し文と、京の朝廷へ事態を報告する解文と……。たぶん朝までかかるでしょう」

「ええ、それも大切な役目ですものね」

「わたしたちは、できることをしなければ。さあ、お方さま、奥へ戻りましょう。女たちが騒いでいます」

「わかりました」

なぜ、どうしてと、答えのもらえない問いをしている場合ではないのだ。

阿手木は気を取り直して歩き出した。

3

寛仁三（一〇一九）年四月八日

館の人々は、眠ったのだろうか。寅の刻には、軍勢は表の庭に集まっていた。鎧《よろい》をまとった武者たちの集団が庭を埋め尽くす光景は、阿手木が今まで見たこともないものだった。多くの者は簡単な腹巻のような鎧だが、主だった将は紫や朱色の大鎧《おおよろい》をまとっているため、常にはくすんだ水干《すいかん》や狩衣の男たちが、まったく別の集団に見える。色彩だけではない。興奮した男たちのざわめきの底を流れる鉄の触れ合う音、馬のいななき、そして男たちの汗や息遣いが醸し出す匂い……。何もかもが阿手木には縁のなかったものだ。

帥殿は各荘からの集まり具合を確かめ、そして先発の隊を見送った。その中に義清が交じっているのを、阿手木は胸がつぶれる思いで見守る。事の次第をまだ十分に呑み込めていない岩丸は、勇ましい武者たちの姿に興奮して飛び回っているが、阿手木は自分のそばに引き寄せて一喝した。

「これは遊びごとではないの。皆さまの邪魔をしないように、さあ、ここからお見送りしますよ」

喧噪の中にいる義清には、阿手木の声など聞こえないだろう。それでも馬上の人となるところを見、阿手木と一瞬目を合わせてから、馬を街道に向けた。

「出陣する！」

少監殿の大音声が響き渡り、騎馬隊を先頭に一斉に動き出した。

「……母上、痛いです」

阿手木は力の限りに岩丸の手を握っていた指を、そっと緩める。

そして庭のざわめきが収まったところで、阿手木はようやく気付いた。

「小仲は……？」

ずっと阿手木と岩丸のそばを離れない秋津が、これも気がかりそうな顔で答えた。

「まだ、お館に戻ってきていません」

阿手木は冷や水を浴びせられたように、ぞっとした。

「山の牧に行ったままなの？　まさか、賊の襲来を知らないの？」

　考えてみれば、賊が襲ったのは対馬、そして壱岐、昨日になって筑紫の浦。一昨日の夜から山の牧に行っている小仲は何も知らないはずだ。

「どうしよう！」

その日一日を、阿手木や府館の女たちは落ち着かない思いで過ごした。先触れが帰ってきたのは日が落ちる前だった。

賊は博多に押し寄せたが、大宰府はじめ兵の反撃に、上陸をあきらめて能古島《のこのしま》に立てこもっているそうだ。警固所のある浜から二里半ほど離れた、湾内の島である。

やがて、義清もこわばった顔で帰ってきた。

「襲われた浦々を検分した者の話を聞いたが、ひどいありさまだ。賊は今、能古島に陣取っている。次にどこが襲われるか予見することができないので、ひとまず兵は警固所に集めることになった。少監殿が下知を取るが、おれもそこに詰める。大丈夫だ、深追いはするなと帥殿もおっしゃる」

「お任せあれ」

甲冑《かっちゅう》を身にまとった少監殿が、太い声で請け合うさまは、頼もしい。

少監殿は国内でも高名な人物なのだ。今は軍議のため府館にいるが、警固所に取って返して明日の戦《いくさ》に備えることになっている。帥殿は府館で今後集まってくる兵の配置を指揮する。元服前の童や若衆たちも大宰府に残されることになったそうだ。

「若衆たちの統率は少名麻呂に取らせよう……」

少監殿がそう言って、誰にともなく尋ねた。

「ところでその少名麻呂は、どこにいるのだ？」

誰かが答える。

「府館にはおりません。背振の牧に、馬の産を手伝いに行っているはずです」

少監殿は眉をしかめ、それから手を打った。

「おお、そうじゃ！　牧の馬も集めねばならぬ。誰ぞ、牧へ使いは出したか？」

「いいえ、まだでございます」

少監殿は舌打ちする。

「わしとしたことが、手抜かりじゃった。合戦には何よりも馬が重要というのに。じゃが、誰も牧へ行っていないとなれば、少名麻呂の奴、賊の襲来は知らないのか？」

「さあ……。出かけたのは六日の夜で、一報がもたらされる前らしいのですが」

隅で聞いていた阿手木は驚くとともに、少しだけ安堵した。それでは、山の牧には小仲のほかに少名麻呂もいるのか。そうだ、ほかに馬飼いも二人ほどはいるはずだ。

だが、そこへ後続として戻ってきたらしい武者が答えた。

「少名麻呂だと？　あの童なら、先程、ちゃっかりと警固所で一人前の顔をして働いておったぞ」

「なんだ、牧にいるのではなかったのか？」

「おう。なんでも山の上から海を押し寄せてくる異国の水軍を見たとかで、三瀬《みつせ》街道を走り、警固所へ知らせにきたのだそうだ」

三瀬街道は、なるほど、背振の山並みからまっすぐ博多へつながる道だ。

「一人でか？」

「馬飼いを二人連れていたが、途中で別れたそうだ。自分は警固所にまっすぐ向かう、お前らは早良あたりの荘に急を知らせてから追いかけてこいと」

「なるほど。だが、あいつはまだ元服前だ。早くこの府館に呼び戻せ」

「承知。これから警固所に向かう隊に言づけて、追い返させよう」

「待ってください」

阿手木はそこで割り込んだ。

「小仲は、どうしているのです？　山の牧にいるはずです」

「さて……。我らが見たのは少名麻呂だけでござった」

「そんな……。あの子は馬の扱いが巧みだからと、それでわざわざ山の牧に呼ばれていたのに」

阿手木が落胆してつぶやくと、少監殿はまた眉をしかめた。

「あの小仲という童を推挙したのは少名麻呂ですぞ」

「え？　わたくしは、少監殿が直々にお名指しだと聞いて……」

「何か行き違いがあったようじゃな。ともかく、少名麻呂がここへ戻ってきたら、聞いてみるがよかろう」

それだけを言い捨てて、少監殿はあわただしく立ち去ってしまう。

だが、まもなく、見るからにうろたえた様子で戻ってきた。

「お方さま、真砂を見ませんでしたかの？」

「いいえ、少監殿」

「なんとしたこと！　真砂がどこにもいないのです！」

「真砂が？」

「なんでも、昨日から我が家の者たちは誰も姿を見ていないとかで……」

「賊が侵入していることは知っているのですか？」

百戦錬磨の少監殿が、うろたえている。

「それもわかりませぬ！　昨夜も今朝も我が館は出陣する男たちでごった返しておって、誰も覚えておらぬのです！」

「少監殿、落ち着きましょう」

小仲のことをいったん脇に置いて、阿手木は老人を鎮めにかかる。

「賊は、今は能古島に陣取っているのでしょう？　博多に上陸しようとした時だって、水際でこちらの兵が防いでいる。真砂が危ない目に遭う恐れは少ないわ。わたくしたちも、手分けして探しますから」

「じゃが、もしも昨日のうちに家を出たとしたら、今頃、どこでどうしていることか……。わしらはまた警固所に詰めねばならないのに！」

「とにかく、もうすぐ少名麻呂は府館に戻ってくるのでしょう？　まずはあの子に問いただしましょう。妹のことですもの、知っているかもしれないわ」

というわけで、警固所から戻ってきた少名麻呂は、府館の前で待ち構えていた阿手木と少監殿にその場で問い詰められることになった。

目を白黒させていた少名麻呂だが、何を聞かれているか呑み込むと、阿手木と少監殿を交互に見ながらこう言った。

「おれは、昨日、牧から逃げ出した馬を探しに、馬飼いたちと雷山《らいざん》のほうへ向かっていたんです」

「雷山?」

阿手木が問い返すと、少監殿が気短に答えた。

「同じく背振の山並みの中で、牧よりは海寄りにある山ですじゃ。少名麻呂、それで?」

「そうしたら、志摩の岬の西側で煙が上がっているのが見えたんです。ただごとじゃないと思って、確かめようともう少し近付いたら……」

「刀伊の略奪じゃったわけか」

「そうなんだ。だから三瀬街道を警固所に向かった。馬飼いたちは、途中の村に向かわせた」

少監殿は渋々うなずいた。

「勝手に動いたことになるが、まあ、おまえの判断は間違っておらん。しかし街道をまっすぐ馬を飛ばしたにしては、時がかかりすぎていないか? 賊の襲来が昨日の昼過ぎで警固所に到着したのが今日の夕刻とは、一日以上かかっておるではないか」

少名麻呂は、一瞬詰まってから猛然と反論する。

「じいさま、おれ、馬を飛ばしたなんて言ってないぞ? 見付けた馬は足を怪我していて、乗れなかったんだよ。だから間に合わせの手当てをして、途中の村に置いてきたんだ」

まだ合点のいかない顔の少監殿に、少名麻呂は逆に尋ねた。

「それより、真砂は本当にいないのか？」

「おお、そうなのじゃ！」

真砂のことを話す時だけ、古強者《ふるつわもの》もただの老爺《ろうや》になってしまう。そんな少監殿の背をたたいて少名麻呂は慰めた。

「じいさま、心配いらないよ。きっと背振の山の中で安全にしているよ。あいつは山で遊ぶのが好きじゃないか」

「ひょっとして、小仲のあとを追ったということはないかしら？」

ふと思い付いて、阿手木はそう言ってみた。

「あの子、小仲のことを気にしていたわ……。ほら、一昨日、あなたと小仲が喧嘩した時も」

――あれは、たった二日前のことなのか。

不思議な思いでいる阿手木に、少名麻呂はうなずいた。

「ああ、お方さま、そうですね！　きっとそうだよ、じいさま。とにかく真砂はおれが探すから、じいさまは警固所に戻ってくれ」

孫になだめすかされ、あれやこれやと言い置いたあとで、少監殿は一隊を引き連れて警固所に向かった。

もう夜は更けてきている。

「ね、少名麻呂、牧にいたら、海から押し寄せた船には気付けるの？」

「いや、背振の山並みは何里も続いているので、牧から海は見えません」

「では、小仲はまだ賊の襲来を知らないかもしれないのね……。それに、真砂も」

真砂は他家の娘ではあるが、若い娘がこの非常時に行方がわからないというのは……。

「でも、お方さま、そんなに心配しなくても大丈夫ですよ。賊が陣取っている能古島とはかなり離れているから……」

少名麻呂はそんなことを言いながら、兵庫《ひょうご》に向かい、阿手木は一人取り残された。

ところが、その半刻後。又不可解な知らせが届く。背振の牧に知らせに行っていた少監殿の郎党が、途方に暮れた顔で戻ってきたのだ。

「牧の馬はすべていなくなっていました」

「なんだと?」

居合わせた男たちがいっせいにざわめく。

「一頭もいないのか? 牧の者たちは?」

「それも、誰もいない。牧の番小屋はもぬけの殻じゃし、厩も同様。放されているのかと呼ばわっても一頭も現れない。わしらは暗くなるまで一帯を探し回ったが、本当に、影も形もないのじゃ」

「それはどうしたことじゃ?」

「まさか、賊にやられたのか?」

「そんなことはあるまい。あの牧は、海から何里も離れた山の中だぞ!」

誰もが口々にしゃべり出す中、一人が言い出した。

「馬飼いは少名麻呂とはぐれ馬を探しに行った途中で賊の襲来に気付き、急を告げに行ったのじゃろ。じゃが、牧に残ったあとの一人はどうしたのじゃ？　ほれ、あの、都下りの童よ」

阿手木ははっとした。

小仲のことだ。

「たしかに不審じゃな。あの童は、今どこにいるのだ？」

「まさか、馬と一緒に……？」

「ほかに誰もいないのを幸い、どこかへ馬を連れ出したというのか？」

「そう言えば、妙に馬の扱いが巧みな童じゃったな」

そこで阿手木は割り込んだ。

「『妙に』とはどういうことですか？」

お方さまの憤然とした様子に、男たちは黙り込んだ。

「あの子はたしかに馬の扱いが上手ですが、よからぬことを考える子ではありません」

言いながら、阿手木は少々胸のうちに付け足す。

――たしかに以前、京で、馬盗人の一味にいたことはあるけれど。

そんなことを、この場で言う必要はない。

「あの子はあの子なりに思うことがあって行動しているに違いありません。……そうだわ」

阿手木は一つ思い付いた。

「危急の時です。馬を連れてどこかへ難を逃れているのかもしれない！」

「どこかへとは？」

「それは……」

一瞬口ごもったが、阿手木は言い切った。

「ここへ！　府館へです！」

そうだ、阿手木のところへ。

何も根拠があるわけではなかったが、阿手木はそう信じることにした。

「しかし、賊の襲来を見た少名麻呂は牧に戻らず浜のほうへ急を告げに向かったのですぞ。牧に残った者には、この危難を知るすべがないのに」

「見えなくても、危難を察することができるかもしれないでしょう」

阿手木は言い返す。

襲来の船を見なくても、戦の火や煙は見えたかもしれないではないか。

――ああ、義清がここにいて小仲をかばってくれたらいいのに。

だが義清は、帥殿と難しい話の最中だ。邪魔をするわけにはいかない。

まだ信じてはいない顔の男たちを持ち場に追いやり、阿手木は奥に戻った。子どもながら木刀を引き付けて眠っている岩丸の枕元で、祈るようにつぶやく。

――きっと小仲は、戻ってくる。

深夜。少名麻呂は黙々と府館の番をしていた。童たちを要所である四方の門に配置し、かがり火を焚かせ、自分はそれらの門を巡回しているのだ。

阿手木はその若衆たちに夜食を持って回り、少名麻呂にもねぎらいの言葉をかけた。

「少名麻呂、真砂の行方はまだわからないの？」

「あいつなら大丈夫です」

少名麻呂は簡単に答えて、握り飯をほおばりながらつぶやく。

「それより心配しなくちゃいけないことがたくさんあるから。実は志摩の岬の西側がひどいありさまで……」

「そうね。どうも賊は壱岐を襲った後、まず志摩の岬の西側に着いたらしいわね」

「はい。西の浦を襲って、そこから志摩の岬を東に回って能古島にやってきたんだ」

阿手木は感心して少名麻呂を見る。

「よく知っているのね」

「そんなことをみんな話していましたから」

なりは大きいが、もとから口の重い童だ。阿手木と話をするのは気づまりらしい。握り飯の残りを口に押し込むと、少名麻呂は立ち上がった。

「ありがとうございました。……おれ、少し寝てきます」

4

寛仁三（一〇一九）年四月九日

義清を含む隊は、夜明け前に警固所へ向けて出立した。

それと入れ替わるように、朝、志摩の岬の反対側を回ってきた物見が、府館に詳しい知らせをもたらした。

「志摩の岬の西はひどいありさまだ。あいつらはまず村に火を付けたらしい。そして家を焼け出された村人のうち、役に立たない老人と子どもはその場で殺して、使役できそうな男や女は連れ去った。牛も馬も、見付けたら手当たり次第に殺して食っているらしい」

阿手木は耳を覆いたくなったのを耐えた。

これは現実に起こっていることなのだ。府館の人間として、知らないではすまされない。

だから義清も、今、戦っているのだ。

物見はなおも続ける。

「海部《あま》の浦など、全滅じゃ」

「海部の浦？」

このあたりの地名にも詳しくなっていたが、阿手木は聞いたことがない。そばにいた男が説明してくれた。

志摩の岬の西側、付け根から浜伝いに二里ほど行ったところに、いつのころからか流れ着いて住んでいる者たちがいるのだそうだ。流れ者だから、すでに誰かが住み着いている肥えた土地には住めない。土地者が耕作にも向かないと捨てておいた岩場で、その名のとおり漁をしてほそぼそと生きながらえている者たちだ。それでも、十年ほど前に土地の有力者の庶子が長となった。荒くれ者で土地では鼻つまみ者だったが、出自の確かさだけは近在の誰もが認める男だ。その男を頭に据えたおかげで、海部の者たちも先住の村々に認められたのだという。

「そんな、小さな場所まで襲われたの……」

「はあ。誰一人残っておりませんでした。抵抗しなかったのか、火はかけられておらず、しかし、持っていたはずの小舟も漁具も一切なく、住処《すみか》の小屋も空。何もかも、津浪に根こそぎ持っていかれたか鬼神に領じられたかというようなありさまで」

阿手木は思い描いてみる。鬼にさらわれたかのように、すべて奪われた、しんとした集落。

その時、横から誰かが口を挟んだ。

「海部の浦に行ったのか？　何か変わったことは？」

「どういうことだ、少名麻呂」

物見は不思議そうに、尋ねてきた少名麻呂を見る。

「変わったこととは何だ？　賊に襲われて変わったも何もあるまいが」

＊＊＊＊＊

（実資の日記）

四月九日

左大臣顕光は御禊《ごけい》の前駆を定めると触れていたが、犬の産があり、穢《けが》れのために参内できなくなった。そのため、定めは右大臣が代わって行うそうだ。

まったく、無能な左大臣だ。実資はあきれてため息をつく。犬の産など、あらかじめわかるだろうから邸内から遠ざけておけば穢れに触れることもなく、執務に渋滞を及ぼさないのだ。おまけに代役となった右大臣も無能の人物である。

そのようなくだらない席に連なるのも馬鹿馬鹿しい。実資は自分も病であると使いを送ることにした。陣の定めは欠席させてもらい、屋敷で千古とのんびり過ごそう。

ところが、夕刻になって家人の一人が気になる噂を聞き込んできた。

「なんでも、堀河においでの女御が御不例とかで、左大臣もあわてて祈禱を始めたそうです」

堀河の女御とは左大臣の娘で、先に位を譲った元東宮――現在小一条院と呼ばれる――の妃である。小一条院には道長大殿の息女が妃となっているため、堀河女御は陰に押しやられた形で、病がちになり嘆きの日々を送っているというもっぱらの噂だ。

「たしかに、堀河女御は御心労の日々であろうからな。ならば左大臣も気が気ではなかろう」

犬の産というのはただの口実だったのかもしれぬ。娘の病ほど、父親の心を痛めるものはない。もしも千古の身に何かあったら……。

「その病悩の噂、なおも確かめよ」

念のために実資はそう命じることにした。

＊＊＊＊＊

昼過ぎ。おびただしい蹄《ひづめ》の音がした。

「何ごとじゃ！」

「いよいよ、ここにも敵襲か？」

「……まさか、警固所が破られてここまで賊が攻め上がってきたのか？」

だが、飛び出していった番兵たちが、口々に歓呼の声を上げている。

遅れて庭に駆け付けた阿手木も、あっという間にそれらの声に包まれた。

「敵ではないぞ、我らの馬じゃ！」

「おお、あれは、山の牧にいた馬じゃ！」

阿手木はすぐそばにいた男の袖をつかんだ。

「本当なのね？　あれが、いなくなっていたという牧の馬なのね？」

「間違いございません！」

「では、誰が連れてきたの？」

問うまでもなかった。

群れの中ほど、急がせるでもなく整然と群れを指揮している、あの姿……。

「小仲！　よく戻りました！」

どよめきの中でもその声が聞こえたのか、小仲は阿手木を見てはにかむように笑った。

小仲は、四十頭の馬を、見事引き連れてきたのだ。

府館の男たちが我先に馬を厩に導くのを見守りながら——昨日小仲を疑った者たちが阿手木をきまり悪そうに見やるのを小気味よく眺めながら——、阿手木は馬を降りた小仲に声をかける。

「小仲、よくやりました！　あれほどの馬を連れてくるのは大変だったでしょう？」

「そうでもなかったです。真砂が山道を知っていたので……」

「真砂？　真砂も一緒だったのね！」

そう、真砂は小仲と同じような水干姿で、鞭のように背を伸ばして最後尾の馬に乗っていた。

「真砂、無事でよかったわ」

馬から降りた真砂は、白い歯を見せて笑った。

「お方さま、断わりもせずに、すみませんでした。七日の朝、ふと気が向いて山の牧に行ったんです。そうしたら、一大事が起こったって……」

「だから、馬たちを無事な場所に逃がさなければって思って。山伝いに来たから時間がかかりましたけど」

真砂に続いてそう説明した小仲は、それから表情を引き締めた。

「輔殿は、どうされています？」

「今日の明け方、兵を連れて警固所に向かったわ。きっと今頃は合戦の最中で……」

「わかりました、おれも行きます！」

聞くなり、小仲は飛び出していこうとして、府館の守りに就いている年寄りに止められた。

「童の身で何ができる？」

「馬を扱えます」

「待て、若衆は府館にとどまれという師殿の下知だ……」

しかし、小仲は年寄りの手を振り払って走り出している。

「お方さま、わたしも行きます」

声を上げた真砂のほうは、すぐに瑠璃姫に叱責された。

「これ以上の無茶は許しません。府館にも、あなたの役目はいくらでもあるのよ」

それでも、真砂は悔しそうに小仲の走り去ったほうを見やっている。

「真砂、瑠璃姫の言うとおりよ。あなたまで警固所に行ったら、おじいさまの少監殿が卒倒してしまうわ。あなたの姿が見えないと知った時は、生きた心地もしていなかったのよ。それに、少名麻呂も心配するわ」

阿手木がなだめようとすると、真砂はつんと鼻を上に向けた。

「こんな時にじっとしているなんてもどかしくて……」

「いいから、ほら、お兄さまに勝手に出歩いた詫びをおっしゃい」

ちょうど、少名麻呂がこちらに走り寄ってくるところなのだ。だが、妹の真砂をちらりと見やっただけで、阿手木に尋ねる。

「お方さま。小仲の居所を知りませんか?」

「馬を連れて府館に来たのはいいものの、義清のいる警固所に飛び出していってしまったみたいなの」

「そうか……」

言うなり踵《きびす》を返そうとする少名麻呂だが、今度は、阿手木が襟首をつかんで引き留めることに成功した。

そうそう同じ手に乗るものか。

「あなたまで行っては駄目よ。ほら、嵐になりそうじゃないの」

本当に、昼過ぎから雲行きがあやしいのだ。風も強くなってきている。

「府館にもすることは山ほどあるのよ」

兄妹がしぶしぶと阿手木を手伝っているうちに、警固所から軍勢が戻ってきたと先触れが入った。

「今日の戦、ひとまず敵を能古島に退却させたぞ!」

「警固所にも火矢が放たれてかなりの広さが焼けたが、どうにか軍勢は持ちこたえた!」

府館の者たちが先を争って迎える中、阿手木も爪先立って義清の姿を探す。

——いた!

黒く汚れた顔だが、いつもどおりに馬を操っている。その手綱を落ち着いて取っている小仲。

阿手木は、ほっと体の力を抜いた。


帰ってきた軍勢は、そのまま帥殿以下と軍議に入った。阿手木は政所に通じる廊下にすわり、漏れ聞こえる軍議の内容に耳を傾けた。

離れているのですべてわかるわけではないが、せめて、義清の声を聞き取りたい。

だが、発言しているのは、おおむね土地の武者たちのようだ。博多の地理や近辺の海を知り尽くしている者たちだ。

「明日は嵐になる、間違いない。だから能古島に引き返した船団は動けませんぞ」

そこで帥殿の声がした。

「となれば、今がこちらの好機だ。嵐であっても陸を移動することはできよう。軍をまとめて警固所を中心に布陣させ、嵐がやむとともに反撃に出る」

そこでまた、国の者が発言した。

「帥殿、その策で博多の浦は防戦できましょう。じゃが、その他の浦はどうなさるおつもりか」

帥殿の凛とした声が響いた。

「むろん、府館の軍が守る」

おお、とどよめきの声が上がる。

「そうじゃ、これ以上の狼藉を奴らに働かせるわけにはいかぬ！」

そこで大きな声が、聞こえた。

「と言って、守るべき浜は広すぎる。賊は一点めがけて兵を集中させられるが、我らは長い海岸線すべてを守るのは無理じゃ」

「しかし、向かう先の見当は付きましょう。博多より東に向かうとは思われぬ。賊も相当の被害を出しておりますから。となれば、これより先には向かわず、来た路を戻るのでは……？」

「戻るとは、志摩の岬の西側へか？　だがあのあたりをすでに略奪して焦土にしたのだぞ。これ以上獲物があると奴らは思うか？」

気が付けば、阿手木の脇で、少名麻呂も一心に耳をすませている。

それからも軍議は続いたが、結局まとまることはなかった。

「たしかに、守り手はどこで待ち構えていればいいのか、決めかねるわね……。攻めるほうは、守りの薄い一点を見定めて突くことができるけど。といって、博多から志摩の岬の、長い浜をすべて守るなんて、兵が何万いたところで無理だわ……」

「お方さま、敵がどこを攻めてくるか言い当てる者がいたら、恩賞に与《あずか》れますか？」

少名麻呂の真剣な顔に、阿手木は笑いかける。

「そんな神業ができる者がいたら、大変な功労者ね。さあ、もう寝なさい」

5

寛仁三（一〇一九）年四月十日―十一日

翌朝から、土地の者の言ったとおりの大嵐となった。府館の武者たちは思い思いに武具の手入れをし、休息している。

阿手木は瑠璃姫に手伝ってもらいながら、府館中にある布や薬の手配に大わらわだった。こんな時に真砂の姿が見えない。いくら人手があっても足りない程だというのに。

さらに翌十一日、雨はやや弱まったが、風はやまないどころか強くなっている。だが、府館の兵は動き出していた。

「この嵐はまもなく収まりましょう。じゃが、海の荒れは陸よりも長く残る。奴らが陣を整える前に、こちらは動かねば」

風雨の合間を縫って断続的に兵や兵糧を積んだ馬が、警固所へ向かっていく。

嵐がやんだ時が、決戦の好機。それまでに準備しなければならないことは山のようにある。

その間も、軍議は続けられている。兵をどこに割くかが勝敗の分かれ目だということは阿手木にもわかる。

「布陣が決まったぞ」

久しぶりに義清が阿手木の所へ帰ってきて軍議の様子を話してくれたのは、十一日の夜だった。

「どこに兵を配置するか、まとまらないでいるところへ、いったん中座していた少監殿が少名麻呂を連れて戻ってきたんだ。『この童が申し上げたいことがあるそうな』と言ってな」

帥殿が非常の時だからと発言を許すと、少名麻呂はこう言ったそうだ。

「おれの館に、逃げ込んできた者がいて。それが、海部の浦の者なんです」

「海部の浦、とは?」

中納言殿に、誰かが説明する。

「志摩の岬の西側にある、瘦せた土地です。そこに近年住み着いた者どもがおりまして」

それから誰かが口を出した。

「待て、海部の浦の者は全員刀伊にさらわれたのではないのか?」

すると少名麻呂はしっかりと顔を上げて言った。

「おれもそう聞いていましたが、実は、多くの者は賊船が海から来るのを見て、危ういところで逃げられたんだそうです。それから、一人、いったんはさらわれて賊船に連れ込まれたけど、その船から隙を見て逃げ出した者がいて……」

そこまで聞くと、武将たちが騒いだ。

「賊の船からか？　すぐにここへ連れてこい！」

「敵の内情を知る、これとない者じゃ！」

少名麻呂が連れてきたのはぼろぼろの布子一枚のむさくるしい若者だった。

「まだ若いな。お前は逃げられたのか？」

「へえ。今日の昼過ぎに雨がやみましたでしょう。ですが波が高く、船が転覆しそうな時に、落ちたんで」

「それでお前は荒海を泳いで岸までたどりつけたというわけか。さすが海部の者だな」

「へえ、そのあとで水の樽もどんどん投げ込みまして、栓が開いていたから浮かんで。それにつかまって、なんとか……」

別の武者が納得したようにうなずいた。

「そうじゃ、たしかに、こやつは海部の浦の者です。我らとは少々訛りが違いましょう」

「わしにはよくわからぬが、そんなことは、まあよい」

帥殿は苦笑しながらも、さらに若者に尋ねた。

「船の数は？」

若者は口ごもったが、それには警固所から戻ってきた者が答えられた。

「我らが沈めた残りは三十余艘と見ております」

「かなり減っているな。もちろん兵も少なくなったはず。のう、我らが博多の浦の守りを固めていて、かなわぬと見たら、奴らは引き上げにかかるのではないか」

「……待て」

怡土の荘の兵が立ち上がった。

「これから遠路戻るとなったら、その海路の兵糧や水はどうするのだろう？　奴らの国のある韓《から》に上陸するまでに、およそ十五日はかかるというぞ」

「兵糧は浦々から略奪したもので間に合うだろうが……」

「水はどうじゃ？　こやつの話では水の樽を捨てていたというではないか！」

「水がなければ、刀伊といえども生きられぬだろう。もう雨はやんでいる。海に捨てた樽を拾えたところで益もない。今から雨水を貯えることはできぬのだから」

「ならば、どこかで水を手に入れる必要があるな」

口々に意見が飛び交う中、帥殿が声を上げた。

「すでに立ち寄った浦々の中で水を汲めた場所に、また船を付けるのではないか？」

「そうじゃ！　そうに決まっておる！」

一同は地図にかがみこむ。

「ならば我らが陣を敷くべきは、その補給に立ち寄った折にたたける場所だ。志摩の岬の西側の津で、岬を回る船の動静を窺える所はどこだ？」

志摩の荘の者が地図の一点を指さす。

「ここがよろしいかと！　志摩の岬の西、船越《ふなこし》という津です。ここに兵船を集め、さらに志摩の岬の高台に物見を配しておけば、岬を回ったところで賊船を迎え撃てましょう。また、西の浜に兵を集結させておいて物見が狼煙《のろし》で合図すれば、兵を速やかに動かし、海と陸から挟み撃ちにできます！」


「……それで、決まったのね」

「ああ。とにかく、明日がその切所《せっしょ》だな。この国から賊を残らず追い払わなければ」

「警固所を守るだけではなく……？」

不安そうに阿手木がつぶやくと、義清はきっぱりと答えた。

「警固所の兵たちだって、国の在から集められた者たちだ。自分たちの土地を守ってくれると思うからこそ、大宰府の召しに応じる。そんな彼らに、帥殿は信頼されなくちゃならないんだ」

「ああ、そうね……」

夜明けまでひと眠りするという義清を見送った後で、阿手木は厩に行ってみた。

小仲が忙しく働いている。少名麻呂も真砂も家でおとなしくしているのか、姿が見えない。

阿手木にもやっと、小仲とゆっくり話をする暇ができた。

「それにしてもよくやったわね、小仲。でもきっと府館《ほふ》に馬を連れてくると思っていたわ」

「内陸の大宰府なら安全ですから。あいつら馬を屠って、食っていやがったって。そんな奴らに渡せるもんかと思ったから……」

「それにしても四十頭もの馬でしょう？」

小仲はうつむいて、馬の蹄の泥を丁寧に拭ってやっている。

「……時間はかかったけど、なんとか……」

そこへ声がかかった。

「お方さま、この厩に泊まらせたい者たちがいるんですが」

少名麻呂だ。見慣れない男たちが一緒にいる。

「帥殿にお話しした、海部の浦の者たちです。略奪を逃れて、いったん山に入り、山伝いに逃れてきたので、今まで時間がかかったんです」

「そうなの。でも、よく逃げられたこと。何人ほどいるの？」

「ここにいる者のほか、女も合わせて二十人くらい……」

粗末な姿だが、特に怪我もしておらず、煤《すす》に汚れてもいない。彼らの浦は焼き討ちに遭わなかったことを、阿手木は思い出した。少名麻呂はその一団を厩に導く。

「乙若《おとわか》、女たちも連れてこい」

少名麻呂に声をかけられた先頭の若者は厩からいったん出ると、今度は老婆や子どもを抱いた女、まだ若い娘まで小屋に入れた。少名麻呂は最後におずおずと入ってきた娘を優しい手付きで導くと、阿手木を振り向いた。

「さあ、お方さま、お戻りください。ここはむさくるしいですから」

「でも、その者たち、おなかはすいていないの？」

「はい、大丈夫です」

彼らはさっさと馬房に入り、片隅の藁《わら》に丸くなっている。突然の邪魔者にも、馬たちは落ち着いて飼葉を食《は》んでいる。

「……たしかに、心配はなさそうね」

厩の戸口に向かった阿手木は、ふと外が静かになっているのに気付いた。

「颪もやむのかしら」

小仲が横に立っている。

「嵐が収まったら、明日は……。軍議もまとまったそうですね」

「ええ。帥殿も義清も、二度とこの国を荒らさないように懲らしめる覚悟だそうよ。だから、志摩の岬の西にある船越津に陣を敷き、岬を回って水の補給を目論む賊をたたくと」

阿手木は、ため息をついて続けた。

「そこまで追いかける必要があるのかと、最初は思ったのだけど。義清は、大宰府官庁が土地の者に信頼されるかどうかが大事だと言うの。帥殿が土地を守る気概を持たなければ、土地の者は今後従わなくなるだろうと……。それは正しいと思う。こわいけど、そんなこと言ってはいけない。兵のほうがずっとずっとこわいのだものね」

「警固所も、ひどいありさまでした。何もかも焼けて……」

「ええ、それも聞いたわ。火矢をかけられて、建物も木立も丸焼けになったそうね」

「お方さまがそんなことを知っているんですか」

目を丸くする少名麻呂に、阿手木は苦笑した。

「博多の浜で焼け出されていったんは警固所まで逃げてきた者たちも、安全ではなくなったからと、散り散りに府館に来ているでしょう。みんな、ひどい姿になっていたから、介抱に忙しかったわ。その時に話を聞いたの。自分の味わったことを口にして、少しでも心を楽にしたいのね。そうしているうちに、警固所や博多だけじゃない、どの浦も丸焼けの状態だとも、わかったの」

人づてに聞くのと、焦げた髪、深手にうめく者の口から聞くのとは、大違いなのだ。

阿手木は顔を上げた。

「だから、義清も戦わなくちゃいけないのよね」

夜半、嵐が静まりかけるとともに軍は移動を始めた。阿手木は西の浜へ進む義清と小仲を見送る。

それと入れ違うように、目をそむけたくなるような負傷者が、またばらばらと府館に到着した。付き添っている兵が説明する。

「浦々から逃げ出してようやく警固所に到着した者たちです。中には、嵐の時に賊船から海へ投げ込まれ、かろうじて浜へ流れ着いた者もおります」

「投げ込まれたって……」

昨夜、義清は落ちたと言っていたが、ではあれは、阿手木に衝撃を与えまいと言葉を繕ったのか。しかし、にわかに信じられない所業ではないか。

「嵐の際は、転覆を恐れて荷を軽くする必要があったのでしょう」

「『荷』って！　だからと言って人を嵐の海に投げ込むなんて！」

兵は表情を変えない。

「捕虜のことなど、なんとも思わない鬼畜のような者たちですから。それでも足りずに水の樽も捨てていたそうです」

人を先に投げ込むとは。人間より水のほうが大切というわけか。

阿手木が唇を噛みしめているのを見かねたように小仲が近寄ってきた。

「お方さま、こんなものまで見る必要はありません」

「馬鹿なことを言わないで」

阿手木は強い口調で小仲をたしなめた。

「さあ、あたしは深手を負った者の救護にかかります。あなたたちは行って」

「頼もしいな。それでこそ、阿手木だ」

勇ましい声が聞こえたらしい。義清は笑い、手を振って馬を進めた。

＊＊＊＊＊

（実資の日記）

四月十一日

昨夜、左大臣の二の姫が急逝された。心労の所為とのことである。

6

寛仁三（一〇一九）年四月十二日

戦況は夜になって判明した。

「賊は逃げたぞ！」

府館は沸き返る。

だが、義清は帰ってこない。

報告に戻ってきた兵が、阿手木を探して知らせてくれた。

「陣からさらに西へ行った、松浦《まつら》という浜におられますが、御無事です。源《みなもとのさとる》知という土地の武者に、輔殿の隊は引き留められたんです。賊はまだ完全に引き上げるとは決まっていない、なお警戒せねばならぬから兵を回してくれと」

「源知？」

「志摩の岬の西、松浦の、名高い武者です。帥殿は、同じ源氏の端くれ、ここで加勢しなければ名折れになるとおっしゃって……」

源氏は源氏でも、由緒正しい家筋と、単なる東国者（自称）では大違いなのに。

それでも阿手木は笑ってみせる。

「わかったわ。ならば、あと一日の辛抱なのね」

寛仁三（一〇一九）年四月十三日

きっと、もうすぐ戦は終わる。

阿手木は心のうちでそう唱えながら、洗い物の監督をしていた。傷を負った者たちの包帯を換えてやらねばならない。

「あら、真砂、どうしたの？」

ふと顔を上げると、真砂が蒼白な顔をして木の陰に立っているのだ。

「……少名麻呂が、帰ってこないんです」

「え？」

阿手木も胸が騒いだが、真砂を安心させてやりたくて言ってみた。

「輔殿の隊も、小仲もまだだわ。少名麻呂も一緒ではないの？」

真砂は何度も大きく首を振る。

「違うんです。少名麻呂は昨日の船合戦に加わって、乗っていた船に火矢がかけられたと……」

「なんてこと。海に出ていたの？」

「はい。じじさまに無理やりせがんで……」

慰めの言葉などかけられるものではない。

いつも気丈な真砂が、おろおろと目をさまよわせている。と、その視線が一点に止まった。

「小仲！」

阿手木が振り向くと、泥と血にまみれた小仲が走り寄ってくるところだった。そして、少名麻呂のことを言いかける真砂にはかまわず、阿手木に向かって口を開いた。

「お方さま。輔殿が深手を負って……」


義清は松浦の湾の合戦で、馬上にいたところを左右から迫られたのだそうだ。馬を狙う賊が二人、誰にも聞き取れないおめき声を上げながら打ちかかるのにひるまず、体をかわして片方の賊を肩からざっくりと斬り割る。義清の巧みな動きにもう片方の賊の刃が宙を切ったところを、うしろから小仲が斬りかかって飛びすさる。なんとかどちらも倒せるかと小仲が思った瞬間、三人目の賊が太刀を前に突き出したまま突進してきて、義清の太腿を貫いた。たまらず体を崩した義清の背を二の太刀が襲うのを小仲は気付きながらも、目の前の敵を倒すのに精一杯ですぐには助太刀できなかったのだという。

「すみません、お方さま。おれが付いていながら、間に合わなかった……」

「そんなことはない、おぬしはよくやった」

少監殿が小仲を慰める。

「この童は輔殿が落馬しそうと見るや、その敵の懐に飛び込んで胸板を貫き、倒れるそいつには見向きもせず、輔殿の後ろに飛び乗って馬を走らせたのです。おかげで輔殿は落馬もせず、そのまま小仲が背後から体を支える形で戦線から離脱できたという次第」

義清は手当てをされ、源氏の館で傷を癒しているという。小仲は自分の傷の手当てもそこそこに、そのまま阿手木を義清のところまで連れていってくれた。

「……ありがとう、小仲。義清を助けてくれて」

阿手木が小さな声で言うと、小仲の顔がゆがんだ。

「大丈夫よ、義清はきっと助かる」

横たえられた義清の体に阿手木は手を添える。体には血止めの布が巻かれているが、添えた阿手木の手も、鮮血で染まる。

「まだ血が止まらない……」

何度も布を押し付け、ようやく出血が少なくなった頃には夜も更けていた。傷だらけの小仲も改めて手当てをしてやり、義清のそばにすわったままなのを叱り付けて、せめて横にさせて夜着をかけてやった。

義清は、まだ目を開けない。血の気のない唇に水を垂らしてやるが、飲み込めているのかどうか、ほとんどはただ流れてしまう。

だが、あたりが白みかけた頃、義清は目を開け、阿手木を見た。唇が動く。

「義清、なあに？」

「……すまなかった、こんなところにまで阿手木を連れてきて。京にいればこんな血なまぐさい修羅場を見なくてすんだのに」

「何を言うの。あたしは、義清と一緒にいたかったのよ！」

義清は笑おうとしたようだ。

「岩丸を、頼む」

「そんな言い方、ずるいわ」

阿手木は憤然と言った。

「あの子には、父親が必要なの！　あたしでは無理ですからね、どうしても義清によくなってもらわなくては！」

「……わかっている。約束する」

なのに、義清はそのまま目を閉じてしまった。阿手木の呼びかけにも、もう応えない。

阿手木は義清にぴたりと寄り添って夜を明かした。朝になって、秋津が岩丸を連れてくる。

「父上、父上！」

岩丸がいくら呼んでも、目を開けない。

「大丈夫です。父上はきっと目を覚ましますから」

阿手木は自分にもそう言い続けたが、日が高くなった頃。

義清は、静かに息を引き取った。

7

寛仁三（一〇一九）年四月十四日―二十二日

義清の棺は源氏の館に近い寺に安置され、手厚く葬られた。阿手木は夢の中にいるような思いで万端を取り仕切った。

――ああ、そうだ。喪服に着替えなければ。

ぼんやりとそう思ったものの、我が身に起きたことが信じられない。

だが、阿手木だけではないのだ。あれほどたくさんの人が殺され、さらわれ、弔う余裕などないのが今の筑紫だ。

――あたしは何をすればいい？

取りとめなく考えながら、顔をこわばらせている岩丸の手を握りしめ、阿手木は野の道をたどる。以前に通った同じ道だ。あの時と同じ花が風に揺れている。

雲を踏むような思いで府館まで帰りつくと、あたりは一変していた。

「いったい、どうしたの？」

見るからにみすぼらしい女と子どもが、中庭にあふれているのだ。日陰には横たえられている人影がいくつもあり、うめき声が漏れる。阿手木が府館を去った時にもこうした者たちがいたとはいえ、はるかに数が増えている。

「これは、どうしたこと?」

居合わせた武者が、恐縮して頭を下げた。

「お方さま、お見苦しくて申し訳もない。西の浦々から山を越えて逃げてきた者たちです。足弱な女子どもは、ここにたどりつくまでに時がかかったのですな。傷を負っている者も多く……。すぐに引き取らせますゆえ」

「引き取らせるって、すぐに動けそうにない人たちではないの。とにかく水と食べ物が必要ね。厨はどうなっているの?」

武者の返事も待たずに、阿手木は厨へ駆け付ける。そして気の回る端女《はしため》が、大釜に飯を炊いているのを見て、よしとうなずく。

「とにかく、あの人たちに何か食べさせなければ」

阿手木はせっせと熱い飯を握り始めた。お方さまも何か召し上がらないとと声をかけられたが、聞こえないふりをする。すでに折敷には山のような握り飯ができているが、手を休める気はない。あたりは飯の炊ける湯気と匂いで白く霞んでいた。

阿手木はなおも手を動かしながら、周囲に指図する。

「一杯になった盆から外へ回して、とにかく皆に食べさせて。きっと何日も満足に食べていない人もいるのでしょう。ああ、粥《かゆ》のほうがよい病人がいないか、気を付けてやってね。いきなり食べると体が受け付けない者もいるかもしれない」

誰かがはいと返事をしたのを耳に入れてから、続ける。

「ああ、それから、真っ先に輔殿にお持ちして。ほら、この握り飯三つでいいわ。あと、お好きだから瓜の漬物も添えて……」

返事がないのに苛立って、阿手木は顔を上げる。

「どうしたの？　早く輔殿に……」

そこまで言いかけてから、阿手木はようやく、押し黙って自分を見ている女たちに気付いた。

「……そうだったわね……。輔殿は、もう……」

まだ応える者はいない。

阿手木は小さく笑ってつぶやく。

「わたくしったら、なんと粗忽《そこつ》なことを。こうしてみんなに食事の指図をしていると、すっかりいつもに戻ったような気がして……。今、何が起きているかなんて、すっかり頭から抜け落ちてしまって……」

阿手木は、皆を和ませるつもりで、もう一度笑ってみせた。

「こんなに粗忽で、また輔殿に笑われるわね。あ……」

義清はもういない。

目の前が霞んでいる。釜の湯気がひどいのだ。

と、そっと阿手木の手を取った者がいる。

「お方さま、ここは女衆にまかせて、ちょっと外へ出ましょう」

見上げても、湯気で顔が見えない。でも、声でわかる。

「……瑠璃姫……」

「さ、ここでは落ち着かないわ」

瑠璃姫は、阿手木を厩へ連れていった。

「ここならば、今は誰もいません。お方さま、その手を」

「あ……」

言われて、初めて気が付いた。阿手木は、最後に握ろうとしていた飯の塊《かたまり》をまだ手の中に持ったままだった。その塊は強く握りしめたせいで、ぐしゃぐしゃにつぶれている。

瑠璃姫は、阿手木のその飯粒だらけの両手を、つながれている馬の鼻先に持っていった。馬が鼻を鳴らした後、その飯粒を舐め取っていく。生き物の温かいざらざらとした舌が阿手木を温めていく。

「思う存分、お泣きになればいいのよ」

「泣くなんて、そんな……」

抗議しかけて、阿手木はやっと気付く。さっきから阿手木の目を曇らせているのは、涙だったのか。瑠璃姫に抱き寄せられた阿手木は、初めて声を上げて泣いた。泣きながら、義清の名を、何度も呼んだ。

その後、瑠璃姫に引きずられるように奥へ連れていかれた阿手木は、長い間眠ったらしい。体を起こして声をかけると、侍女がすぐに入ってきた。

「今、何刻？」

「辰の刻になるところでございます」

「え、日が替わっているの？　わたくし、半日以上も眠っていたの？」

「はい、何度かお声はかけたのですが……。お方さま、あの、お戻りになってから何も召し上がっておられませぬが……」

「いいの、何も食べたくない。岩丸はどうしている？」

「厩で、若衆と馬の世話をしておいでです」

「そう……」

起きなければと思いながら、阿手木はまた横になる。

——もう、何もしたくない。

だが、そこへ恐縮したような声がした。

「お方さま、あの……」

「秋津。どうしたの？」

秋津は不安そうな顔で言う。

「小仲殿が、どこにもいないのです」

「なんですって？　また？」

小仲だって、義清をかばおうとして負った傷が治っていないのに。皆で探し回ったが、本当にいない。

だが、日暮れ頃。小仲は泥だらけ、煤だらけで帰ってきた。

「どこに行っていたの！」

心配のあまり、阿手木は怒鳴りつけてしまう。

「すみません。お方さまに食べてもらおうと思って、これを」

小仲が大切そうに差し出したのは柑子だった。

「これは？」

「警固所の門脇に生っていた柑子です。ほら、お方さまがおいしそうっておっしゃった……」

阿手木には信じられなかった。

「まさか！　どうして柑子が無事でここにあるの？　どこから持ってこられたの？　あのあたりはすべて焼かれたはずでしょう？　警固所の木々も丸焼けになったと聞いたわ」

「輔殿が、お方さまのために取っておけと、おれに命じたんです」

「え？」

あれは、襲撃の何日前のことだっただろう。この柑子の木を阿手木が眺め、おいしそうと言った。

実は、阿手木が何気なく漏らしたその一言に、警固所の下働きの少年たちは困り切ったそうだ。彼らは毎年この柑子を食べるのを楽しみにしていたのだが、輔殿の奥方が食べたいと言うなら、自分たちは手を出せなくなる。

そこに義清が通りかかり、皆の言い分を聞くと笑ってこう言ったそうだ。

――お方は食べることの好きな女だが、そなたらの好物を横入りして独り占めするようなことはしない。だが、そなたらとしては気にせずに食べるわけにもいかんだろう。だから、こうしよう。一番うまそうなものを、籠に一杯取っておけ。それはお方の取り分。残ったものは思う存分、そなたらが食べるがよい。

「だからおれ、輔殿に言われたとおりに籠に入れて、警固所の厨の穴蔵にしまっておいたんです。今、取ってきました。建物は焼けたけど、穴蔵の中だから無事に残っていたんです」

「それをわざわざ、焼けた警固所まで取りに行ったって言うの……？」

「はい。お方さま、輔殿が亡くなってから何も食べていないでしょう？　お願いだから、食べてください」

「……ありがとう」

そう言うしかないではないか。阿手木は柑子を大事に抱きしめる。かぐわしい香に包まれる。

いつのまにか阿手木より背が高くなっていた小仲が、ぽつんと言った。

「それから、お願いがあります。おれを元服させてください」

「……わかったわ」

小仲の顔を見られず、阿手木は柑子を抱いたまま奥に戻る。そこには瑠璃姫に付き添われた真砂が、立ち尽くしていた。

「どうしたの?」

だが、答えは聞く前にわかったような気がした。真砂の顔を見ただけで。

「……少名麻呂が乗っていた船が、浜に打ち上げられたんだそうです。でも、少名麻呂の姿はどこにもなくて……」

真砂はいきなり小仲にすがりついた。

「どうしよう！　少名麻呂が帰ってこなかったら、どうしたらいいの?」

泣き叫ぶ真砂を、小仲はしっかりと抱きしめる。

阿手木はその場を静かに立ち去った。


こうして刀伊の騒乱は終結した。帥殿と書記たちは朝廷への報告に忙しい。

ようやく府館の者が愁眉《しゅうび》を開いた頃。

阿手木は小仲を呼び出した。

「もう傷は癒えた?」

「はい」

「今日は、あなたに聞きたいことがあるの。よく考えてみると、腑に落ちないことが色々ある気がするから」

警戒する表情になった小仲に、阿手木はずばりと尋ねた。

「小仲。あたしに隠していることは、何?」

何かはわからない。でも、小仲が隠しごとをしている時、阿手木は必ずわかるのだ。

阿手木は淡々と、自分の不審なことを並べた。

山の牧にいた小仲は、どうやって刀伊の来襲に気付けたのか。

――あいつら、馬を屠って食っていやがったって。

それを聞いたから小仲は馬を大宰府に移動させることにしたと言うが、いつ、誰から聞いたのか。

そもそも、あれほど多くの馬を、どうやって整然と大宰府まで連れてこられたのか。

それから、関係ないかもしれないが、船越合戦の前夜、厩にやってきた海部の者がそれほど困窮して見えなかったのも、あとから気になり出した。難を逃れたほかの村の者は、皆、飢えていたり傷を負ったりのひどい様子だったのに。

阿手木は小仲の返事をじっと待つ。

しばらく目を泳がせていた小仲は、やがて苦しそうに言った。

「御不審はもっともです。でも、もう少し待っていただけませんか？　おれではなく、少名麻呂が話すべきだと思うんです」

「少名麻呂が？」

言われてみると、この合戦の最中、今までより小仲は少名麻呂と行動していた。そして……。

阿手木はうつむいた。

その少名麻呂の行方は、まだわからない。

「そうね、少名麻呂が戻るまで待つわ」

ただ一つだけ、わかったこと。小仲と少名麻呂が、そろって何か隠しごとをしていたのだ。

＊＊＊＊＊

（実資の日記）

四月十七日
戌《いぬ》の刻、帥中納言の書状が届いた。ただ一行、「刀伊国の者五十余艘が対馬島に来着、殺人・放火を行っている。要害を警固し、兵船を遣わし、大宰府として飛駅《ひえき》言上す」。

こうして筆を動かしていても、すぐには信じられない。刀伊とは、海を越えた北方にある国だったはずだ。たまさかの漂着はあるが、五十余艘！　これは、異国が我が国に攻めてきたということではないか。

まもなく次の知らせが届いた。

「賊は能古島に来着した」

実資が家司《けいし》に調べさせたところ、この島は警固所からわずかのところにあるらしい。大宰府に勤めの経験のある者はかなりいるので、そうした下々から聞き取るのがよいかもしれない。

とにかく、明日は朝のうちに参内し、今後の策を講じなければ。

＊＊＊＊＊

夕刻、少名麻呂の体が西の浦に流れ着いた。

泣き叫ぶ真砂と、それを慰める小仲を見ながら、阿手木はある決心をしていた。

＊＊＊＊＊

（実資の日記）

四月十八日

昨夜の解文については行成《ゆきなり》中納言が処理に当たった。刀伊国が対馬と壱岐を襲い、また筑前能古島に陣を構えているが、隼《はやぶさ》のような速さで攻めてくるとのことだ。

「師中納言が軍を率いて警固所を固め、合戦するとのこと」

入道殿にも事の次第を伝えた。その後参内して行成が上に述べたようなことを伝えたわけであるが、加えて、

「勤功のあった者に恩賞を加えることとなりました。大宰府の解文は官裁と記されていましたが、本来は官符を用いるべきです。また、恩賞を与えることについて、勅符に載せた前例がないのですが……」

我はさえぎった。行成中納言は有能の人であるが、規則と前例を何より重視する。我も平生ならば同じであるが、今は非常時だ。

「そう言ったことは卿に申し上げることはないが、北陸道も警固すべきでしょう。北方の国は北陸を攻めたこともあるではないか」

「なるほど」

右大臣は前例を調べ、我の進言をお取り上げになった。

また、飛駅使に朝廷の馬を使わせるかどうかについても、諮《はか》った。

（実資の日記）

四月二十日

帥中納言の使いは本日下京して大宰府に戻る。我もその使いに中納言への文を言づけた。

それにしても十七日の飛駅使以来、大宰府からは一向に知らせが届かぬ。府館の面々は何をしているのか。朝廷内でも苛立ちと怒りの声がしきりである。

ところで入道殿は、賀茂祭を桟敷で見物なさるらしい。健康は回復されたようだ。

（実資の日記）

四月二十一日

筑紫に来襲した夷敵を打ち倒すための祈禱をさせるべく、各国の寺社へ奉幣使《ほうへいし》を派遣することになった。

（実資の日記）

四月二十二日

賀茂祭に奉仕すべき馬のうちの一頭を大宰府帥宮《そちのみや》が奉ることに定められているのだが、いまだ到着しない。そのため、帥宮へ催促の使いを派遣した。

＊＊＊＊＊

寛仁三（一〇一九）年四月―五月

卯月《うづき》も終わる頃になって、府館はようやく穏やかな日常を取り戻した。浦々から焼け出された者も住処へ戻り、暮らしの立て直しにかかっている。

重傷の者だけが離れた蔵の一角をあてがわれて養生に努めているほかは、ごった返していた場所はすべて元に戻った。争乱の頃に厩にいた海部の浦の者は、とっくに帰っていった。

落ち着いたところで、阿手木は今さらながら虚脱感に襲われ、何をする気も起きない。子の岩丸が元服をせがんでいるから、準備をしなくてはならないのに……。

そう思いながら、阿手木はまた手元の文を読み直す。宇治の御主から、懇切な便りが届いたのだ。手蹟がぎごちないが、そうだ、御主は指がうまく動かなかったのだと思い出す。何もできない自分は、必死に阿手木や義清、大宰府の人々の無事を祈っているとあった。

——ああ、義清が死んだことをお知らせしなければ……。

やることは山積みなのに。

ばたばたと板敷きを走る足音に、阿手木は飛び上がった。こうした急を告げる知らせは、ろくなことをもたらさない……。

「小仲、今度は何が起きたの？」

最近の小仲は、腫れものでも扱うかのように阿手木へこわごわと接しているのに、今はそんなゆとりもないようだ。ひきつった顔で言う。

「お方さま、岩丸さまを連れて、どこかへ移られてください！　ああ、松浦の源氏の寺がいいかもしれない、ほら、輔殿が葬られた……」

「小仲、何を言い出すの？　いったい何が起きたのよ」

小仲は、目を血走らせている。

「蔵の怪我人の中に、高熱を発した者が出たんです。三日前のことでした。傷のせいかと思って様子を見ていたんですが、今朝になって顔に赤い斑点が出ました」

「まさか……」

賊の襲来を聞いた時よりも、阿手木は背筋が凍る思いだった。夷敵などという言葉と違い、赤い斑点が何を意味するか、その恐ろしさは幼い頃から知っているから。

小仲が苦しそうな顔で声を絞り出す。

「疱瘡《もがさ》、だと思います」

第三章　『その頃、藤壺と聞こゆるは』

1

寛仁三（一〇一九）年四月十二日―十八日

その夜から、今までとは比べ物にならない速度で、物語は進んだ。昨日まで考えていた帖を、初めから直さなければならないのだ。

その頃、という言葉で次の物語も展開していく。新しく始まる時のいつもの語り出しで。

その頃、宮中で藤壺を賜っていた女御《にょうご》が、姫宮を一人残して急逝する。その姫宮の行く末を案じた帝は薫に嫁がせようと思い付く。同じく薫を婿にと考えていた夕霧右大臣はあてが外れたために婿の候補を薫から匂宮に改めた。その結果、匂宮に妻として迎え取られていた中君は辛い立場に追いやられる。一方で薫は、中君のことが忘れられない。その心の奥には、亡き大君の面影を伝えるのは中君だけという思いが潜んでいる。自分に執心を見せる薫の気をそらせようと、中君は異母妹《いもうと》がいることを持ち出す。

「父には認められなかった、身分の劣る女性《にょしょう》の元に生まれた妹がいます。薫君が今も慕う亡き姉にそっくりの……」

もちろん薫は心を惹かれ、なんとかしてその異母妹君を見たいと願う。

そして、続く帖。

異母妹君は中君に対面を果たすが、中君のそばに見慣れぬ美しい女がいることをすぐに勘付いた匂宮が、強引に異母妹君に迫る。匂宮を制することは、中君にも、屋敷内の誰にもできない。身の置き所のない彼女は中君の屋敷を逃げ出したあと隠れ家で薫に逢い、薫によって宇治へ引き取られていく……。

さあ、もう少し。

香子は自分を励ます。こんな速度で物語を進めているのは初めてだ。だが、不吉な思いが香子を駆り立てているのだ。

早くしなければ、今ならまだ間に合うはずだから、と。

この二つの帖は、それぞれ『宿木』『東屋《あずまや》』と名付けよう。

顔を上げると、今夜も白んできている。その薄明るさで気付いた。横で筆を持っている竹芝の君は、色を失っている。

つい気が逸って、無理をさせすぎたようだ。香子は後悔して声をかける。

「少し休みましょうか」

「はい」

素直に部屋を出ていく彼女を見送り、香子も疲れた体を床に横たえる。

これで、うまくいくだろうか……。

つい、とろとろと寝入ってしまったらしい香子は、馬のいななきと蹄《ひづめ》の音に起こされた。

「いったい、何事なの？」

胸がつぶれる思いで香子は起き上がる。つい先日、こうやって突然飛び込んできたのは、延子さまの訃報だったではないか。あの記憶が、どうしても呼び起こされてしまう。

誰かに問いかける間もなく、あわただしい足音が近付いてくる。

「お待ちくだされ、今、案内を……」

あわてたように言いかけているのは使僧だが、それにかぶせるように凛とした声が響いた。

「急ぐのです。わたしはすぐに戻らなくてはならぬから」

あの声は……。

ますます動悸が速くなる。そして床板を鳴らす音がやみ、誰かが部屋の外に膝を突く気配がした。

「お目覚めでしょうか。竹三条宮の、ゆかりでございます」

「はい」

香子はかろうじて声を絞り出した。このような時刻に、まさにただごとではない何かが起きたに違いない。ゆかりの君は、めったなことで動じる人ではないのだから。

「今、まいります」

香子は起き上がった。長い時間眠っていたわけでもないらしく、まだ夜は明けきっていない。縁先へ出ると、そこにひざまずいていたゆかりの君が口早に語り出した。

「大変な事が起こりました。お部屋に入らせていただいてもよろしいでしょうか」

ゆかりの君は取るものもとりあえず馳せ参じたというように見える。香子がうなずいて導く暇も惜しいというように入ってくると、きっちりと格子を下ろした。

「こんな時刻に御無礼ですが、火急の用向きでございます」

今日は久しぶりの男装姿だ。美しいが、何か不吉な危うい空気をまとっている。

そして、その唇から発せられた言葉は、香子の思いも寄らないものだった。

「昨日、大宰府から内裏に急使がやってきました。海を渡ってきた蛮族が、大挙して筑紫に攻め入ったと」

一瞬、何を言われているのかわからなかった。まだ夢を見ているのではないか。それから徐徐に、ゆかりの君の言葉が沁み込む。

蛮族。

この国に、外つ国《と　くに》の者が攻め入ってきたというのか。宇多の帝の頃に対馬が攻められたことは、史書にあるので知っている。西国や北国では、たまさか海の向こうの賊の舟が浜辺を襲うこともあると聞く。

しかし、「大挙して」というほどの騒乱、ましてや筑前に夷敵《いてき》が攻め寄せたなどということは、すでに百五十年ほどもなく、誰もそんなことは夢にも思ってもみなかったはずだ。

「まさか、そんなことが……」

まず脳裏に浮かんだのは阿手木の顔だ。

「それで、どうなったのです？」

「壱岐や対馬はすでに国守が殺されたり追い払われたり、島民も捕虜になるか殺されるかで、無残なありさまだそうです。その後、賊は一度筑前に上陸したものの、本朝でも権帥《ごんのそち》の隆家さまが指揮を執って兵を繰り出したとか」

なるほど、中関白家の隆家中納言が、現在、大宰府の最高指揮官だ。

そこまで聞いて、香子の背を冷たいものが走り抜ける。となれば、阿手木の夫の義清も——隆家の信任篤い家人《けにん》だから——前線で戦っているはずだ。

いつも冷静なゆかりの君の顔もこわばっている。

「急使がもたらしたのは、そこまででございます」

「襲われたのは、いつなのですか？」

「卯月《うづき》七日に賊についての急報を受け、大宰府では八日未明に迎え撃つ兵を配置し、同時に朝廷に向けても急使を送り出したのです」

「でも今日はすでに十八日……。十日以上も前のことなのですね」

筑紫は遠いのだ。この十日間に何が起こったのか知るすべは、誰にもない。

「修子姫宮も叔父君である隆家さまの一大事とあって、お心が乱れております。とにかく義正が付ききりで励ましてさしあげておりますが。わたしも、すぐにおいとまいたします」

「わかりました」

引き留めるわけにはいかない。

「わたしも、祈りを捧げます」

香子にできることは、それしかない。

そう思いながらも、香子は呆然とすわりこんでいた。馬の蹄の音が遠ざかってゆく。

蛮族の侵入。殺された人は数知れず。いったい、どれほどの血が流されたことか。娘が母の腕の中から無理やり引き離されて凌辱される。父の目の前で息子の体が矢に貫かれる。家の者全員が力ずくで連れ去られ、途中での使役に耐えない老人は即座に斬り殺され、その場に捨てられる……。

ようやく立ち上がり仏を前に祈りに集中しようとしても、できない。阿手木はどうしている？　子の岩丸はまだ幼い。それでも、彼らを置いて、夫である義清は戦いへ出なければならない。

そんな彼らに比べ、ここで手をこまぬいている自分はなんと無力なことか。

念持仏に向かって必死に経を唱えること数刻。ようやくわずかに心が落ち着いてきた。

大宰府の一大事に、香子は祈ることしかできない。

だが、今ここでなら。香子に救える命と魂が、あるかもしれない。

ならば、それが自分のすべきことだ。

ふと気付くと、すでに日は高く上がっていた。

――竹芝の君は、どうしているだろう？

香子は数珠《じゆず》を置き、立ち上がる。

そして竹芝の君の局《つぼね》に着いた途端、さらにも動悸が激しくなった。

竹芝の君が、いない。不安に押しつぶされそうになりながら、香子は庭へ降りる。

だが、庭のどこにも姿が見えない。心もとない脚を叱り付けながら、裏へ回ろうとしたところで声がかかった。

「尼御前、どうなされた？」

「須黒」

香子はほっとして須黒のがっしりした体を見上げる。

「竹芝の君のお姿を、見ませんでしたか？」

「なんと。局にはおられんので？」

「ええ」

それを聞くなり、須黒は踵《きびす》を返す。

「お探ししなくては」

「須黒、探すとは、どこを？」

「わからぬ。わからぬから、しらみつぶしに探すしかない」

須黒も相当あわてているらしく、言葉遣いがぞんざいになっている。

「そうだ、もしやすると、川へ向かわれたかもしれぬ」

「ああ、たしかに！」

以前にも川のほとりにいることがあった。

全力で走る須黒にはとても追い付けないが、香子も懸命にその後を追う。境内の裏手へ回り、ささやかな堤を登れば、その先に船泊まりが見える。

そこに小さな影がうずくまっていた。

「竹芝の君！」

娘はのろのろと顔を上げた。須黒は荒い息をしたまま、何も言えないでいるらしい。香子はつとめて、さりげない声をかける。

「どうしましたの？　こんなところで……」

香子と目を合わせたくないように、視線がさまよう。

「なんでもないのです。今朝は川霧がひどくて、道に迷ってしまっただけで……」

「帰りましょう。ほら、こんなに体が冷えている」

香子は竹芝の君を促して立ち上がらせ、近寄ってくる須黒には目で制して庵に向かった。

「申し訳ありません、心配をかけて……」

「そんなことはいいの。それより、もう少し付き合ってくださるかしら」

「でも、わたし、昨夜の物語が心を離れなくて……。こわいのです」

「だから、どこかへ行きたかったの？」

「そう、かもしれません。でも、どこにも行くところがなくて……」

「そうね。人は皆、逃げ場がないと感じることがあるわ」

大宰府の人々は逃げられたのだろうか。でも、どこへ逃げる？

そして香子は我に返る。

目の前の娘は、大宰府の惨劇など何も知らない。自分のことだけで精一杯なのだ。知ったところで、西国のことに心を奪われるゆとりもないのだろう。

香子は自分にも鞭打つように、竹芝の君に向き合った。

「もう少しだけ、お願いしたいの」

2

ほんのささやかなはずみで、人と人との関わりは思いもかけない転がり方をすることがある。

匂宮は、中君が暮らす屋敷で一度だけ見た美しい女のことが忘れられない。女主人である中君がその女のことを知らないはずはないのに、問い詰めても素性を明かしてくれない。異母妹であることを打ち明けようかと中君は迷うが、そんな逡巡《しゅんじゅん》も、匂宮に、やましいことがあるのだと悪く邪推される。不満を募らせる匂宮を中君が持て余している時に、運悪く、異母妹君から手紙を持った使いがやってきてしまう。

——恐ろしいことがあったせいでそちらのお屋敷にもいられなくなりましたが……。

この文面で問題の女からだと気付いた匂宮は、中君に内緒で使いがどこからやってきたかを突き止め、ついに異母妹君が薫の用意した屋敷にいるところを探り当ててしまう。

——やはり、中君が薫と図り、自分に隠し立てをしているのか。

そう思った匂宮は半ば意地から、半ばは女の魅力に抗しがたく、彼女を我が物にする。匂宮は誰にも遠慮しない。かねて目をつけていた女であるから、そのまま強引に思いを遂げる。どこの誰とも知らぬ女だが、この上なく魅力的なのだ。夢中になった匂宮は、次に逢った時、薫ゆかりの屋敷では満足できずに彼女を宇治川に連れ出し、舟で小島に渡って逢瀬の限りを尽くす。都には物忌みと言い繕って二人で閉じこもるのだ。だが、いつまでもそんな生活ができるわけはない。匂宮はなんとかして彼女を自分の手元にと画策するが、頻繁《ひんぱん》に文をやり取りしていたせいで、薫に勘付かれてしまう。

娘の悩みなど知らない母は、薫に迎えられる晴れの日を待ちわび、ここまで導いてくれた中君に感謝している。

——もしもこの子が中君を裏切るようなことがあれば、もう娘とは思いません。縁を切りますとも……。

その言葉が、異母妹君の心を打ち砕いた。

匂宮に迫られ薫に疑われ、自分を育ててくれた母や庇護してくれた中君を裏切ることの罪悪感に耐えきれなくなった異母妹君は、ついに姿をくらます。自分さえいなくなればよいのだと、宇治川の高い瀬音に誘われるように……。


気付けば、日が暮れている。

だが、訴えたいことはすべて盛り込めた、と思う。

その思いに安堵し、香子は傍《かたわ》らを見返った。

「どうかしら、竹芝の君。長い物語をここまで書き留めてくれて、ありがとう」

竹芝の君は放心した表情で、身じろぎもしない。疲れてもいるだろう。ここまで、香子が口述する物語をすべて筆記してきたのだ。

――この娘とこうして過ごすことになったのも、仏に導かれた御縁なのだろう。

最初は、ごくひっそりと竹芝の君に語るだけの物語が、ここまで来た。

読んだのは、延子さまただ一人。続きを待ちわびる大宰府の阿手木にさえ漏らさなかった、『橋姫』、『椎本』、『総角』、『早蕨』。

書いていることを知られたくない物語だから。万一にも、彰子太皇太后や道長大殿の目には入れたくないから。女房方が喜ばない、はえのないすれ違いの恋ばかりの話。しかも、皇族の姫や甘やかされた匂宮が賛美される一方で、源氏ではなく摂関《せっかん》家の息子が産ませた秘密の子の薫は奥手で、やや間抜けにさえ見える物語。これは「源氏」の物語なのだから。

香子は、延子さまを慰めるために作ったのだから。

物語が好きな竹芝の君は、延子さまの役に立てると、生き生きと筆を動かしていた。娘の居場所を京には秘密にしておきたい。そんな母の意志が身に染みついている娘にもできる、陰に隠れたままでできる、延子さまへの御恩返し。

だが、竹芝の君の身に変化が起こり始めた。常陸の君の誘いで能信さまが通うようになっただけではなく、もう一人……。

そして同じ頃から香子にも疑いが萌《きざ》し始めた。

延子さまの死後に作り直した『宿木』を筆記し始めた時、竹芝の君の表情は、それ以前とまったく異なっていた。異母姉《あね》を失ったうつろな表情に、徐々に疑心が浮かび、不安の色が濃くなっていくのが、香子には手に取るようにわかった。

――この物語は、何？　どこへ向かうのか？

そんな切迫した思いに竹芝の君の顔はこわばり、目から生気が失われていた。

さらに今日。中君の異母妹が我と我が身を亡ぼすために宇治川へ向かっていく物語を聴き、書き留めていた竹芝の君は作り物のように表情を全く動かさず、顔色を失い、ただ筆だけがさらさらと動いていた。どこへ向かうのかわからないこの物語の結末を、一刻も早く知りたいというように。

——わたしが、そのようにこの娘を変えてしまった。

香子が複雑な気持ちで見つめていると、竹芝の君がやっと口を開いた。

「この人は……、中君の異母妹は、どうなるのですか」

「この世に自分の居場所はない。彼女はそう思いつめているの。だから宇治川へ向かったの」

風がやんだ。木立のざわめきも鎮まり、そしてこの庵にも宇治の瀬音が高く耳につく。

「この物語は、わたしのため……。尼御前、そうおっしゃいましたね」

「そう。『宿木』『東屋』、そして今語った帖。この三帖は、あなたのためだけに作った物語よ」

その言葉に、娘は呆然としてつぶやく。

「最初に尼御前は、延子さまをお慰めするためと……」

「ええ、あの時はそのつもりでした。草子にして、ただ、延子さまの心が休まればよいと。新しい妻に圧され、夫の愛情が離れていく気高い女の苦悩を描くことで慰められれば、とね。夫の愛情にさえ頼れない、言ってみればもっと世にありふれた夫婦の形を作っていこうと。でも、それだけではないと気付いたのです」

香子は微笑《ほほえ》んでみせる。

「俗世を離れたら、よく見えてきたものがあります。その一つが、家の中心にいる女がどれほど重い役目を果たしているかということ。家を支えるということにおいて。延子さまも精一杯に努めていらっしゃいました」

老いさらばえ、人望もない父の顕光左大臣を陰ながら支える。夫がなかなか訪れない嘆きを秘めて子どもたちを育てる。父が認めない異母妹も引き取る。

それが、家を守る女に課された役目だから。

物語の中君もそうだ。だから異母妹も受け入れた。男は好いた女にその場限りの情をかけるが、愛情が薄くなった途端につながりを切る。そんな心細い立場の女に手をさしのべて始末を付けていくのは、それだけの力を持った女――周囲に頼られるほどの人望と生活力を持った刀自《とじ》たち――だ。

竹芝の君の母親、常陸も低い身分ながらそうして生きている。血のつながらない子、父の異なる子、それらをすべて育てる女。

「正直に申します。だからね、わたしは常陸の君にとんでもない疑いをかけていたのです」

香子はそう告白を始めた。

竹芝の君が、ぎくりと体をこわばらせる。香子はそれには気付かないふりをして言葉を続けた。

「常陸の君は、本当にあなたの将来を心配していたから。顕光左大臣に認めてもらえない、日陰の存在のあなたを。一方の延子さまは、同じ父を持ちながら小一条院の正式な妻で、左大臣から堀河院も伝領されようとしている。なおさら、我が娘は不憫になるだろう。そんな時に、わたしは宇治で――常陸の君が足繁く訪れてくれるこの宇治で――、まず猫が死んでいるのを見付けました。その時は何も思わなかったけれど、あとから思い出したら、吐いたものからかすかに臭いがしたの。わたしがもらったあの薬と同じ臭いが。次に、大殿の別荘で番犬が不審な病にかかったと聞きました」

竹芝の君の体が小さく縮まっていく。

「とんでもない疑念が頭に浮かんだのは、その時です。誰かが毒を盛っているのか？　そうだ、わたしの手元には、口にすれば毒と念を押された薬があるではないか、とね。そこまで考えが及んだ時に真っ先に頭に浮かんだのが、常陸の君でした。なにしろ、この方さえいなければ娘の将来を安んじられる、そうした存在が常陸の君には、いたから。堀河院の延子さまという方が」

香子は、大きく息を吐いて、続けた。

「でも、わたしはまったく間違っていた。そのことを悟ったのは、延子さまの亡くなり方を詳しく聞いた時でした。延子さまは今年に入って、お体の具合が思わしくなかったのね。ずっとお咳が続き、血を吐くこともあり、亡くなった朝も突然に大量の血を吐かれて、ということだった。宇治の猫や犬の死に方とはまったく異なっている。何より、常陸の君はその何日も前から石山寺に参詣していた。延子さまの死は、お気の毒ですが本当に病死だったのでしょう。御心労続きでいらしたから」

竹芝の君は唇をかんでうつむいたままだ。その表情を見逃すまいと見つめながら、香子は言葉を続ける。

「本当においたわしいことながら、少しだけほっとしました。常陸の君は延子さまの死に関係していない。でも、わたしははっきりと確かめたかったから、延子さまの死へのお悔やみの文を常陸の君に送った。本当に久しぶりに筆を持ったわ。そして、その手紙で、延子さまの姉君、元子さまはどうなさっているかを尋ねた」

竹芝の君がぽかんと口を開けた。かまわず、香子は続ける。

「常陸の君はわたしの隠れた意図にはまったく気付かず、元子さまが御弔問《ごちょうもん》をくださったと答えてきました」

「そんな、まさか……」

「そう。延子さまの姉君元子さまは、今もお元気なのよ」

「そんな。だって、我が娘は延子一人と……」

「顕光左大臣は、ずっとそう吹聴していたわね。意に染まぬ結婚をした元子さまなど自分の娘ではないという意味で。その言葉を文字どおり受け取るのは、事情を知らない者だけ。……竹芝の君、あなたのように」

香子は小さく笑った。

「常陸の君が元子さまの御健在であることを最初から知っていたなら、疑いをかける理由は一切ないことになる。延子さまを亡き者にしたところで、顕光左大臣の屋敷も財産も元子さまに渡るだけだもの。相続に何も問題ないことは常陸の君も承知のはず、元子さまが御健在だと知ってさえいれば」

つまり、父に認められてさえいない劣り腹の竹芝の君に屋敷伝領の可能性があるなど、つゆほども思い浮かばないはずなのだ。

「まったく、あらぬ疑いをかけてしまって常陸の君にすまないことをしたと、心から悔やみました。常陸の君自身は何もご存じないことですけれどね。……それから、はっとしたのです。だったら、宇治で引き続いているこの毒飼いは誰の仕業《しわざ》なのかと。……ところで、最近宇治で耳目を集めることと言えば、能信さまが宇治の荘の改築を差配し、小一条院がそこにおいでになることだった」

「……その時にはもう、わたしをお疑いだったのですか」

竹芝の君の目に、強い恐怖の色が浮かぶ。

「はい。疑っていたうちの一人ではありました」

若い娘には酷な話だ。だが、話さないわけにはいかない。

「常陸の君が最初にこの庵に来た時、あなたのことを、堀河邸——延子さまや左大臣がお住まいの屋敷——に連れていったけれど、そこにはいられなくなったと言いました。『うまくいきませんでした』と。大層苦いお顔だったので詳しくは聞きませんでしたが、若い娘がいられない事情が持ち上がったせいかと思ったのです。延子さまが老いた父と幼い王子王女と寂しく暮らす屋敷。その屋敷で、女が去らなければいけない間違いを犯すほどのことを、誰がしてのけられるのか。……わたしには一人しか思い付けなかった。延子さまの背の君。小一条院があなたに言い寄ったのではないか。離れ気味だとは言え延子さまは正式な妻で御子たちもおありなのですもの、おいでになることもあるでしょう」

一瞬、娘の頰に血が上り、それから見る間に青ざめてゆく。

「小一条院なら、どんな振る舞いをしたところで、誰からも咎《とが》められない。そう、わたしの物語の匂宮のように」

香子は自分を励ましながら言葉を続ける。

「常陸の君があなたを能信さまに引き合わせたのが、あなたの幸福につながればよいと願っていました。けれど思い返してみれば、わたしが最初に死んだ猫を見付けたのは、まさにその能信さまが、大殿の宇治の荘に小一条院をお迎えすると言った頃なのです。……あなたもその話を、能信さまから聞いたのでしょう?」

「……はい」

竹芝の君が、小さく声を絞り出す。

「あの日、朝早く、あなたは散策していたと言った。そして同じ日の夕刻、わたしは死んだ野良猫を見付けた」

それがすべての始まりだった。

「さっき言ったように、その時は何も思わなかった。けれどまもなく、小一条院は宇治の荘へ滞在されるようになり、あなたは能信さまに伴われてその宇治の荘へ居を移した。その直後に、わたしは、宇治の荘で番犬が不可解な病にかかり、代わりの犬が連れてこられたと聞いた。あの前後から、獣に不審なことが起こり始めていた」

香子はそこで息をつく。

「でも、はっきりしたことは何もわからない。だから、わたしのやりかたで明らかにできないかと考えた。わたしにできるのは物語を作ることだけ。そして今、わたしは延子さまを思い浮かべながら物語を作っているではないか、とね」

ただ自分のうちから湧き上がってくる物語。暗くて好まれない物語。表向きには手の具合が悪く筆を持てないと言い繕って、京の人々の催促はやり過ごしていた。出家の身だが、別に嘘はついていない。実際にこの冬は筆を持つどころではなかったのだから。

その物語の聴き手となる娘が現れ、筆記もしてくれるようになった。延子さまなら喜んでくださるかもしれないと、娘と物語を作り続けた。最初は。

やがて、それだけではなくなった……。

香子は続けた。

「新しい物語に夢中になっていたから、その中に現実を盛り込んでみようと思い付いた。毒を手に入れられる者、盛ることができる者、それについて、物語を作る中から見えてくるものがあるかもしれないから」

説明しながら、自分でもいやになる。

――どうしてわたしの心は、こうあさましい方向へ進むのか。

「二人の姉妹、大君と中君の恋の行方にひとまず区切りをつけて、この先は中君を挟んで二人の男、匂宮と薫について語り出そうと思っていた。だからその帖は『宿木』と名付けようと考えていた。結局のところ男にすがらなければ生きていけない女の悲哀を、頼もしい樹にすがって生きる宿木になぞらえようとして。そんな時に宇治の荘の下人の病のことを聞き、そしてあなたが寺の局から姿を消した日があった」

香子は口調をあえて軽くして、別のことを言い出した。

「結局、『宿木』の内容も随分変えてしまったわね。驚いたでしょう」

「はい」

驚いたどころではない。娘はそれ以上香子の物語を聞くのが辛く、とうとう外へさまよい出てしまったほどだ。宇治の川音が耳に付く、船泊まりへ……。

「随分急いで語ったので、前の話とつじつまが合わない場所がないか、あとで検《あらた》めなくては。夕霧の役職は右大臣のままでよかったかしら。前にどこかで左大臣に昇進させていた気もするのだけど、そういうこともあとで確かめればよいと思ったから右大臣のままで進めました。薫と匂宮の年齢も、どちらが先に生まれたことにしていたかしら」

香子は微笑して竹芝の君を見やる。

「でも、それらはささいなことだわ。だって、大急ぎで作ったこの三帖を読む人など、あなた以外にいるかどうかもわからないのだもの。あなたに聞かせられればそれでよいの。どうでしょう、わたしの言いたいことはあなたに伝わったかしら」

「この物語を聞いている時、こわかった……」

竹芝の君は、今朝、川のほとりで言ったのと同じようなことをつぶやいた。

「そう。申し訳ないけれど、わたしは語りながら、筆を動かすあなたの表情に注目していた。あなたは本当につらそうなお顔だった。だから、物語の異母妹君と同じ境遇にあなたはいるのだと、わたしはそう確信した。やはり、小一条院とのことで悩んでいらしたのね」

竹芝の君は泣き笑いのような表情になった。血の気のない頰が染まる。

「でも、わたしが悩んだところで、誰が気にするというのですか。それに、わたしなどに何ができます？」

いや、竹芝の君の心の中にも小一条院を慕う心はあるのだ。政治から遠ざけられた小一条院には風雅な遊びや恋愛のほかに時間のつぶしようがない。だからこそ、恋愛にはその都度ありったけの情熱を注ぐ。わざわざ宇治の別荘に足を運び、この庵まで連夜忍んできて、熱情のまま女を連れ出して。それほどの情熱で想われて、心の動かない女はいない。

だが、それを言うのは酷だろう。小一条院との恋がこのまま進んでも何も生まれないことは、誰よりも竹芝の君がよく知っている。

「そうして、あなたについての憶測が当たっていると察せられたので、今夜、わたしは物語の異母妹君に自らを滅ぼす決断をさせました」

竹芝の君はうつむいた。

「人の恋路に口を出すなど、はしたない。でも、このままでは大変な事態が起きると思ったので……。話を、何日か前に戻しますね。常陸の君からの文によって、常陸の君はこのことに関係していないとわたしが確信した時に。毒によって命を狙われているのは誰か。一方では、その確信を惑わされるようなことも起きていましたが」

みのの可愛がっている猫が死んだことだ。

「まるでわたしを脅して、これ以上の穿鑿《せんさく》はするなと告げているのかとも疑いました。ですが、それは結局全く関わりないことと判明しました」

香子の薬を盗んでいたのは女童《めのわらわ》のみので、何の悪意もなく、猫の傷を治してやりたかっただけだった。その薬を舐めて子猫は死んでしまったが。

香子に悪意を持った誰かの仕業ではなかったのだ。

だから香子の思案は元の筋に戻った。

「一連のできごとは能信さまが宇治に来るようになってから、わたしに薬を下さってから、起きている。別の見方をすると、小一条院を宇治にお迎えするようになってから、起きている。実際にわたしの薬を盗むことが誰にできたかということも考えました。だからこそ常陸の君を疑ってしまったわけですが。でも、わたしは肝心なことを見落としていた。わたしにあの薬を塗ってくれていたのは常陸の君、でも薬の元となる薬草を彼女は知っていた。東国で目にしていた。ならば娘であるあなたも知っていて不思議ではない。そう、常陸はこの宇治にもあの薬に使う草は生えていると言っていたもの。ならば、あなたもその調合法は知っていたのではないかと考えました」

調合法を知っているなら、香子の薬を盗む必要などない。自分で作れる。常陸に限らず、毒草の存在を知っている者は、誰でも。

時は春、若草が萌え出ている季節だ。

毒の草も。

「常陸の君ではないし、この庵で死んだ子猫は一連の毒飼いとは筋が違う。それをはっきりさせたのと同時に、とうとう捨てておけない事態になったと思った。延子さまがお亡くなりになってしまったから」

生きていていただきたかった。どなたのためにも。誰より、延子さまも生きていたかったことだろう。自分が生霊になっているのではないかと恐れていたものの、その恐怖がやっと取り除かれたばかりだったのに。

あの心優しい方が、もうこの世にいない。

香子は気を取り直して話を続けた。

「ところで、小一条院が宇治にいらした時のことですが。竹芝の君、あなたは局からどこかへ姿を消して、長い間戻ってこなかったことがあったわね。二回ほど」

「……あの最初の時は、小一条院がわたしを連れ出して宇治の川に遊んだのです。院も、物忌みと称して一日こもると仰せられて、でも実際には宇治荘を出てわたしの局へ忍んでこられたのです。それから、この局では人目を気にして好きなこともできない、いっそ川へ出よう、と」

竹芝の君の顔が、また紅潮した。

「院がいつも川遊びにお使いの大きな船に乗せられました。幔幕《まんまく》が張られていて、中には何枚も褥《しとね》が敷いてあって。院はその船を人目のない川岸の茂みの影に寄せさせ、わたしと一日中……。次の時は、あの船を使うと土地の者が褒美欲しさに寄ってきてうるさいからと、小舟を川辺の小屋に付けてそこへ……」

時候は暖かく、毎日穏やかに晴れていた。風もない。そしてみすぼらしい場所でも女と二人きり。であればこそ、思うままに痴態も繰り広げることができただろう。

このうき舟ぞゆくえ知られぬ。

竹芝の君はもの思いのあまり、そうつぶやいた。

常陸から上京してまもない竹芝の君、陸路の旅しか知らない娘が、宇治で船に揺られる心細さを体験していた。

どこで船に乗ったのか。小一条院が乗せたのだ。

行方も知れず漂う浮舟に。

「そして、小一条院の馬が同じく毒に苦しんだ」

「それも、同じ者の仕業と尼御前は考えた……？」

「ええ。でも、その者が獣を次々と害そうとしたとは思っていません。まとめてみましょう。毒を用いているのは毒の効き目を知り、実際に毒を手に入れられ、なおかつ、どれほどの量を用いれば命を奪えるのかを、今試している最中の人物。だとすれば、毒によって死んだ者を見たことのある常陸も須黒もあてはまらない。あてはまってしまうのは一人だけ。そう、あなた。あなたは、どれくらい飲ませれば効き目があるのか、試していたのでしょう？　最初は野良猫。死んでしまった。そこから思い返し、あなたに的を絞って物事を見直してみました」

「あの前夜、能信さまから小一条院が宇治に来ると聞いたのです。能信さまは、これから宇治荘でお役目が忙しくなる、手伝ってくれと、ただそれだけのおつもりで話してくれました」

竹芝の君はうわごとのように言い出した。

「昨夜聞かされた『東屋』には、本当に肝がつぶれるような思いをしました。小一条院は本当に、わたしが延子さまの元に身を寄せた時に、ああやってわたしの局に押し入ってきたから。わたしは……、いけないと知りつつ、小一条院に逆らえず、意のままにされて……」

「やはりそうでしたか」

堀河邸の延子さまの元にいた時。

ひどい目に遭いまして。

初めてこの庵を訪れた時に常陸が言っていたのは、そのことだったのだ。「寛大なおはからい」という言葉も、延子さまの背の君との「間違い」を受け流してくれたことを指すのだろう。

小一条院は竹芝の君の心に強烈な印象を残したのだろう。先程の昂ぶりを、紅潮した顔を、香子は見ている。

「こわかったのです。わたしには身を護るものなど何もない。せっかく宇治に落ち着いたのに、また、小一条院にお会いしてしまう。尼御前のお手の、あの薬の臭いで思い出しました。同じ草が、この寺の近くにも芽生えているではないか。もしもこの草で人を殺せるなら……」

だからまず、野良猫で試してみた。

「魚の腹に草を詰めて、猫に食べさせてみたのです。やはり毒になる草でした」

「そして次には、連れていかれた宇治荘で、犬に同じ量を与えたのですか。猫より体の大きかった犬は、苦しんでも死なずにすんだ。そのあとで試した相手が、下人でした」

あの時、女手が必要だとの名目で能信さまは竹芝の君を宇治の荘に連れていった。恋する女を手元に置いておきたかったから。

「小一条院が下げた羹《あつもの》には犬に与えたのよりも多い草の汁を混ぜました。けれど、下人も同じく死なずにすんだ」

竹芝の君は苦い笑いを浮かべた。

「ほっとしました。わたしは、ほかの誰かの命を取りたかったわけではない」

そう、ここまでは、まだ人に咎められない。いたずらだと、言い抜けられたかもしれない。その間も、小一条院は竹芝の君を求めてやまない。竹芝の君がこの局に戻ってきたら自分も追いかけ、船に乗せ……。

「そうして次々に体の大きなものへと試していった。その最後が馬ですね」

香子は竹芝の君を見つめた。

「下人に与えた量より多く、けれど馬なら死なずにすむ量。それはつまり、人を殺せる量をあなたが見定めた印と思ったのです。だから、急がなければと。あなたが誰を狙うのか、見極めなければと。それは、あなたに近しい人だろう、と」

まずは延子さま——物語の中君——。彼女がいなくなれば、小一条院との恋に競う相手がいなくなることになって、小一条院の想いを独り占めできる。政略結婚の相手である大殿家の寛子さまなど、宇治にいる田舎娘には及びもつかないだろうから。

又は、能信さま——物語の薫——か。こちらがいなくなれば、二心を持つ女とそしられることはなくなる。

でなければ……、いっそ母である常陸の君か。自分の夢を娘に押し付け、自分はかなわなかった権力者の寵愛《ちょうあい》を娘に与えようとする、善意だが独りよがりの女。あなたのためだけを思って……。そんな言葉で縛り付けてくる母がいなくなれば、竹芝の君は自由だ。誰の想い者になろうと恐れることはない。

「でも、そうした人たちをあなたが亡き者にすると思うのは、やはり無理があった」

竹芝の君は無言のまま香子を見つめている。

「まず、延子さまではない。そもそも京に行くことのできないあなたが延子さまを狙う可能性はもとから低いと思っていましたが。それに延子さまはあなたの最大の寄る辺、失くしてしまえばあなたの頼れる刀自が一人いなくなる。ならば、恋人の能信さまはどうか。能信さまさえいなければ、あなたは自由の身となって誰と恋するのも憚《はばか》ることはないから。あるいは、母である常陸の君か。あなたがどんなに常陸の君を恐れているかもわかっているつもりだったから。あなたのためだけを考えている、そんな言葉であなたの行く末を独り決めしてあなたを縛り付けている母君」

唇を震わせてうつむいている竹芝の君に、香子は静かに言った。

「でも、その二人でもなかった。そうですね。あなたは、常陸の君の望むとおりに生きるつもりだったのだから。あなたにとって、それほど母の教えは強いものだったのだから。八日前、辛そうなお顔で母の文を読んでいたあなたを見ていると、とてもこの母に背くことを考えているとは思えなかった。だから、今日、物語にも強い言葉を入れてみました」

よからぬ事を引き出で給へらましかば、すべて、身には悲しくいみじと思ひ聞こゆとも、また見奉らざらまし。

（中君に）けしからぬことをしでかしたら、わたしは悲しくつらくても、もうこの子とは二度と会いますまい。

香子は物語の中で異母妹君の母親にそう言わせた。最初この母娘に会った時に常陸の君が言い聞かせていた言葉を、ほぼそのまま使い、震えながら筆記している竹芝の君の表情に注視していた。

あの、怯えてすくんだ顔……。

「あなたはいつも母の言い付けを守る従順な娘だった。母の言うとおりに生きなければ。あなたのそんな思いを踏まえ、あなたと常陸の君の望む前途の邪魔をする者は誰かと考えると、あてはまる人が一人だけ、いる」

香子は大きく息を吐いて、続ける。

「小一条院という方が」

3

竹芝の君が、顔を上げた。涙が一筋、こぼれ落ちた。

「今、小一条院は延子さまの御葬儀に追われている。でも、いずれは又あなたの元にやってくる。延子さまがいない今、以前よりももっと大胆になるでしょう。けれど、そんなことを誰よりもあなたの母君が許さない。能信さまの恋人でいることに大喜びしている常陸の君ですものね。それに常陸の君は、顕光左大臣の思惑も気になさるでしょう。我が娘は延子一人と言っている方が、自分の認めない娘がまるで延子さまの死を待っていたかのように小一条院の想い人になることを、どう思うか。そんな、あなたがすがるべき人たちの思惑を考えれば、あなたが取ろうとする解決策は……」

小一条院に——この世で東宮や皇后に準ずる地位についていらっしゃる方に——、いなくなってもらうことしかない。

なぜなら、どんなに心を惹かれようと、小一条院と竹芝の君の恋に行く末はないから。

どんな女でも思いのままにできる身分の小一条院は、受領《ずりょう》階級の継子《ままこ》など、飽きればそのまま捨てて顧みることはない。そうして恋を終わらせても小一条院は何も失わない、けれどその時に女の側ではすべてを失っている。頼もしい庇護者も、育ててくれた母も。残っているのは仇《あだ》し心《ごころ》を持った愚かな女という世間の蔑《さげす》みだけだ。

「それでも小一条院に害をなしてはならないと？　尼御前はそうおっしゃるのですね」

「そうですとも」

香子は語気を強める。

「だって、そんな恋に、罪を犯して自分を滅ぼすだけの価値はないから。結局、あなたをさらなる闇へ歩み入らせることになるだけですから」

竹芝の君はあえぐように笑った。そして我慢できなくなったように言葉を吐き出す。

「でも、ほかの道を選んでも、結局わたしは身の破滅です。小一条院がこの世にいる限り。母の望みどおりに能信さまの想い人でい続けられればどんなによいか。でも、小一条院はわたしをあきらめてくださらない。たとえこの局から姿を消しても、きっとわたしの居場所を探り当てて、また契りを結ぶことを迫ってくる。そうしたら、わたしには逃れるすべがない。小一条院に逆らってまでわたしを守ってくれるような人は、この世に誰もいない。能信さまだって小一条院に歯向かうことはなさらず、わたしを捨てて終わる。母も——尼御前の物語のとおりに——わたしとの縁を切るだけでしょう」

香子も、息苦しさに胸が詰まるようだった。

竹芝の君の言うとおりなのだ。

作中の匂宮同様、小一条院もこの世に誰一人恐れる存在も従う存在もいない方だ。自分より十以上も年下の幼帝など、気にもかけない。東宮になる道を自ら捨て去った瞬間に、大殿道長が、小一条院のお望みはすべてかなえると世に公言したのだから。

父にも見放された、地位も権力も持たない女一人の苦しみなど、大殿は歯牙《しが》にもかけまい。そして能信さまも、見て見ぬふりをして、さらりと竹芝の君を捨てて終わりにするかもしれない。所詮自分などにはふさわしくない、道義を知らぬつまらない女だったと。

そしていつか、遠からぬ日のいつか、小一条院はこの恋にも飽きる。その時竹芝の君はすべてを失い、終わる。それでもよいと、小一条院のつかの間の恋は一生をかける価値のあるものだと思えればよい。だが思えなければ、それは修羅の道に落ちることだ。

「だから物語の異母妹君は自ら命を断とうとしたのでしょう？　ほかに道はないと。尼御前はわたしにも、同じ道を選べというのですか？」

「いいえ」

香子は強い口調で言う。「いいえ。わたしが今の物語に込めたのは、自分の心に反して二人の殿方の板挟みになった女がどんなに哀れか、そのような女に責められる筋はないという思いです。だって、竹芝の君、あなたは腹が立ちませんか？」

「え？」

竹芝の君が、意表を突かれたように目をみはる。

「そうですよ。いかに高い身分の殿方であっても、女など好きなようにしてよいと言わんばかりの振る舞いに、怒りを覚えませんか？　この物語の異母妹君の立場に、自分ではない自分の知る誰かが立たされたらと思ってください。腹が立ちませんか？」

竹芝の君の顔に、徐々に生気が戻ってくる。

「自分以外の誰かの身に起こったとしたら……」

「ええ。だって異母妹君は何一つ、悪いことをしていないじゃありませんか」

「それでももう生きる道はないとお考えなのでしょう？　『宿木』はこわかった。『東屋』を聞いた時はさらに、胸がつぶれそうでした。一人になったら、もうこれ以上尼御前にわたしを見られるのも恐ろしくなった。だから逃げようとしたけれど、どこへも逃げ場はなかった。このまま消えてしまいたいと、川のほとりで……」

見付けられて、本当によかった。胸をなでおろしながら、香子はさらに言う。

「このような筋立てにしたのは、あなたに怒ってもらいたかったからよ。生きる道はあります。物語の異母妹君にも。竹芝の君、あなたにも」

「そうでしょうか……」

「あります。わたしが、あなたに示します」

それができなければ、物語など作ってはいけないのだ。

香子の強い口調に、竹芝の君の目にすがるような色が浮かんだ。それに少しだけほっとして、香子は口調をやわらげた。

「ところで、この物語の異母妹君が自分のことだと、いつ確信なさったのでしょう」

「中君が物語で目立たなくなった時からです」

「ああ、やはり」

香子は自分の意図が伝わっていたことに一瞬嬉しくなり、それからそんな自分を恥じた。

竹芝の君は、それどころではない苦悶のただなかにいたというのに。

「『東屋』を読んでいた時に、胸がつぶれたと申しました。同時に、いぶかしいものを感じ始めたのです。中君のところに異母妹君が身を寄せ、気付かれた匂宮に迫られる場面で」

一瞬、竹芝の君は苦い笑いを浮かべた。

「物語の異母妹君は結局逃げ切りますね。あれは、尼御前がわたしにかけてくださった情けですね？　小一条院は一度我が腕に捕らえた女を、ただではすませませんもの。それはともかく、あの場面を聞いた時、それまでよりも一層切ない思いをしました。なぜあそこで中君は一言、あれはわたくしの妹で薫大将の想《い》い人です、だからお手を出してはなりませんと釘を刺してくれなかったのか、そう思って胸を煎られるような気持ちになった時」

「そう、そうなのです」

香子はため息をつきながら相槌《あいづち》を打つ。

たとえ屋敷に引き取られた身であったとしても、そこの女主人となったからには、自分の庇護下にある者は守るのが役目だ。物語の中君もそうして当然だ。

「本当は、そう書きたかった。そしてあなたに、延子さまにおすがりしなさいと説くつもりだった。でもできなかった。そう語る前に、この世の延子さまが、みまかってしまったから」

現実の延子さまは、実際、小一条院にも苦言を呈していたのだろう。小一条院としても、身分もない女一人、血眼《ちまなこ》になって探し回ったとは思えない。

場所に。

なのに、能信さまが頻繁に宇治を訪れるようになり、常陸の君が竹芝の君に能信さまを導き、竹芝の君に惹かれた能信さまは図らずも宇治の荘に伴ってしまった。小一条院がもてなされる場所に。

たまたま訪れた宇治の荘で竹芝の君を再び見出した小一条院は、ためらいはしなかった。

延子さまの耳には入らないから。都から離れた場所で取るに足らない女一人抱いたところで、誰も咎めはしないから、と。

延子さまがお元気であれば、もう一度頼ることもできる。だが、延子さまはこの世を去った。こうなっては、小一条院の暴走を止める人はどこにもいない。

香子もくたくただが、竹芝の君も疲れ切った表情で、また言葉を継ぐ。

「それが昨夜までのこと。そしてその後お話しくださったのは、『源氏物語』の中で一番恐ろしく、でも心を動かされるものでした。異母妹君は薫と幸せになれると思ったのもつかの間、ただ感謝を込めて姉の中君に届けた手紙が仇となり、匂宮に居所を勘付かれてしまうとは。そして異母妹君の詠んだ歌も」

物語中、二人の貴公子に愛されて苦しむ異母妹君は、哀切な歌を詠む。

橘の小島の色は変はらじをこのうき舟ぞゆくへ知られぬ

「心を動かされたのは、わたしがあなたの身の上をなぞらえて作ったからでしょうか」

「いいえ」

竹芝の君は強くかぶりを振った。

「そんなことはありません。尼御前のおっしゃったとおりです。わたしが何の悩みもない女であっても、あの箇所を読めばなんと皮肉な、思いどおりにならない浮世よと心を揺さぶられるでしょう。妹君も中君も薫も、いいえ匂宮にも悪意はない。なのに、ほんの少しのすれ違いで、誰もが不幸へ向かってゆく……」

こんなに苦しい話をしているのにもかかわらず、香子は嬉しくなってしまう。わたしの物語が人の心を動かし、誰かに認められる。これほどの喜びがあろうか。

「ね、この帖を、『浮舟』と名付けてもよろしいでしょうか」

竹芝の君が驚いたように顔を上げる。

「それは……」

「ええ、あなたが自分のことを浮舟のようだと言っていたから、物語の歌にしました」

「……ありがとうございます。あの言葉を、聞かれていたのですね」

このうき舟ぞゆくえ知られぬ。

だから、浮舟をこのままにはしておかない。

「あのね、物語はまだ終わらないのですよ」

「え?」

「浮舟君は、死んではいないのよ」

香子は外を見やった。夏の短い夜が明けかけている。

「夜にまた来てくださいますか」

竹芝の君を局に返して、香子はささやかな持仏に向かう。こうして作り事を書いている自分は、仏の咎めを受けるのだろうか。

それでも、竹芝の君を救うことになるのだから。

そこまで考えてから、香子は自分を戒める。

正直にならなければ。わたしは物語を作るのが楽しかったのだ。自分の頭で考えたものを外に出して、それが人の心、いや、行いまでも動かしていく、その快さが忘れられないのだ。

罪深い身だ。

4

寛仁三(一〇一九)年四月二十日—二十九日

次の新しい帖を語り終わると、竹芝の君は放心したような面持ちでいた。

「『蜻蛉』と名付けるつもりです。浮舟君がいなくなったことを匂宮も薫も傷心の思いで受け止める。窶《やつ》れたり、寝込んだり……。でも二人とも結局立ち直るのですよ。匂宮は新しい女を物色しはじめ、薫は匂宮への腹いせにその女を奪ってやろうとたくらみ……。どうでした？」

「……身につまされました」

素直に、竹芝の君は言う。もう、表情も繕うことを忘れたようだ。

「書きたかったのは、浮舟君亡き後の匂宮と薫ですよ。どうです？　二人とも、浮舟をあの悲劇の結末へ追いやったほどには罪の意識を感じていないでしょう？　自分をさいなんだりしない、ただ、女にかわいそうなことをしたと言って泣くだけ。そして痛手から立ち直ると次の恋を探し始める」

香子は語気を強める。

「そんな男たちのために、罪を犯す価値がありますか？」

「罪を犯す……」

竹芝の君は小さく笑った。

「でも、式部の君はわたしの悪だくみを知っていたのに、どうして黙っていてくださったのですか」

「あなただけが悪いわけではないから。それにまだあなたは大きな罪を犯していないから。言いましたね、これはあなたの物語と。すぐに世に出すつもりはありません。世に出したら、誰かが気付くかもしれない。あなたと小一条院と能信さま。それがそっくり、浮舟君と匂宮と薫のつながりかたになると。小一条院があなたのところに忍んできていたことが、もしも世に知られれば、その恐れがあるから」

香子はついでのように言った。

「そうそう、あの毒草は、寺の者に探させて刈り取らせました。馬が食べると病気になるからと使僧に命じて」

「でも、それで安心なされるのですか？　尼御前のお手元の薬は、まだ探せば見付かるかも……」

「誰にもわからないと思いますよ」

薬も文箱《ふばこ》にはない。今は、持仏堂の仏の厨子《ずし》の中にある。二枚の貝の間に入れて紐でくくり、細い糸を合わせ目に貼ってある。紐を解いた者がいたら、香子にはすぐわかるように。最初に怪しんでしまい場所を変えた時、すでにみのが盗み出したあとだった。遅まきながら、今度は、貝を開けたらすぐにわかるようにしたのだ。

「あなたは、小一条院さえいなくなってくだされればと思っていた……。今でも、その考えは変わりませんか？」

竹芝の君は小さく笑った。

「いいえ、尼御前のお言葉のとおりです。馬鹿馬鹿しくなりました」

「よかった」

香子は心から安堵する。

「でも、わたしはこれからどうすればいいのでしょう？　尼御前は、わたしにも生きる道はあるとおっしゃってくださったけれど……」

現実の竹芝の君の立場は、まだ何も変わっていない。思いのままに行動する小一条院を止める手立ては、どこにあるか。

「一人、頼れるお方がいます。延子さまの姉君、元子さまの所へおいでなさい」

「姉君？　すでに亡くなっているのではないのですか？……ああ。顕光左大臣は、そうおっしゃっているだけで、お元気なのでしたね」

顕光大臣が許さぬ恋に走った長女——大君——のことを、左大臣は「あんな者はもうこの世にいない」と常に口走っていた。

「ええ、元子さまはこの世におわします。今となっては、顕光左大臣も元子さましか頼る方はいないでしょう。そして元子さまのそばには頼りになる殿方もいらっしゃいます」

夫の源頼定参議は、大殿道長にも、天下の賢人と目される実資大納言にも一目置かれる宮廷人だ。

「あのお二人の元に行けば、小一条院も手が出しにくいでしょう。元子さまは一見控えめな方ですが、実はとても気丈でいらっしゃるから」

竹芝の君の顔にためらいの色が浮かんでいる。

「能信さまとのことをどうなさるのか、それはわたしの申すことではありませんね。でも、竹芝の君、あなたが恋を続けてはいけない理由は何もないと思いますよ」

「いいえ。もうこりごりです」

竹芝の君は明るい顔できっぱりと言い切った。

「そうですか」

ならば、香子の口を出すことではない。

「それでは、今夜の物語に題箋《だいせん》をつけてくださいますか。『蜻蛉』と」

竹芝の君は言われるままに筆を動かした後で顔を上げた。

「物語はどうなりますの？　あの、尼御前は浮舟君は死んでいないとおっしゃっていたけれど……」

「ええ、もう少し、あなたのために作りましょうね。浮舟はこの世を去っていません。そして濁世を離れます」

竹芝の君は目をみはる。

「ええ、出家する……。そんな話にしようと思います」

能信さまの訪れが途絶えている。都は今、それどころではないのだ。大宰府に押し寄せた夷族の対応に揺れているのだろう。

小一条院も、延子さまの忌が明けるまでは、さすがに宇治に遊びにくることもできない。

宇治は毒に苦しむ者もなくなり、静かになった。そして静かな庵で、香子と竹芝の君は続く二帖を完成させた。

『手習』。

命が助かった浮舟は、俗世にいる限り男たちの誘いを断ち切れないと髪を下ろす。

『夢浮橋』。

浮舟が生きていることを薫は知る。使いとして浮舟のかわいがっている弟を差し向けるが、尼となった浮舟は彼にも会わず、ただ仏の道だけを見つめている……。


完成させた夜、竹芝の君はすがすがしい表情で香子に頭を下げた。

「本当にありがとうございました。尼御前に、わたしは救われました」

「そう思ってもらえるならよかったわ」

これからどうするつもりですか、と聞こうとして香子は言葉を呑み込んだ。まだ早い。

竹芝の君は、ゆっくりと心を休めればいい。

後刻、香子が局をのぞいてみると、竹芝の君は幼子のような顔でぐっすりと眠っていた。

肩の荷が下りた思いで、庵に戻った香子も体を横たえる。

本当は、彼女に出家を勧めるべきなのだろうか。仏弟子のはしくれとして。

だが、あの寝姿を見るとそれは惜しいと思えてならない。

『手習』で、髪を下ろした浮舟を、それまで世話をしていた尼が嘆く。

あたら若い盛りの美しいお姿を。

あれが、香子の本心だ。自分で語っていて、そう思う。

竹芝の君は、ゆっくり考えればいいことだ。

――そうだ、阿手木はどうしているだろう。

横になりながら、香子は目の前に指を持ってくる。やっと動くようになってきた。赤味も薄れて腫れも引いて……。

これまで何度か竹芝の君の代筆で便りをしていたが、これからは自分で手紙も書けそうだ。

大宰府のことはずっと心にかかりながら何もできずにいたが、明日は、大宰府の阿手木に文を書こう。


……尼御前、尼御前。

香子ははっと目を覚ます。

誰かが、肩を揺さぶっている。

「……起こしてしまってすみません、でも、何も言わずに行ってしまうのは自分で許せなくて……」

「竹芝の君?」

香子は急いで起き上がる。

「どうしたと言うの?」

「お別れを申し上げにまいりました」

「別れ？　どこへ？」

香子は、まだ混乱したまま尋ねる。

「もう、わたしはここにもいないほうがよいのです」

竹芝の君は晴れやかな顔で言った。

「京も宇治も、わたしのような者が、立ち交じるべきところではありませんでした」

「ですから、どこへ行くと言うの？」

「小一条院が思いも寄らない、卑しい場所へ。そこならわたしも生きられます。でも尼御前はお知りにならないほうがよいと思います」

「そんな、若い女が一人でどこへ行けると……」

言いさして、香子は気付いた。

「一人ではないのかしら？」

竹芝の君は顔を赤らめてうなずく。

「不安はないのね？」

念を押す香子に、もう一度うなずく。

「ずっと、わたしのことを心にかけていたと言ってくれました。尼御前の物語に怯えていたたまれなくなった時も、わたしが隠れそうな場所をすぐに見付けてくれました……」

「そう、やはり、あの人ね」

香子は、すべてが腑に落ちた安堵感に包まれながら、そうつぶやく。

「あの人の知る辺が、長岡《ながおか》の近くに家を持っているそうです。ひとまず、そこへ……。でもいずれは東国へ連れていってくれると」

竹芝の君の声がさらに明るくなった。

「東国のあの広い野の、草の匂いとそこを渡る風と、もうすぐ実るビワや桑《くわ》の実、かぐわしい百合。なつかしいものばかりなのです」

「そう……」

「尼御前、どうぞ、お体を大切にしてください」

竹芝の君はするりと寝室の外に出る。

いつのまにか明るくなっていた。

その朝もやの中に、馬が一頭。そして手綱を持った男が頭を下げた。

「気をつけていらっしゃい」

香子は二人に声をかける。

「何か、わたしのほうで言い繕っておいたほうがよいことがあるかしら?」

「いや、大事ござらん」

須黒は力強い声で答えた。

「わしは宇治の荘の守番ですが、一日だけ親類を訪ねてここを離れる、能信さまには内緒にしてくれと同輩に頼みましたで。この方の無事を見届けたら夕方には戻りますで」

「そう」

——ずっと、わたしのことを心にかけていた。

そうだ、たしかに、須黒はそうだった。宇治で竹芝の君をまた見付けた小一条院が無体な所業に出たことも、宇治の荘の守り人をしながら、言われるままに船を操りながら、すべてを見守りながら、同情を寄せていた。

延子さまの死を告げに来た時、須黒は竹芝の君には辛くて話せないと言っていた。すでに、竹芝の君は自分の生い立ちを告白するほど須黒と心を許した仲になっていたのだ……。

「どうぞ、健やかに」

そして、突然思い付いて、香子はこう言い添えた。

「わたしが頼りにならずに困ることがあったら、竹三条宮のゆかりの君という女人《にょにん》を訪ねなさい。竹芝の君、ご存じね？　この前、早馬に乗ってきた方よ」

「はい」

須黒の介添えなど必要とせず、ひらりと馬に乗る軽やかさに、香子は目をみはる。

そう、こういう女性だったのか。

都の風は似合わない女性。都のしきたりに小さくなっていた女性。

竹芝の君のうしろに須黒がまたがり、二人は一礼して走り去った。

——どうぞ、二人とも健やかに。

常陸の君には文を書き送ったらしい。彼女が香子を訪ねてきたのは、三日も経ってからだった。

「まあ、尼御前にはさんざん御面倒をかけておいて、このように恩知らずな真似をしでかして……」

相変わらず言葉を尽くして平身低頭する常陸に、香子は内心気が咎めながらも慰めの言葉をかける。

「わたしは、竹芝の君に何もできなかったわ。それでいったい、あなたへのお手紙には何と?」

常陸は苦々しい表情を浮かべた。

「想う男ができたと。どうか探さないでくれと。……まったく、せっかく望外の殿方に添えるようになったというのに、自分から身を落とすなんて」

「身を落とすと決まったわけでもないでしょう。心から大切に思ってくれる人ができたのなら、そちらを選ぶのも間違いではないと思いますが」

常陸はため息をついた。

「そう、あの娘のことはそう思ってあきらめるよりありませんね。まったく、わたくしも苦労が絶えません。延子さまの残した王子王女方は母君を恋しがって毎日泣いておられるし、顕光さまも呆けたようで頼りにならないし……」

「そうなの。やはり、あなたのお役目は、堀河邸にあるのではないかしら」

「そう思われますか?」

少し元気付けられたような常陸に、香子は一番気になることを聞いてみた。

「ところで、能信さまはどう思っていらっしゃるのかしら」

「能信さまこそ、それどころではないのでしょうよ」

常陸は悔しそうに言った。

「なにしろ西国に夷敵が攻め込んできたと、毎日朝議に明け暮れ、大宰府に指示を出すやら、諸国への祈禱を手配するやら……。娘のことは病にかかってお目にかかれませんと言い繕いましたが、お見舞いの言葉もろくにありませんでした」

「ならば、それだけの御縁と思ったほうがよいのかもしれないですね」

「おっしゃるとおりかもしれません」

常陸は不承不承にうなずいた。

忙しい常陸は、また毎日の忙しさに追われていくだろう。

能信さまも、たしかに竹芝の君のことどころではあるまい。

ところで、そもそも能信さまは真実をどこまで知っているのだろうか。

朝廷は大宰府への対応に忙しく、高官は都を離れることもできないし、香子のほうで何か伺ってみるのも不自然な気がする。

そうして香子が折を見極めている間に、はからずも、能信さまのほうが解決してくれた。と言っても、香子のしたことを察知したわけではない。

ただ、須黒ではない家人が、能信さまの使いとしてやってきたのだ。能信さまの文にはこうあった。

——諸事繁多にて宇治へ参れませぬが、季節の御挨拶として。

文には、見事な黄金色の柑子《こうじ》が添えられていた。

「いつものお使いの方は、どうしたのかしら」

初めて見る使者の若者に問うと、こんな答えが返ってきた。

「須黒と申す者は、能信さまのお許しを得て、今年のうちにも生国へ帰るそうでございます。只今、方々へのお暇乞いに追われているため、御身辺のことは代わりとしてわたしが仰せつかっております」

「そう……」

須黒は、尋常に帰国の許しをもらったのか。

宇治で通っていた女一人のことで、能信さまほどの身分なら、騒ぐわけにはいくまい。

「能信さまに、どうぞよしなにお伝えください」

香子はそれだけ言って、禄を被《かず》けて若者を帰した。

悪用される心配が消えた薬を、香子は文箱に戻した。剣呑な薬だが、今年の冬にはまた助けてくれるだろうから、とっておかなければ。

その同じ文箱の中に、十帖の物語が入っている。だが、まだしばらくは誰にも見せないほうがいいだろう。

同じ頃、ゆかりの君からも便りが届いた。

――筑紫を襲った刀伊《とい》という賊は、見事、撃退されたそうです。

「ああ、よかった」

思わず、声が出てしまう。

嵐に翻弄《ほんろう》されたような卯月も、ようやく静まったのだろうか。

やがて、阿手木からも文が届いた。

第四章　『その頃、横川に』

1

寛仁三(一〇一九)年五月―九月

気がかりだった刀伊《とい》の賊は、見事、隆家中納言以下の大宰府勢が撃退した。

やがて筑紫への往来も元どおりになり、阿手木からの便りも届くようになった。だが……。

香子はその便りに、強い衝撃を受けた。

阿手木の夫の義清が、討ち死にしたというのだ。

言葉少なに語る、気丈な阿手木の文面から、悲しみが伝わってくる。

香子はただひたすら、仏に祈り続けた。阿手木のこと。義清のこと。

朝廷ではその論功行賞《ろんこうこうしょう》やら、刀伊の虜囚《りよしゅう》の処置やらにあわただしいらしく、大殿の宇治の荘もすっかり静まり返っている。

気ぜわしい夏が過ぎてようやく涼しい季節が来ても、香子もぐったりと気の抜けたありさまで、何もする気にならない。

「尼御前、お体の具合がよくないのですか？　すっかりお瘦せになって……」

しばらく親元に帰っていたみのが、久しぶりにやってきた時、まず心配そうに聞いたものだ。

「尼御前のことも、たくさん仏さまにお祈りしてきました。母が言うのです。作り物語を描いた人など、仏さまの罰が当たるといけないから、よくお仕えしなさいと」

「……ありがとう」

香子は苦笑する。たしかに自分は罪業の深い身なのだろう。

しばらくは、出家の身にふさわしく読経三昧でいようか。

そこで香子は、ふと思う。いっそ、『源氏物語』はもうここで終わってもよいのかもしれない。

今年の初めには、もっと別の物語を書くつもりでいた。不義の子、薫を中心に。薫が光源氏の実子でないことを知る者はわずかだ。実父柏木も光源氏もすでにこの世になく、母である女三宮は決して漏らさない。事情を知っている女三宮の女房から薫は真相を知らされたが……。

だが、薫もその女房も知らないままだが、真相に気付いている者がもう一人だけ、いる。

亡き柏木の親友であり、表向きは薫の兄である夕霧だ。

その、血のつながらない兄弟の相克《そうこく》を書くことも考えていたのだが、宇治の物語は思いもかけない方向へ進んでしまった。大君、中君、そして浮舟。三人の女の悩みを描いたあとになっては、薫や夕霧の生臭い争いをどう描くべきか、わからなくなっている。

そして唐突に香子は思い当たったのだ。もう、書かなくてもよいのではないか、と。物語が現実の世界を動かせると過信していた時もあった。でもそれは、香子の大きな心おごりだった。

刀伊の襲来のような驚天動地の出来事の前に、香子は何もできなかったではないか。それを悟ったというのに、今さら、たかが地位争いなど、書くほどのことだろうか。女たちの、命を削るような悩みさえ小さく思えてしまうほどの動乱を前に。

それに、そもそも香子は竹芝の君も救えたのだろうか。香子は物語の浮舟を出家させたが、現実の竹芝の君は、自分を心底想う男と、都の外で生きる道を選んだ。

そう、他人の生き方は、一人の人間がたやすく変えられるほど軽くはないのだ。

現実の人々は、結局思うままに行動する。一方で、心慰みにと物語を求める人の欲も尽きることがないけれど、しょせんは心慰み。物語とはそれだけのものだ。

ゆかりの君が一台の車を引いて現れたのは、菊の節句が間近い頃だった。

「お加減がよくないと聞きましたが、少しお出かけなされるようならと……」

「どこへ？」

「修子さまがお会いになりたいとおっしゃっているのですが」

久しぶりに、香子の心が動く。あの姫宮は、今どうしているのだろう。

「ありがたい仰せです。わたしもお目にかかりたいと思います」

竹三条宮はひっそりとした佇まいで、主の奥ゆかしい暮らしぶりが伝わってくる。

車を降りた香子は、そばに控えている若侍に目を留めた。

「義正……ですね?」

「はい。お久しゅうございます」

弱々しかった少年は、見違えるほどたくましく、そして美々しく成長していた。

姫宮によくお仕えしているのね、そう言いかけて香子は口をつぐんだ。余計な言葉をかけては義正が困惑するかもしれない。だから、ただうなずいただけで香子は御殿へ上がる。

通されたお居間、きっちりと下げられた御簾《みす》の向こうで、修子姫宮は端然とすわっていた。

「姫宮には、御健勝のことと慶びたてまつります……」

香子はうやうやしく口上を述べ始めたが、姫宮はそれをさえぎった。

「来てくれてありがとう。式部の尼に、問いたいことがあります」

「何でございましょう」

「敦康の怨霊が現れたと噂になっているのは知っていますか?」

「何とおっしゃいました?」

香子は耳を疑うが、御簾の向こうの姫宮は平板な声で続ける。

「あの子がたたっているのだそうですよ」

「まさか! いったい、誰にです」

「あの子の生涯を考えれば、相手は決まっているでしょう。当今帝です」

異母弟だ。母が違うために道長大殿に引き立てられた、彰子さまの御子の。

「とんでもない！　そんなことがあろうはずがありません」

香子は語気を強める。一方、姫宮の声には、初めて弱気な調子が加わった。

「そう思いますか？　わたくしにはわからない……」

「姫宮、わたしも仏弟子の端くれでございます。人にたたる、悪しきものがいることは存じております。けれどそれは、ありえないほど現世に執着を残して逝った者たちの仕業《しわざ》、あの気高い敦康さまが、そんなことはなさるはずがございません」

「本当に、そう思いますか」

「はい！」

香子はきっぱりと言う。生前の延子さまも悩まれ、今は修子さま。そして、自分の宿命を受け入れて毅然と生きていた敦康親王までが汚されるとは。

もっとはっきりと書けばよかったのか。怨霊となるのは、人並み外れた強欲の持ち主のみと。

言葉を尽くして、香子は切々と語りかける。やがてようやく、修子さまの声音が和らいだ。

「ね、あなたの物語は、もう読めないのかしら」

香子は少しためらってから、答えた。

「もうしばらくお待ちくださいませ」

延子さまの元から戻ってきた四帖も含め、香子の手元には十帖の宇治の物語がある。だが、それをどうするか、まだ決められないでいたのだ。

しかし、あの物語なら修子さまも元気付けられるかもしれない。『手習』の帖にこの世ならぬもののけがわずかに登場するだけで、宇治の十帖に生霊は出てこない。現世のやるせなさと、それでも凛として生きていく女性《にょしょう》の姿があるだけだから。

「そう言えば、伺ってもよろしいでしょうか。姫宮に文を送られる殿方のことを」

「ああ、あれですか」

修子さまは一言で片付ける。「埒もない。摂政もとんだ無駄骨折りを続けること」

それから、修子さまの声が少し笑った。

「あの時、尼御前はよい忠告を下さったわね。この屋敷にわたくしがいつくしむ者を入れたらどうかと」

「ああ、そう申し上げたこともありましたね。幼い方を引き取って養育なさってみては、と」

あの時香子は、清少納言が心を尽くして育てているという敦康親王の忘れ形見のことを知って、ふと考えた。伯母である修子さまが引き取るのは、誰が見ても穏当な処置ではないかと。

ところが、今、思いもかけないことを修子さまは言い出した。

「土御門の一門の姫はどうかと考えています。あの一門にも、頼通摂政とは距離を置く家があるでしょう」

「……姫宮がよいとお考えでしたら、それはもう」

言いながらも、香子は内心嘆息する。だが、修子さまと清少納言の間には、まだわだかまりがあることも、知っている。

人の心は、曲げられない。修子さまの決断は修子さまのものだ。

丁重に姫宮の御前を辞して、ゆかりの君とも言葉を交わす。

義正にも体を大事にと声をかけたあと、香子は門番にも目を留めた。

「あなたは、犬比古ね」

東国から連れてこられ、悲惨な目に遭っていたところをゆかりの君に拾われた男だ。

「わたしは何もできなかったわ。でも、あなたはここで幸せなのね？」

「はい。いつぞやは……」

日に焼けた顔が、ほころんだ。

「はい。この屋敷は、わしがお守りしますじゃ」

――不審な者は誰も通さぬと精勤している門番もおります。

ゆかりの君は、そう言っていた。

そこで思い付いて、香子はゆかりの君に頼み込んだ。

「お車を出してもらう機会などめったにないので、もう一か所、立ち寄りたいのですが」

「よろしいですとも。どちらへ？」

「堀河邸です」

ゆかりの君はすべてを承知したという顔でうなずいた。

「元子さまの所ですね」

「はい」

そしてふと、次の言葉が飛び出した。

「もう、都を訪れることもないかもしれませんから」

元子さまは堀河邸で、隠者のように引きこもっている父の顕光左大臣と子どもたちの世話に明け暮れていた。

「お久しゅうございます。突然にお伺いして御迷惑かとも思いましたが……」

「いいえ、そんなこと」

元子さまは少し皺《しわ》が増えたが、穏やかで気高い表情も優しい声もそのままだ。貴婦人らしく、まずは香子の近況を尋ねたあと、元子さまは、ふと思い出したように言った。

「以前に尼御前の元にいた女人は、どうしておりますか。わたくしも会ったことがある阿手木という方です。この屋敷に、その消息を気にしている女房がおりまして」

香子は微笑んだ。その女房のことなら、よく覚えている。

「小侍従《こじじゅう》という方でしょうか。お尋ねの阿手木は今、大宰府に下向しております」

小侍従。なつかしい名だ。なつかしい日々を思い出させる名。香子もまだ若く、世間を知らず、ただ夢中で物語を書いていた日々を。けれど結局、香子はずっと幸せだったのだろう。

「では、小侍従がその阿手木に便りなど遣わしてやってもよいですね」

そこまで前置きのようにさりげない会話をしてから、元子さまはようやく本題を切り出す決心ができたようだ。

「あの、式部の尼御前に聞きたいことがございますの」

「はい、どのような?」

元子さまは膝を進め、声をひそめた。「世の中は、父と妹のことをどう言っています?」

「やはり、そのことがお心にかかっておいででしたか」

そう、『源氏物語』を書いた人間として、香子が責めを負わなければいけない相手が、まだいらっしゃる。

目の前にいる元子さまだ。だから香子はここへ来たのだ。

大殿家に追い落とされて亡くなった延子さまに、世間はまたひどい噂を押し付けているから。——夫を取られ、悲しみのうちに若くして突然に病で亡くなった。あの方が安らかに来世に行けたはずがない。きっと悪霊になっているに違いない。

「延子さまについて、ひどいことを取り沙汰する者はいますでしょう。わたしも、世の人の心を変えるわけにはいきません。ですが、元子さまにはそう思っていただきたくないのです。生前の延子さまと御厚誼《こうぎ》をいただき、どんなに優しい方かをわたしは存じておりますから」

香子のような者にも、丁重な文を下さったこと。恋敵の不調を自分のせいではないかと怯え、その疑いが晴れた時にどんなに喜んでいらしたかということを。

「悪霊などといわれのないことを口にする輩《やから》は、ただ堀河邸の誰彼を使って道長大殿を苦しめたいだけ。お気になさることはありません」

ここでも懇々と説く香子に、やがて元子さまの表情が和らいだ。

「そうですね……。妹は優しい子でしたし、父上も力を持たないただの老人ですものね」

「はい。無礼を承知で申し上げます、顕光さまに何程のことができましょうや」

威勢高き大殿家にたたるほどの力が、顕光左大臣にあるとは思えない。

大変失礼な言い方だが、元子さまはその言葉で慰められたようだ。小さく笑い声を上げた。

「そのとおりですね」

「本当に、わたしが六条御息所のような女人《にょにん》を描いたせいで悩める方が出てしまったことは、ひたすら申し訳なく思っております」

すると、元子さまはこんなことを言ってくれた。

「いいえ、わたくし、源氏の物語に今も慰められているのです」

「まあ」

「ほら、六条御息所の息女のことを書いてくれたでしょう」

光源氏の養女の秋好《あきこのむ》中宮のことだ。悪霊となった母のことを悩んで源氏に相談すると、誰しも煩悩の炎から逃れられぬものだと源氏は慰める……。

「そう、誰しも煩悩からは逃れられぬ、だからこそ仏におすがりするのだと……。わたくしも妹のために祈ります」

延子さまのこと、残された御子たちをあの常陸が大車輪でお世話していること。なごやかに会話が弾み、やがて香子がいとまを告げた時、元子さまはまた何か思い出したようだ。

「そうそう、実資大納言も、尼御前にお話ししたいそうですよ。我が夫にそう持ちかけられているとか」

「実資さまが？」

香子に心当たりはない。以前宮仕えしていた頃に面識はあるが、それだけだ。しかし、天下の賢人に申し出されたら否やは言えない。

「わたしでよろしければ、とお答えください」

「そうですか。ではいずれ、折を見て」

高い身分の実資さまでは、迂闊《うかつ》に外歩きもできないのだろう。

「よしなにお願いいたします」

香子は無難な答えを残して、堀河院を後にする。

お屋敷を出たところで急な通り雨に襲われた。秋がどんどん深まっているのだ。風が冷たい。久しぶりに遠出をして車などに乗ったせいか疲れ方はひどかったが、修子さまにも元子さまにも会えたことに、香子は安堵していた。

——もちろん能信さまのことも気になるが、もうあの方が訪れることはないだろう……。

そう思っていたのが、外れた。京に出て以来体調が悪く、寝たり起きたりを繰り返していた、ある日。

2

いつもどおりの端整な貴公子として能信さまがやってきて、平静な表情で切り出したのだ。

「先頃、宇治の荘で毒が用いられたなどと世迷いごとを申し上げたことを御記憶でしょうか」

「世迷いごと、ですか？」

能信さまは大きくうなずいた。

「はい。よく考えてみれば、父の別荘でそのような大それたことをする者など、いるはずがありませんでした。あのあと、騒ぎに乗った家人《けにん》も自分の勘違いであると白状したのです」

「そうですか……」

「あの家人も、まもなく生国へ去ります。都にはなじめない性質の男だったのですね」

それから、淡々と続けた。

「局《つぼね》の女人についても、大変な御厄介をおかけいたしました。お詫びいたします」

「いいえ、わたしが至りませず……」

めったなことは言えない。どこまで御承知なのか、わからないうちは。

「所詮は育ちのせいでしょうか、あれも相容《あいい》れない女人でございました。あろうことか、卑しい家人と通じまして……」

能信さまは苦々しげに顔をゆがめる。

「さようでしたか……」

香子は顔色を読まれぬように頭を下げながら、能信さまの心情を理解した。

毒など、使われたことはなかった。

そして局住みの卑しい女は、身の程にふさわしい卑しい男と通じただけのこと。

その判断で、能信さまは事を収めるのだ。卑しい女のことで騒ぐなど、能信さまのような身分ではできるはずがない。すべては、なかったことにす。

香子はようやく緊張が解ける思いだった。

竹芝の君がしでかそうとしたことも、小一条院との情事も、すべて能信さまは知らないのだ。

――これでよい。

その能信さまは、淡々と言葉を続ける。

「父も申しておりました。女も家柄によると。それは真《まこと》であると、今回よくわかりました」

「そうでございますか……」

「どこぞで、息災であればと思います。わたしには、それどころでない思案の種が山ほどありますので」

そして話題を変えた。

「お手はよくなったように見受けられますが、物語はどうなっておいででしょうか」

今手元にある十帖の物語。もう、能信さまに見せられるだろうか。内容が内容、特に能信さまが読んだら、自分と薫を重ね合わせてしまうかもしれないと思っていたが、その心配はしなくてよいようだ。

あと、気にしなければいけないのは小一条院の思惑か。

毒飼いの疑いなど小一条院は知りもしないだろうが、自分が匂宮として描かれていると気付いたらどうなるだろう。それに、浮舟が深い意識で求道していく一方で、薫も匂宮も浅い人物に描いてしまっている。

「申し訳ないことながら、今しばらく……」

「そうですか。妍子さまと禎子さまが楽しみにお待ちなのを、お忘れなく」

それから、姿勢を改めた。

「本日参りましたのは、父上の用向きなのです」

「父上？　大殿ですか？」

「はい。このたび父上が宇治の荘に参り、ぜひ、尼御前をお呼びするようにと命じました」

「わたしをですか？」

これは、思いも寄らない申し出だ。今さら、大殿が香子に会ってどうなさるというのだ。

だが、もちろん拒むわけにはいかない。

わずかな距離を用意された豪華な船に揺られながら、香子はあれこれと考える。

──また、『雲隠』のことを尋ねられるのだろうか。

『雲隠』は、大殿にだけ読ませて目の前で焼き捨ててしまった、光源氏の臨終を描いた巻だ。実は賢子出仕に当たり、このことを大殿が問い詰めるのではないか、それも不安だった。だが一方で、年若い新参女房に弱みを見せるようなことは大殿の自尊心が許すまいとの見立てもしていた。

そして実際、賢子が何も言わないところを見ると、大殿は、あのことを香子と二人だけの間に秘めておきたいらしい。

その大殿が数年ぶりに香子を呼び出すとは。どうしても身構えてしまう。

通された一室で一人大殿を待っている時。ふと人の気配を感じてあたりを見回すと、外の縁を這うように進んでくる少女と目が合った。七歳程だろうか。着ているのは上質の五つ衣だけ。

「……何をなさっているのですか?」

「猫が、この縁の下に這い込んだの。でも、つかまえられないの」

思わず、香子は微笑んだ。遠い昔、よく迷い猫を探し回っていた阿手木を思い出したのだ。猫を死なせて悲しんだ、みののことも。

少女と並んで同じ姿勢でのぞくと、たしかに縁の下で二つの目が光った。香子が懐の紙を裂き、振ってみるとじゃれついてくる。そのままゆっくり近くの階までおびき寄せると、小さな白猫の姿がようやく見えた。だが、少女は手をつかねている。その様子に、香子は気付いた。

「ひょっとすると、猫がこわくておいでですか?」

少女はうなずく。そこで香子が即席の猫じゃらしを振り続けながら捕まえた。すかさず差し出された紐を首輪に通す。真っ白な猫が無事に柱につながれると、少女はほっと息をついた。

「よかった。逃げたら叱られていたわ、猫の世話係の女房が」

香子は居住まいをただす。言動からして女童ではないと思っていたが、やはり貴顕の少女か。

「だから探していらしたのですか？　こわいなら、猫などいなくなったほうがよいでしょうに」

「わたくし、こわいとは言わないの。だって、そう言ったら猫をくれた者の落ち度になるもの」

この幼さで、そこまで目下の者を思いやるとは。まさに生まれながらの貴婦人だ。どなただろう。摂関家に連なる姫には違いないが……。

「この尼がお預かりできればよいのですが、さしでがましいことは申し上げられないので……」

少女の顔が、ぱっと輝く。

「預かっていただけるの？　ならば、わたくしが能信おじさまにお願いしてみるわ」

「能信おじさま……？」

「あなた、式部の尼御前でしょ？　紙を鼠から守る番人がお入り用だと申し上げるわ！」

そして香子が答える前に、少女は紐を引き――猫に近付かなくてすむようにだろう、ずいぶんと長い紐だった――去っていた。反対の方向から来る女房を、避けたのかもしれない。少女に気付かなかったらしい女房が、大殿のお出ましを香子に告げる。

やがて上座に入ってきた大殿を一目見るなり、香子は今の姫君のことを一瞬忘れた。

――大殿。なんと窶《やつ》れた……。

法体となっただけでなく、ほんの数年ほどの間に縮んでしまったようだ。姿も、声も。

「式部よ」

前置きなしに、そう切り出す。「生霊というものは、やはりいるのか」

すぐには答えられなかった。しばらくして、用心深く口を開く。

「怪しきもののことは、式部にはわかりかねます」

「しかしそなたは、まざまざと生霊の恐ろしさを語ったではないか。六条御息所の……」

「あれは物語の中のことでして……」

言いかけて香子は言葉を呑んだ。物語など、作り物。そう言い出す者がいることは、香子も承知している。しかし、この式部だけはそんな遁辞《とんじ》を構えることは許されない。

「いるのでしょう。これほど多くの人が恐れ、その災いを語っているからには」

そしてその恐怖に怯える――それだけのことをしでかしたという罪におののく人がいるのだから。目の前の大殿のように。

「やはり、そうか」

いっそう憔悴して見える大殿を前に、香子は言葉を探す。

延子さまや元子さま、修子さまには、人は悪霊になどそうそうなれるものではないと、あれは我欲の強いごく一部が落ちる無間地獄なのだと、説いてきた。だが、多くの人々を悲嘆に落としてきた大殿には、違う存念を持っていていただきたい。

「大殿は、どなたを恐れておいでなのですか」

失礼な問いだが、大殿は待っていたとばかりにまくしたてた。

「わしは、誰の恨みも買わぬように細心の注意を払って政《まつりごと》に臨んできた。道隆《みちたか》兄上が興した中関白家の息子たちも立ててやった。敦康親王にも小一条院にも帝に次ぐ地位をさしあげ、その御子たちにも心を配り、悴どもをかしずかせている。なのに、あの無能な左府が、わしを呪っているのだ。わしのおかげで今の地位に就けたというのに……」

そうか。たしかに、顕光左大臣だけは、大殿をもってしても、これ以上厚遇するすべがない。地位は最上級、元子さまに帝との子が生まれなかったことも延子さまの夫が東宮位を捨てたことも、大殿が直接手を下したわけではない。

だからこそ、顕光さまに呪われたら、大殿にもなすすべがないのだ。

「恐れながら、顕光さまだけでしょうか。この世に未練をお残しの三条帝はいかがでしょう」

大殿は意外そうに眉をひそめた。

「だから御子の小一条院を、あのように厚遇しておる」

「三条帝の遺された女人がたについては、いかがでしょう」

大殿の顔に生色がよみがえった。

「おお、皇太后のことか？」

香子は頭を下げる。

「はい。おそれながら、姸子皇太后、禎子内親王、このお二方にもお心を寄せることが、三条帝のお心を安んじることになるのではないかと考えます。ただ、父君として祖父君として愛しておあげになることがよろしいのではないでしょうか」

「おお、そう言えば失念しておったぞ！」

——自身の栄達に直接関係なくなった女人方ですものね。

内心苦笑しながら大殿の前を下がったあとで、気付いた。

——大殿は、『雲隠』のことなど、お口にもされなかった。

考えてみれば、出家もされ、荘厳《そうごん》なお寺を建設中なのだ。極楽往生間違いなし、他愛もない作り物語などよりよほど頼りになる御仏を見出した。そういう心境なのかもしれない。

「父上が、たいそう心を軽くしたようです。尼御前、ありがとうございました」

能信さまに船へと導かれながら、香子は切り出した。

「まだどなたにもお見せできるものではありませぬが、少々物語がございます。ですが……、能信さま、今になって、わたしにはまだ迷いが生じているのです」

能信さまは無言で香子の言葉の続きを待っている。

「今さらながらですが、わたしは、これ以上『源氏』の物語を出してもよいのでしょうか」

「と、言われると？」

「わたしの物語の中では、いつも源氏の女君が后の位に就きますゆえ」

「だからこそ、女たちは楽しんで読んでいるのではありませんか?」

「は?」

香子は足を止めた。能信さまは続ける。

「現世で后の位に就くのはいつも藤氏の姫、ことにわたしの異母姉妹。だからこそ、源氏の姫が尊ばれる物語に胸のすく思いをする誰彼が、世の中には多いのでしょう?」

「ですが、それでは大殿家の皆さまは……」

「何、まず、父上はそんなことを気になどしておりませぬよ」

能信さまはさらりと言う。

「自分を光源氏になぞらえて読めば、あれは自分の息女が后に就き孫が帝に就く、大変に心ゆく筋立てでしょう」

「はあ……」

「もっとも、そうした世も終わりに近付いているのかもしれませぬが」

「何とおっしゃいます?」

「父上は彰子姉上を后の位に就け、皇子の御誕生、御即位と順調に栄華の道を昇りつめました。次々の娘たちも后にした。しかしながら、今の世に、もう姫をめあわせる皇子がおわしませぬ。帝にも東宮にも、父上の息女が侍《はべ》っている。では子息のわたしどもは、どうすればよいのです? しかも、まず、后の位に立たせる姫もおらぬのです。頼通兄上にも、わたしにも……」

「ですが皆さま、まだお若いのに」

「さよう。そして帝も東宮も御若年。子息のわたしたちの出る幕は、いつになりましょうや」

思いもかけぬ言葉に、香子は目を開かれた思いだった。

「たしかに……」

道長大殿の子息の代の、これから生まれる姫たちにふさわしい年頃の皇子は、いるだろうか。

「ですからわたしは賭けようと思ったのです。すでにこの世におられる、藤氏ではない姫に」

あっと声が出てしまった。

「それが……、妍子さまの元におられる禎子内親王ですか……？」

「さよう。まもなく八つにおなりです。どうですか、尼御前。気高い源氏の姫の物語を、禎子内親王に読んでいただきたいのですが」

それから、能信さまは微笑んだ。

「そうそう、宮さまは先程までこの荘にいらしたのですよ。母宮の急なお召しにより京にお帰りになりましたが、尼御前に贈り物をしたいと仰せでして、お預かりしております。書物を食い荒らす鼠の退治役をさしあげたいそうです」

3

船に揺られながら、香子はさまざまな思いに揺さぶられていた。

それにしても、能信さまはどこまでも宮廷の貴公子だった。今は、次の世代をいかにして盛り立てるかに心を砕いている。

――竹芝の君、たしかにあなたのいる世界とは違うようだ。

帰り道の川風は身を切るように冷たく、ひどいだるさを覚えたが、香子の心は久しぶりに明るかった。

あの十帖の物語を、読んでいただいてもよいかもしれない。妍子さまや禎子さま、そうそう、それに修子さまにならば。

能信さまが、思いのほかに肝の大きい方だったから。

小一条院が、自分がなぞらえられたと気付いたとしても……。そう、あの方は誰にも言うまい。土御門の一門に知られるのは身の恥だろうから。

香子は物語の力を信じてよいのかもしれない。

庵に戻り、竹芝の君が筆記してくれた十帖を読み返す。気になる箇所があるから、直さなければ。最初の『橋姫』に心覚えを書き付けようとしたが、「宇治の十帖につき」と書いたところで筆を置いた。さっきから悪寒がする。今日は休み、明日からゆっくり推敲しよう……。

心は軽くなったというのに、その夜更け、香子はひどいだるさと息苦しさに目を覚ました。誰かを呼ぼうにも、声が出せない。

寒い。そして、痛い。どこがというのでなく、体中が。

もうろうとする意識の中、やがて、寒さは消えてかわりに熱が襲ってきた。

「尼御前？　どうなさいました？……あら、ひどいお熱！」

あれは、みのの声だろうか。

大丈夫、帰り道に冷えただけ……。そう言いたかったのに、声が出ない。

みのがあわてて寺の者に知らせたらしく、額に冷たい布が置かれ、口に苦い薬湯が流し込まれた。そうして介抱されるのを気に留めるのも物憂く、香子はただうつらうつらと眠っていた。

そして何日経ったのだろうか。

「童が心配して宇治の荘に知らせを寄こしましたで、わしにも教えてくれる者がおりました」

縁の向こうでしわがれた声がする。

香子はようやく頭を巡らせた。

「ああ、須黒……」

「尼御前、お痩せになりましたな」

「いいのよ、充分世話をしてもらっています。……あの君は、お元気ね」

「は」

「よかった」

しばらく黙ってから、香子はまた口を開く。

「須黒。あなたは、もうすぐ東国へ帰るのね」

「は」

「どうしたの？　まだ何か、心にかかっていることがあるの？」

「わしがお持ちした薬はどうなっておりますかの」

「もっと体が動くうちに始末をしておけばよかったのだけれど。今はまた、あの文箱《ふばこ》の中に」

言いさしたところで、香子は気付いた。須黒だけは宇治で犬が、下人が、馬が、毒を盛られた事実を知っている。誰が毒を盛ったかも見当を付けている。

だが、どの毒を使ったかは知らない。

誰にも知られていないものの、自分がもたらした貝の中の毒を竹芝の君が使ったと思い込んで案じているのだ。

「須黒……」

言いかけたところで、香子は咳の発作に襲われた。気付いたみのや使僧の足音がした。

「そこの男、下がれ！」

言われて須黒が下がる気配がする。

「待って、須黒……」

もう心配はいらないのに。

香子は起き上がろうとして果たせず、ぐったりとして横たわる。

「尼御前！　京に、使いを出しますから！」

その声もうつつに聞くばかりだった。

賢子の声がする。

言わなければ。あなたがいて、心を通じ合えるたくさんの人がいて、母は幸せだったと。

言葉を尽くしたいのにそれができないとは、なんともどかしいことか。

薄く目を開けると、念持仏の姿が見えた。五色の糸がその手に結ばれ、香子まで届いている。

苦しさの最中なのに、香子は内心苦笑した。

光源氏の最期を仏と結ばれた五色の布に導かれ……と書いて、道長大殿にだけ読ませたことがあった。

そのあとすぐに、大殿の目の前で焼き捨てて、香子は一人快哉をあげたものだったが。

お気の毒に。しかし、仏の来迎は、自身の心によるしかないのだ。

――大殿、いつか、御自分の目で御覧になれることを祈っております。

香子自身はどうだろう。いいや、自分にはそれを見るほどの資格はあるまい……。

そこまで考えた時、香子はまた咳の発作に襲われ、口中に血があふれるのを感じた。

視界が一気に暗くなった。賢子の声がするようなのに、もう聞き取ることもできない。

娘の声を必死に探しながら、香子は昏い世界へ落ちていった。

＊＊＊＊＊

寛仁三（一〇一九）年十二月

師走《しわす》　七日
昨夜、小一条院の御息所に御産のことあり。
（実資の日記）

実資はそう簡潔に、日記に書き付けた。

もはや帝位に関わりないお方ではあるが、いまだ位の高い小一条院の慶事は記録しておかなければならない。あの寛子御息所も男子を儲けたとなれば、ますます地位は安泰だろう。もっとも、小一条院にはすでに王子も王女もいらっしゃる。それらの子女が親王と内親王の待遇を受けていることも、道長――もとい土御門の入道殿の心づくしだ。

実資の思案はそこで彼らの身の上から離れて、我が家のことに向かい始める。

千古。

いよいよ千古の裳着《もぎ》を考えなければならない。実は、世の倣いに従えば、とうに裳着をすませてよい年頃ではあるのだ。だが、裳着とは結婚にふさわしい年齢になったと世に知らしめることであり、当然、そのあとにはふさわしい婿を迎える算段をしなければならない。

実資は千古を人臣にはやらぬと心に決めているのだ。あの美しく才気煥発な娘は、ぜひとも入内させなければならぬ。

今年、世は揺れ動いた。中でも大きいのは刀伊の蛮族の襲来だったが、無事に撃退できた。

ほかにも、土御門入道殿の出家。

さらには、堀河左大臣の娘御――小一条院妃――の急逝ということも起きた。老体ながらいつまでも左大臣の位にしがみついているあの顕光殿も、いよいよ我が身の運を悟り、隠居を考え始めているとか……。

そう教えてくれたのは頼定参議だ。不仲とは言え、いまや左府のたった一人の子となった元子殿の婿で、今は堀河院で住み暮らしている彼の言うことに間違いはあるまい。

ということは、この実資にも、いよいよ大臣就任の芽が出てきたということだ。

来たる年こそ、千古の身を世に出す時だ。なぜなら、大納言の息女と大臣の息女とでは、後宮での地位に大きな差が出るのだ。

そうだ、実資が大臣となれば、千古は女御《にょうご》になれる。

実資の目には、その輝かしい未来がはっきりと見える。

世の女どもがもてはやす『源氏物語』の発端でも、父が大納言であったために帝の寵愛《ちょうあい》を分不相応とさげすまれた桐壺更衣から始まっていたのだった。

だが、ささいなことだが、実資には一つ片付けねばならぬことがある。

あの物語について、実は実資は、世の誰もが読んだことのない異本を持っているらしいのだ。

「らしい」としか言えないのは、このことを誰にも確かめようがないからだ。その帖には、主人公の光源氏が内裏後宮に忍び込み、藤壺中宮と忍び合ったいきさつが克明に描かれているが、世の誰もそんな筋立ては知らないらしいのだ。

実資はその帖――『かかやく日の宮』と添え書きがあった――を、誰にも見せずにしまいこんでいる。いつか作者に問いただしてみたいと長年思ってきたものの、ついぞよい機会がなかったのだ。

今、実資は財産の処分を考えている。この小野宮《おののみや》邸や荘園、牧、その他の財産はすべて千古に渡すことにしている。女御ともなれば後宮で華やかに暮らすために多大な財産が必要だからだ。そして、家の日記や記録類は、養子であり嫡子の資平に。これらも貴重な財産と言うべきで、朝廷人として必須の教養の礎《いしずえ》となるものである。

となれば、この秘蔵の『かかやく日の宮の草子』も、行く先を考えなければならない。

魅惑的ではあるが、帝の皇子と后の密通というとんでもない物語だ。絶対に千古の目に入れてはならないし、後宮の女どもに存在を知られることも認めるわけにはいかない。

といって、資平に渡すこともできない。このような俗な作り物語を小野宮家が所蔵していること自体、世間に知られてはならぬのだ。

逡巡《しゅんじゅん》している実資の脳裏に、また頼定の顔が浮かんだ。

「頼定。やはり、あの男の伝手を頼るか」

独り言をつぶやく。

実は、頼定の妻の元子殿の所には、あの作者の仕え女と親しい女房がいるらしい。小侍従とか言ったか。以前、あの作者に会いたいとさりげなく頼定のいる前で口にしたことがあったが、結局実現はせず、今に至っている。

今度こそ、頼定にはっきりと言ってみようか。まずは、その小侍従とかいう女に申し渡したいことがあると切り出そう。あれはさばけた風流男であるから、こうした私的な話も心安くできるだろう……。


三日後。

頼定からの文は、実資の思いも寄らないことを伝えてきた。

——その昔太皇太后御所に仕えていた女。例の『源氏物語』を書いた式部という女房ですが。先頃、宇治の寺でみまかったそうです。


その文を前に、実資は長い間考え込んでいた。

諸行無常、人の命ははかないものと何度も思い知らされてきたが、やはり心に衝撃が走る。『かかやく日の宮の草子』のことは措くとしても、源氏の物語を書き上げた才能はたいしたものだ。その、かけがえのない人間がこの世を去ってしまったのか。

——ついに、わしの手元の草子は彼女の筆になるものなのか、その問いを発することがかなわなかった。

今にして思えば、その機会はいくらもあったとわかるのに。

夜が更けてから、実資はようやく今後のことを考え始めた。

考えてみれば、『かかやく日の宮の草子』が藤式部の書いたものなのか『源氏物語』の一部であるかどうか、それと実資が処理すべき問題は別であった。

どちらにしろ実資の手元にあるこの草子――不埒で大胆極まる皇妃と皇子の密会の物語――をこれからどう扱うか、それに頭を悩ませねばならぬことに変わりはなかったのだ。

まず、千古に読ませてはならない。千古は無垢であどけない乙女のままで入内せねばならぬ。となれば、千古の周囲の女たちに読ませることもならぬ。

焼き捨ててしまえばすべて面倒はなくなる。

今までに何度も心の声がそうささやいたが、そのささやきは必ず、それでは惜しいという思いに打ち消されてきたのだ。

では、誰ならこの草子を任せられるだろう。

土御門家に連なる者には無理だ。これからあの家に対抗して千古を押し出していく小野宮家に傷がつく。ああ、だから、藤式部の娘とやらにも見せられぬ。土御門の子息と恋仲になり、ましてや彰子太皇太后のお気に入り女房というではないか。

それから実資は、ふとあることに思い当たった。彰子太皇太后は、まず、一条の帝の藤壺に入内した。そして周知のごとく、一条の帝には最愛の后――定子皇后――がすでにいたものの、後から入った彰子中宮が二人の皇子を産み、今の土御門家の繁栄の礎を築いたわけだが、定子皇后も一人の皇子をこの世に遺している。その皇子、昨年他界した敦康親王は一時彰子太皇太后を母代わりと慕っていた……。

――おお、これは、『源氏物語』の藤壺と光源氏に、そのままあてはまる間柄ではないか。

一瞬、そう考えてから、実資は自分の早とちりを笑った。

そんなはずはない。そもそも彰子太皇太后は敦康親王の誕生とほぼ同時に入内している。あのお二人にけしからぬ交情が存在したなどとありえない。

だが、それから実資の思念はまた別の方向へ漂い始めた。

ありえぬことであっても、世の愚かな者たちは下司な勘繰りをするかもしれない。今はともかく五年後十年後、昔のことを覚えている賢者がいなくなれば、なおさらだ。

もしもそうしたとんでもない悪評が立った場合、一番お辛いのは誰か。

思い当たったのは、修子内親王の存在だ。敦康親王の姉、中関白家と一条帝をつなぐ絆。

実資は膝を打った。

世に出してはならない物語なら、あの内親王にお任せするのはどうだろう。すでに二十歳を越えられ、奥ゆかしいお暮らしぶりには非の打ちどころもない方だ。

そうだ、それがよい。もしも修子内親王が不埒なものと焼き捨てられるならば、この草子の運命はそこまでということだ。

実資は念入りに紙を選んだ。お届けするにしても、決して決して、どなたの目にも触れぬようにと念を押さねばならぬ。

おそばに仕える者にもわからぬように、ひそかにお渡ししなければ。

＊＊＊＊＊

筑紫を襲った疱瘡《もがさ》という疫病は、冬になってようやく収束の兆しを見せ始めた。

それまでの心の騒がしさといったら、刀伊の来襲さえ、つい忘れてしまうほどのものだった。

「形のある賊に立ち向かうことはできても、形を取らない疫病神には手も足も出ないのですものね」

気丈な瑠璃姫でさえ、病に倒れてそうした弱音を吐くほどだった。

「でも、お方さまがいてくださったから、どうにか切り抜けられました」

「瑠璃姫は、軽く済んで何よりですわ。それにわたくしは、幼い頃に京で疱瘡にかかっていたので、今回は無事だったのよ。ですから皆の手助けに回れたの」

何よりも感染を恐れた岩丸は、秋津を従者に付けて松浦の寺に逃がし、阿手木は大宰府で病人看護の指揮を執った。小仲は、いくら言っても聞かずに阿手木のそばにとどまった。

「お方さま、この病は不思議なことに、厩番《うまやばん》や牛飼いにはうつらないんです。おれなら大丈夫です」

たしかに、いかなる御加護か、小仲はまぬがれた。真砂も。少監殿《しょうげん》も若い頃に罹《かか》っていたということで今回の災厄には遭わず、府館の差配に大活躍だった。

「まったく、この疱瘡も刀伊の奴らが持ってきたに違いないですじゃ」

若衆たちを中心とした疫病の波も、どうにか過ぎた。幾人もが病によって黄泉《よみ》へ連れ去られたものの、この世にとどまれた者もいる。残った者は、また、生きてゆかねばならない。

とにかくその日その日にできることをすること。阿手木の頭にあったのは、それだけだった。宇治の御主《おんあるじ》からの便りにも、禍々《まがまが》しいことは控えて当たり障りのないことをと思うと筆が進まず、そうでなくても追い立てられるように忙しい昼と疲れ果てて倒れるように眠る夜との繰り返しで、あっという間に日は過ぎてゆく。

五月《さつき》になる頃、都からは官符――公式の指令――がぽつぽつと届き始めた。飛駅使《ひえきし》がどんなに急いでも十日もかかる遠隔の地ゆえ致し方ないとはいえ、受け取る府館の側からすれば何とも間の抜けた朝廷の姿だった。多くの命を賭けて撃退してから二十日も経って、警固《けいご》を固めよと指示を出されたところで何の益があるというのか。筑紫だけでなく北陸道の守りも固め、全国に夷敵《いてき》撃退の祈禱を仰せ付けたそうだが、刀伊はとっくに退散しているのだ。

結局、朝廷は何一つ、大宰府の役に立つことをしてくれなかった。阿手木は興ざめの思いだった。

極め付きは、奮戦した人々に対する朝廷の態度だ。国のために戦った者が功に与《あずか》るのは当然なのに、当初は恩賞の要なし、というのが公卿たちの主論だったという。

「我らは朝廷の許しも待たずに勝手に戦い勝手に敗走させたのだからけしからぬ、ゆえに恩賞を与えては規律が乱れるというのが行成中納言始め、大方の意見だったそうだ」

現帥殿《そちどの》、隆家中納言は吐き捨てるようにそう言った。

「かろうじて、恩賞を与えねば武者の意気は上がらぬと実資大納言が主張して認められたそうだが……。都のやることはこんなものだ」

やがて霜月《しもつき》に入ると、帥殿が予定どおりに大宰府権帥《ごんのそち》の任を解かれると内々の知らせが来た。後任が、恩賞は不要と説いた行成中納言と聞いた時には、何の冗談かと思ったものだが。

「なに、案ずることはない。どうせ行成は遙任《ようにん》――この地へ赴かず、お飾りの帥殿として都でふんぞり返っているだけ――を選ぶだろうさ。府館は府館の者が自由にすればよい」

帥殿はそう片付けたが、それでは、ますますこの土地の者の心が都から離れるのではないか。阿手木はそう思ったが、阿手木ごときが心配することではない。

阿手木は、松浦で岩丸を元服させた後、源氏の寺で供養を行った。

義清のため。刀伊によって命を奪われた、数百数千という人のため。かろうじて刀伊から逃れたものの疱瘡でこの世を去った、これも数知れない人のため。

その法要の終わった夜。小仲が思いつめた顔で、阿手木の元を訪れた。

「お方さま。お話があります」

「ええ、小仲」

阿手木にあてがわれた寺の宿坊で、二人きり、向かい合う。小仲が口を切る。

「今日の法要で、おれは特別に一人の男のことを祈りました。乙若という海部の浦の若者で、合戦の時も疱瘡の時も、おれを助けてくれた奴です。病人の介抱をしていて自分も疱瘡にかかり、あっという間に……」

そして思い切ったように切り出した。

「そいつは、海部の浦の者を率いる立場にあったんですが、もう、少監殿にも帥殿にも訴えることができない。少名麻呂もいない。おれしかいないんです。だから、おれが海部の浦のことをお話しします。あの浦で何が起きたかを」

「前に、不審なことが数々あると小仲を問いただそうとしたけれど、そのことね?」

「はい。お方さまの御不審はもっともでした」

「あの時、小仲はどうやって来襲を知ったのか、どうやって数多くの馬を動かしたのか、尋ねたけれど答えなかった。あれに海部の浦の者が関わっていたの? 海部の浦の者が小仲に来襲を伝えたということ?」

「はい。そのとおりですが、一つだけ隠していたことがあります。海部の浦は、刀伊に襲われてはいません」

「なんですって? だって、津浪か鬼神にさらわれたかのように、海部の浦は何も残さず消えていたと……。そうそう、襲われて長は殺され、捕らわれた者は賊船から海へ投げ込まれ、残りの者は命からがら逃げたのでしょう?」

「すべて、嘘です。海部の浦の者は、来襲のずっと前に、すでにあの浦を捨てていたんです」

聞いている阿手木は、言葉もない。

「海部の浦の者たちはよそからの流れ者ですが、長だけは違いました。元からの土地の暴れ者で、手下を何人か連れてあの浦を力で乗っ取ったんです。悪辣《あくらつ》な奴で、浦の者が飢えるほど獲物を独り占めにしたり、女をほしいままにしたり……。去年の冬、一人の娘が襲われた時、その弟の乙若が手向かって、長を殺してしまったんです。浦の者たちは、その姉弟に逃げろと言いました。そして二人は逃れた先で少名麻呂に出会い、少名麻呂にかくまわれました」

「ひょっとして……。山の牧に？」

「はい。山の中にはいくつも小屋が散らばっているから。一方、海部の浦では長が殺されたことに騒いだ手下たちが、浦の者の手にかかってすべて殺されました。それも知った少名麻呂が知恵を出したんです。こうなったら、浦の者全員で浦を捨てて背振の山へ逃げ込め、そして陽気がよくなったらどこかもっと遠くへ逃げろと。その言葉に従った浦の者たちは山の中で機を待ちながら、一方では浦をずっと見張っていました。背振の山並みの西の端には、浦を見下ろせる国見《くにみ》の浮岳《うきだけ》があるから。海部の浦はさびれた貧しい場所だけど、もしも誰かが訪れて異変に気付いたら、その時こそ、誰も知らない場所へ逃げなくてはならないから」

呆然として聞いていた阿手木は、そこで気付いた。

「ちょっと待って。小仲がどうしてそんなことに関わったの？　あなたが筑紫に来たのは、春になってからなのに」

「おれが馬のことに詳しいのを知って、少監殿が難産の母馬の世話を頼んだでしょう。実は少名麻呂がそう仕向けたんです。お産を誰かに手伝ってもらわなくちゃいけない、浦の者は普通の世話ならできても産となると手に負えないから。でも、浦の者がいることを勘付かれてもいけない。だからわざわざおれが名指しされたんです。少しくらい言葉が違っても、都下りのおれなら気付くはずがないからって」

苦笑する小仲に、阿手木は言ってやる。

「でも、気付いたのね？　小仲は」

「どこがどう違うのかうまく言えないけど、何か毛色の違った奴らがいるなって。それと、おれも悪党と暮らしていたから、嘘をつかれると勘付くんですよ。府館に帰ってきて何気なく少名麻呂にそんなことを言ったら、あいつ、顔色を変えて余計な穿鑿《せんさく》をするなって怒鳴りつけたんです。高飛車なのにおれも頭に血が上って……。何を隠しているんだ、そう問い詰めて少名麻呂と大立ち回りをしましたよ」

「ああ、騒乱前の喧嘩はそれだったの……」

「でも、そのあとでおれがもう一度牧に戻ったところに少名麻呂が追いかけてきて全部打ち明けたんです。真砂も一緒で。そもそも、真砂が、こうなったらおれも仲間に引き入れろって少名麻呂を説きつけたそうでした」

「真砂？　あの子も知っていたの？」

「はい。早い時期に少名麻呂が相談していたんです。その翌日でした。国見の浮岳から見張っていた浦の者が、海の向こうから大船団が襲来したと牧に告げに来たんです」

浦の者は、誰よりも早く、襲来を知ることができたのだ。だが、それを知らせるわけにはいかない。いてはならない場所に逃げてきた者たちだから。どうやって知った？　そう聞かれても、本当のことを白状するわけにはいかないのだ。

そして、浦々が襲われるのを見て、気付く。長とその手下は殺されたものの、ほかの者は逃げられたことにすればいい。うまくいけば、この国を捨てなくてもすむ、海部の浦に戻れると……。

「それで、少名麻呂は牧の馬飼いたちと三瀬街道を警固所に向かい、小仲は馬を連れて大宰府へ、というわけね。牧の馬飼いも事情は承知していた、と」

「はい。真砂を慕っていた馬飼いたちだったので。四十頭の馬は、浦の者が手伝ってくれたから無事に移動できました。幾月も一緒にいた者たちだから、馬も言うことを聞いたんです」

馬が慣れた者たちだったから。多数の馬の移動がすんなりと成功したのは、小仲に大勢の助っ人がいたからか。

「そしてもちろん、府館に着く前に浦の者たちは姿を消し、あたかも難を逃れたかのように時を置いてから府館に来たわけね」

難を逃れたという割に傷もなく飢えていなかったのも、当たり前なのだ。

「浦の者に功を立てさせるために、少名麻呂は乙若――長を殺した者――を逃げのびた捕虜に仕立て上げました。賊船に捕らわれて、海に投げ込まれて、命からがら泳ぎ着いた者だと。そうして軍議の場に引き出しました」

「では、あれも嘘だったと言うの？」

「はい。ただ、賊が捕虜を海に投げ捨てているというのはすでに聞いていたから、誰よりも早く軍議に出したんです」

「賊が水の樽を捨てていたというのも……？　いったい誰が耳にしたの？」

「真砂です。警固所に行って、流れ着いた者の話を聞いていたんです。だから真砂は誰よりも早く馬を飛ばして府館に戻ってきて、少名麻呂と乙若の耳に入れて……」

こうした知らせは、いち早くもたらした者の功になる。

「敵がどこを攻めるか言い当てられたら恩賞に与れるか。少名麻呂はあたしにそう尋ねたわ」

「はい。おれも真砂もそれを聞きました。だから真砂は嵐の中を警固所まで馬を走らせ、待っていたんです。府館が歓迎するような知らせが警固所にもたらされたら、誰よりも早く持ち帰ろうと」

「歩いてくるしかない避難民より、馬なら格段に早く知らせを持ち帰ることができる。あの頃真砂の姿が見えないと思っていたら、そんなことをしていたの。あなたたち二人ときたら……」

慣れない筑紫で阿手木に寄り添ってばかりいたと思っていた小仲は、阿手木の知らないところで心を通じ合える仲間を作っていたのか。少名麻呂。真砂。

だからこそ、少名麻呂が帰らないとわかった時、真砂は小仲にすがることができたのだ。

「すみません……」

そんなつもりはなかったのに阿手木が咎《とが》めたと思ったのか、小仲はきまり悪そうに口ごもってから、表情を改めた。

「でも、浦の者は功を上げました。長を殺した乙若は合戦でもおれと一緒に輔殿に従ったし、疱瘡病みからも逃げませんでした。それで命を落としたけど。自分が殺した者よりもたくさんの命を救うのだと言って、そのとおりにしました。少名麻呂は、落ち着いたら海部の浦の者たちの身が立つように口添えするつもりでした。でも、もうあいつもいない。だから、おれが少監殿や輔殿にお話しするつもりです」

「浦の者たちがしでかしたことは、隠したまま？」

「……はい。結局、おれは筑紫の者ではないし。でも、お方さまにだけは隠しごとをしたくなかったんです」

阿手木は小仲の言葉を反芻《はんすう》しながらしばらく考え、それから口を開いた。「お方さま」らしく言葉も改めた。

「わかりました。わたくしも、少監殿と帥殿に口添えしましょう。長の死は……、露見しないなら、このままに」

殺してしまった命よりたくさんの命を助ける。

「ありがとうございます！」

ほっとした顔の小仲に、阿手木は告げた。

「延び延びになってしまったけど、あなたの元服もしなければね。冠《かんむり》親《おや》は、少監殿が喜んで務めてくださるそうよ。そして、それが終わったら……。わたくしは出家します」

小仲が愕然とした顔になる。目をそらしてはいけない。そう言い聞かせながら、阿手木は続ける。

「それが正しい道だと思いますから」

阿手木にだってわかっていた。小仲がなぜ、今まで元服を渋っていたか。童のまま、阿手木のそばにいたかったからだと。元服したら嫁取りの話が待ったなしだ。童のように、女主人に寄り添うわけにはいかない。

本当は……。義清亡き今、阿手木は自由だ。一年も経てば、再婚だってできる。その時に小仲を選ぶことだってできる。とやかく言う者がいても、どうせ都へ帰ればよいだけだ。阿手木と小仲のことなど誰も知らないところでひっそりと暮らせる。

でも、それでは小仲の将来を奪ってしまう。真砂もいる、少監殿もいる、ここで武者として身を立てれば小仲の将来は開けるのだ。

「……あなたの元服を、急ぎましょうね」

元服と、小仲の祝言。阿手木は静かな気持ちで、その支度を万端整え、そして、義清の眠る寺で剃髪の儀式を終えた。

もう、思い残すことはない。年が明けたら都に帰ろう。御主と、尼二人で暮らそう。

それを待ち遠しく思っていたある日、京から文が届いた。御主のお嬢さま、賢子さまと、堀河院の女房、小侍従からだった。

第五章　『とぞ本にはべめる』

寛仁四（一〇二〇）年三月

1

久しぶりの都は、何も変わっていないように見えた。

青鈍色《あおにびいろ》の尼姿の阿手木は、道長大殿が建立したばかりの無量寿院《むりようじゆいん》の山門を、ゆっくりとくぐる。丈六《じようろく》の阿弥陀如来を九体並べ、四天王がそれを守護している御堂は、この世のものとも思われぬ荘厳《そうごん》さだと言う。

落慶法要は盛大に行われたが、そこに列席できるのは、もちろんひとにぎりの貴顕の方々だけだ。しかしその翌日からは誰でも参詣が許されているとあって、境内は大変な人出だ。皆、この世の極楽を拝もうと上気した顔をしている。阿手木も、その人波の中を進む。前だけを、仏だけを見つめている人々は、皆ぎらぎらと目を輝かせて足元も横にいる人間も気にしない。ともすれば押し流されそうだ。

こんなに人が多いとは思わなかった。それにしても、堂宇の豪華なこと。相変わらず、派手なことがお好きな道長大殿らしい。

御主《おんあるじ》と様々な因縁でつながれた大殿の権勢は、いよいよ盛んになるばかりだ。この世に、思いどおりにならないことなど一つもない。

――でも、あのお方も出家したのだから、お名前も変わったはず。ひたすら来世に思いをいたすような心境におなりだろうか。それとも、まだまだこの世に未練を残しておいでなのだろうか。

時は移る。

阿手木はついに、慕っていた御主の死に目にも会えなかった。

都から遠い大宰府の騒乱は、ここに立つと夢のようだ。あれほど多くの血を流し、あれほど必死に戦った人々と、今、この壮麗な寺域を埋める晴れやかな人々とは、何という違いだろう。

ともあれ、隆家中納言は任を解かれ、もろもろの雑事を終わらせた阿手木もようやく京に帰りついたのだ。

御主の香子さまは、もういないのに。

去年、突然に起こった刀伊《とい》の来襲という驚天動地の事態には、阿手木も、しばらく御主のことが頭から吹き飛んでいた。

そして、義清の死。疱瘡《ほうそう》の猖獗《しょうけつ》。

そんな日々を支えてくれたのは岩丸や小仲の健やかな成長ぶり――二人とも立派に元服した

——と、間近で世話をしてくれた瑠璃姫始め筑紫の人々だ。そして、御主の励ましの文と。

夏になって御主から届き始めた何通かの文は、それまでと手蹟が異なっていた。たいそうぎごちなかったが、よく見れば懐かしい御主の手蹟がしのばれる。御主の描く長大な『源氏物語』をずっと筆記していたのだ、衰えた手蹟といえども、阿手木にはわかる。きっと痛む指で、阿手木のために無理して筆を取ってくださったのだ。

阿手木はすぐにも御主の元へ帰りたかった。だが、大宰府で阿手木を必要とする人々を捨ててはいけない。

冬になってようやく都へ帰れると喜んだのもつかの間、またしても阿手木を打ちのめす知らせが届いた。

御主が、亡くなったのだ。

——あたしは、都へ帰ってきてよかったのだろうか。

御堂へ続く石段をゆっくりと登りながら、阿手木は考える。周囲の熱狂した人々は我先に争うように登っていくので、鈍《のろ》い足取りの阿手木は何度も体をぶつけられる。

義清はもういない。子の岩丸は幼いながら元服をせがみ、義親《よしちか》と名乗りを上げた。今は隆家さまのところで側近の方に仕込まれている日々だ。義清の部下たちも、義親が成長するまで一団となって育ててくれるという。奮戦した義清の功労を隆家さまも忘れていないから、義親には何の心配もない。尼となった阿手木の役目は、もう何もない。

筑紫に残った小仲は、あの土地で真砂を妻に迎えた。やがて生まれる子を育み、立派な武者になっていくだろう。争乱の折の奮戦ぶりを土地の武者たちが認めてくれているから、これももう阿手木の案ずることはない。小仲は小仲の道を歩き始めているのだ。

御主の御父上もすでに出家され、実家の堤邸には見知らぬ人が住んでいた。御主の弟君も、越後《えちご》の地で他界されている。

誰も、阿手木を必要としてくれる人はいないのだ。

とぼとぼと歩む阿手木の耳に、かんだかい女の声が飛び込んだ。

「もしや、阿手木殿？　あの、紫式部の侍女の？」

阿手木は驚いて顔を上げる。石段を上がり切ったところから見下ろしている一人の女。身なりは悪くない。どこぞのお屋敷に仕える女房で、阿手木よりもかなり年上のようだ。

さて、誰だろう。この顔はぼんやりと記憶にあるのだが……。

「ねえ、あの罰当たりな物語を、あなたはまだ広めているの？」

「罰当たり？」

阿手木はむっとしたが、女のうしろからは何人も顔をのぞかせている。いずれも同じような壺装束で、どこぞの大家に仕える女房たちのようだ。

「さて、何のことやら。都には久しぶりですので」

「あら、そうなの？」

「そう言えばこの人の夫は、権帥《ごんのそち》隆家中納言の家人《けにん》だったはず」

「あら、じゃあ、筑紫から上ってきたの？」

ずけずけとした彼女らの口調に阿手木はむっとしたが、言葉だけは丁寧に答えた。

「はい、さようですが」

「それなら、五年ほども都を離れていたのね」

こまかく説明するのも面倒で、阿手木は話を合わせることにした。と、一人の女が怯えた顔になった。

「仏罰もこわいけど、はやり病もこわいわ。ねえ、筑紫から帰洛した者たちがあの疱瘡を広めているのでしょう？」

阿手木はさらにむっとした。彼らの死闘も知らない者が、何をお気楽に無責任なことを。

だが、女たちはあとずさり、阿手木を遠巻きにしていく。

阿手木はどっと疲れ、その場にうずくまりたくなった。もう帰ってしまおうか。

——帰る？　どこへ？

その時、華やいだ声が聞こえた。抑えてはいるけれど若い女の声はよく通る。

のろのろと目を上げると、食堂《じきどう》のそばを歩く一団の女たちの姿が見えた。いずれも美しく、上等の小袿《こうちぎ》姿だ。ただの参詣人ではない。勝手知ったる場所をそぞろ歩いている、という雰囲気を漂わせている。彼女らは道長大殿か彰子太皇太后に仕える身分なのだろう。

阿手木は散りかけた桜の一本の陰に身を寄せ、その一団をじっと見つめた。

——そう、このお寺にやってきたのは、仏を拝むためだけではないのだもの。

「よろしいですわ、そんなにおっしゃるなら、わたくしがお寺にお願いしてまいります」

一人の女房がそう言うと、一団から離れて歩き出した。阿手木の胸がとどろく。

間違いない。

あれは賢子さまだ。御主の娘の。

阿手木はそっとその後を追う。賢子が境内にいた若い僧を捕まえ、物慣れた様子で何やら言い付けるのをじっと見守り、また一人になってこちらへ歩き出すまで、動悸を抑えて待った。

目が合う。

一瞬とまどったように目を細めたものの、賢子さまはすぐに笑顔を浮かべて小走りにやってきた。

「もしや、阿手木ではない？」

屈託のない声に阿手木は安堵の息をついて、深く頭を下げる。

「お目に留めていただいて、ようございました。実は先程から、いかがしたものかと迷っておりましたの。お声をかけてよいものかどうか……」

「何を言うの。あたしは昔、あんなにあなたにかわいがってもらったではないの」

賢子さまの声は弾み、女房方と話していた時とはうってかわった砕けた物言いになっている。

——よかった。これで、聞きたいことを聞くことができる。

阿手木が京に上ってきたのは、ほとんど、そのことのためだったのだから。

——美しく成長なされた。それに、女房勤めが心底楽しくておいでのようだ。

半刻余りの後、賢子さまにいとまを告げた阿手木は、ゆっくりと歩きながら、そう考える。

宮仕えをいやがっていた御主と比べて、賢子さまは本当に明るい。『源氏物語』の作者の娘ということも有利に働いているのだろうが、宮仕え直後から大殿の御子息と恋仲になっているとは、見上げたものだ。

宮中での暮らしがとても充実しているせいか、賢子さまは阿手木とずいぶん昔に別れたと思い込んでいた。賢子さまは太皇太后に仕える前に、どこかほかの屋敷に行儀見習いに出ていた記憶もある。だから、阿手木と過ごした実家の日々は、さらに遠いものに感じているのだろう。

そう察した阿手木は、否定せずに調子を合わせておいた。さっきの女たちがもしも聞き耳を立てていたとしても、食い違いを咎《とが》められないようにという算段も働いた。

若いうちは、過去など、どんどん遠ざかってゆく風景に過ぎないのだ。

あの様子なら、これからも強く生きていかれるだろう。阿手木ごときが心配するなど、おこがましいほどだ。

それに、知りたいことはすべて知ることができた。

十数年も昔、御主が『源氏物語』を書き始めたばかりの頃。最初の十一帖を彰子さまに献上した晩に、そのうちの一帖が不可解な消え方をした。『かかやく日の宮』と御主が名付けたその帖こそ、その後の展開の要となるものだったのに。

そして、先程それとなく確かめて、阿手木は自分の疑念が当たっていたことを知った。

自分でも意図せずにその帖を葬り去ったのは、やはり、まだ童の賢子さまだった。そして、賢子さまにそうさせたのは、道長さま。

でも、今になって考えれば、それでよかったのかもしれない。『かかやく日の宮』の内容はあまりにも大胆だったから。その帖を除いたおかげで、世に広まった『源氏物語』にはそこまでの不敬な描写がなくなり、斬新ではあっても受け入れられやすくなった。人口に膾炙《かいしゃ》するには、穏当であることも大事だったのだろう。

阿手木が今になってやっと突き止めたこの事実を、御主はとっくにわかっていたらしい。わかっていながら誰にも、阿手木にさえ一言も告げずに過ごして、ついにそのまま逝ってしまわれたのだ。いかにも御主らしい。

——その御主は、出家の後は何も物語を残さなかったとか。

阿手木はさっきの賢子さまの言葉を反芻《はんすう》する。

恋人の頼宗さまやその弟の能信さまが宇治の大殿別荘に赴かれていたおかげで、賢子さまも御主のことはつぶさに教えられていたそうだ。

「あたしはなかなか宇治まで行けないけれど、特に能信さまは母上をよく訪れて、その様子を教えてくださったわ」

もっとも大殿の御子息たちは忙しい。宇治の荘を任され、色々な騒ぎを収め、貴顕の客人をもてなし……といった多忙な日々では、庵に隠棲する御主の様子は彼らとの会話の中で余談の部類であり、それでも断片的に母上の様子を教えてもらえるのだからありがたかったという。

賢子さまとしては、御主のお体の具合のほか、『源氏物語』の続きが気になっていらしたが、死後の庵には何も残されていなかった。

「能信さまは、新しい物語のことを母が語るのを聞いたこともあったとおっしゃるのだけれどね。きっと考えるだけで、文字に残せなかったのね」

やはり、不自由になった指では無理があったのか。

前方で何やらののしり声が聞こえ、阿手木は顔をしかめた。参詣帰りと見える老女の一群が地に額《ぬか》づかんばかりにひれ伏して、人の行き来を妨げている。彼女らの中心には怪しげな白装束の僧体の男。幣を振り回し、経文を口走っている。

「拝めよや、拝めよや。拝まねば皆、滅びるぞ。末法の無間地獄に落とされるぞ……」

だが、よくよく聞いてみると男は同じことを繰り返すだけ、随喜の涙を流す老女たちの熱狂にあおられるように、ますます熱を込めて末法の世ぞ、と口走るだけだ。

そう言えば、さっき阿手木に難癖をつけてきた女たちも、罰当たりのなんのと口だけは殊勝なことを言っていたが、阿手木からすれば腹立たしい。

阿手木も仏弟子の端くれだ。あのように怪しげな男に耳を貸すのは馬鹿げている。

阿手木はさっさと背を向けて歩き出した。

——さあ、次には。

もう一つ足を運びたい場所ができた。

——とにかく行ってみよう。まだお住まいのはずだ。一品《いっぽん》内親王ともなれば、軽々にお住まいを移すことなどないだろう。

この寺は土御門第のすぐ東。三条までそう遠いわけでもない。若いうちは我が物顔に京の大路を行き来していた阿手木にとっては、つい近所なのだ。

竹三条宮でゆかりの君と顔を合わせ、阿手木はまた、安堵の息をついた。

この方こそ、何も変わっていない。

阿手木と御主がひそかに気にかけていた修子内親王もお元気だそうだ。

「よかった……」

「妙なお方が、姫宮に御執心ですけれどね」

「妙な、と言うと?」

「摂政、いえ、関白頼通殿」

「あらまあ」

阿手木は急いで考える。

「頼通さまは三十歳になるかどうかというところ? たしかに、釣り合うお年頃ではありますね。それに、今の世に最も高貴な姫宮と言ったら修子内親王を置いていらっしゃいませんもの。……でも」

阿手木はゆかりの君を窺うように見る。

「姫宮が御承知なさるはずはありませんよね」

ゆかりの君は当然と言った顔でうなずく。

「それでは、お気の毒ながら、関白殿に見込みはありませんね」

阿手木はふと、この屋敷の門を入る時に誰何《すいか》してきた若武者を思い浮かべた。見違えるほど凛々しくたくましくなった糸丸、いや義正を。

ずっと修子姫宮をお慕いしていた若者だ。以前この屋敷に賊が入った時は身を挺して姫宮を守ったほどの。

決して人に姿を見せたくない姫宮も、義正にだけは心を許しているのではないか。

だが、無暗に穿鑿《せんさく》するのはよそう。

我に返り、ゆかりの君の言葉に耳を傾ける。

「阿手木に来ていただいて本当によかった。わたし、大事なものをお預かりしているのです。相談に乗ってくれませんか？」

「ええ、あたしでお役に立つなら」

すると、ゆかりの君は不思議な笑みを浮かべた。

「この世の人では、阿手木が一番適任のものです」

やがて持ってこられたのは、豪華な文箱《ふばこ》だった。蓮華をかたどった螺鈿《らでん》が精巧な、塗りの箱だ。

「見事な細工ですね。姫宮のお持物ですか？」

「いいえ、彰子太皇太后がお命じになって作らせたとか」

「ああ、ならば、この念の入った細工も合点がいきますね」

「そして、その太皇太后から香子さまに御下賜になったのだそうです」

「御主に?」

ゆかりの君は微笑《ほほえ》んでうなずく。

「そして、ある者が、香子さまの庵から持ち出したのです。その理由を申し上げるよりもまず、中を見てください」

言われるままに蓋を開けた阿手木は目を丸くした。物語らしい草子が何冊も入っている。

「手に取ってもよいのですか?」

「ええ」

一番上の草子には『橋姫』と題箋《だいせん》がある。

この手蹟には、見覚えがある。どこで見たものか思い当たった時、阿手木は思わず叫んでいた。

「まさか……!」

「中をどうぞ」

ゆかりの君が微笑む。

表紙をめくると、そこには物語らしきものが綴られていた。

「まさか、これは、御主の物語ですか? 手蹟は御主のものとは違います。でも、去年の春大宰府に文を下さった、あの手蹟です!」

それ以上何か言うのももどかしく、目を走らせる。そして本文横の添え書きを見付けると、阿手木はもう一度叫んだ。

「ああ、こちらは間違いなく御主の手蹟だわ！」

一行だけ、別の手蹟があるのだ。宇治の十帖につき、と。

そして物語が始まる。

その頃。

世にかずまへられ給はぬふる宮おはしけり……。

ああ、これは御主の物語だ。今生で二度とお目にかかれない御主が遺してくださった、何よりの宝物だ。

何度も目を拭いながら、阿手木は文字を追う。

光源氏の栄光に圧されて輝きを失う古御子《ふるみこ》が、御内室と肩を寄せ合うように侘び住まいをなさっている。二人の姫に恵まれたものの、やがて御内室には先立たれ……。

そこでようやく阿手木は我に返る。

「いけないわ、ここで物語に浸っている場合ではないですね。ゆかりの君、お聞かせください。

その『ある者』は、御主の庵からこれを盗んだのですね？」

「当人は、盗んだのではないと言っています。香子さまの臨終の後、生前に告げられていた『文箱の中にあるもの』を始末するのが自分の役目と思ったのだ、と」

まだわからない顔をしている阿手木に、念押しするようにゆかりの君は言う。

「長くなりますけれど、よろしい？」

そして阿手木がうなずくと、話し始めた。


「宇治でお暮らしの香子さまが指の痛みに悩んでいらしたのは知っているでしょう。ある時、その特効薬を頂いたのだそうよ。ただ、指の痛みによく効く塗り薬だけれど、絶対に口に入れてはならない、猛毒だったの。その頃、香子さまの近くには大層入り組んだ恋愛のもつれに悩んでいる者がいてね、思い余って、その薬を使おうとしたらしいの」

「それで？」

「香子さまは察知して、その者が大それた所業に出る前に思いとどまらせることができた。そして、その者はすべての恋のしがらみを断ち切って、宇治から姿を消した」

「御主が生きておいでのうちに姿を消したのなら、箱を持ち出したのは、その当人ではなかったということですか？」

「そう。持ち出した者を『何某《なにがし》』と呼びましょうか。何某は、薄々、そこまでの事情を知っていた。何某が知っていることを香子さまも知っていた。一方で、香子さまも、騒動の元となった薬をどうしようか思いあぐねていたのかしら。御自分で始末してしまえばいいかとも思ったが、薬がなくなったらそれはそれで、かえって怪しまれるかもしれない。薬を贈ってくれた人間もいれば、それを使って香子さまの手当てをしていた人間もいますから。そうして決めかねているうちに、香子さまは病になってしまった。ふとしたことで風病をこじらせ、ほんの数日で枕から頭を上げられないほどになったそうよ」

「そんなに突然だったのですね……」

阿手木は御主の最期を思い、切なくなって顔をゆがめる。

「何某が見舞いの使者としてやってきたのはそんな時だった。そして香子さまに教えられた」

——あの薬は、文箱の中。

「以前にも香子さまがわたしの名を出したことがあったそうで、それも思い出した」

——困ることがあったら、竹三条宮のゆかりの君という女人《にょにん》を訪ねなさい……。

「そうして、その何某は御主の言い付けに従ったというわけですか」

「そう、そしてなぜ自分がこんなことをしたか、それもすべてわたしに打ち明けたというわけです」

「それにしても、毒だけでなく、文箱そのものを持ち出してしまった理由は？」

「香子さまは庵の仏間で御臨終を迎えられた。文箱は隣室の文机《ふづくえ》に載っていて、その上から文机全体に白絹が何枚もかけられていた。庵には何人もの人がいたので文箱を開けて中を探れば見咎められる。何某は供養の品として経箱に入った法華経一巻を持参していてね。文机の前に進んでその経箱をいったん文机に載せ、その上から白絹をかけ直した。庵を辞する時に、文箱と経箱を一緒に白絹に包んで持ち出した。こうすれば、文箱もあるとは、傍目《はため》にはわからない。そして『この経箱はお寺のほうに運んでいかがすべきか聞いてまいります』と言い繕い、庵を出たら、言葉のとおり経箱をお寺に運ぶ。ただ、一緒に包んでいた文箱は誰も見ていないところで白絹の中から取り出し、自分の荷の中にひそませた」

「なるほどね……。人目があって中を探ることができないから、丸ごと持ち出したわけですね」

「何某はそう言っていました。薬は自分が処分したが、文箱そのものは自分がどうかしてしまってはいけない。だから、香子さまに言われたとおりにわたしを頼った。わたしをお名指しになった理由は香子さまにしかわからないけれど。阿手木は遠い筑紫にいたし、娘の賢子さまには迷惑になるとでも思われたのかしら」

それを聞いて、阿手木はまた考え込む。

「でも、なぜ、その何某はそれほど面倒なことをしてまで、文箱を、いえ、中の薬を持ち出したのでしょう」

阿手木はゆかりの顔を窺いながら、答えを見付けようとする。

「文箱の中の毒を用いて人を害そうとした誰かは、御主の近くにいたのですね？　そして、毒の入った文箱を持ち出した何某は、その人に同情を寄せていた……。さっき、そうおっしゃいましたね？」

ゆかりの返事を待たずに、阿手木は続ける。

「同情を寄せていたというか、その毒飼い者には同情せざるを得ない事情があり、何某もその事情を知る立場にあったということかしら。ああ、それから、その何某はまず、男ですね。方方へ身軽く使者に立てるというから女性ではなさそう。そして、使者ということは、さして身分のある立場ではない。どこぞの家人あたりかしら。……一方で、何某が同情していた、毒を使おうとしたほうは、女性？」

ゆかりが微笑んでさえぎった。

「阿手木も、さすが香子さまと長いお付き合いのことだけはあるのね。でも、それ以上推量をする前に、この物語を読んでみませんか？」

阿手木は飛び付くようにうなずく。

「はい！」

2

結局、一晩、ゆかりの君の局《つぼね》に泊めてもらった。

翌朝、阿手木は寝不足の目を腫らしてゆかりの君の前に現れた。十帖の物語を胸に、阿手木は感極まったように吐息を漏らす。

「もう、何と言ったらよいのか……。とにかく素晴らしいです、御主は」

ゆかりの君もにこやかにうなずく。

「そうでしょう」

ゆかりの君も、この物語には深く心を動かされたのだろう。

だが、阿手木にはゆかりの君にも誰にも言えないことがある。

最終の『夢浮橋』を読んで、阿手木は涙が止まらなくなったのだ。

薫と匂宮、二人の公達《きんだち》に愛されて身の置き所がなくなった浮舟は宇治川に身を投げようとするが果たせずに救い出され、出家する。それを探り当てた薫に対しても拒否を貫く。

まるで自分のことが描かれているようだった。大宰府で義清を失った時、そばに、すがれる相手がいることに今さらながら気付いた自分。

義清の従者として、阿手木にも忠誠を尽くしてくれた小仲。そして阿手木は独り身になった。義清は恋しい、でも小仲にすがりつきたい気持ちもある。けれどそれでは、小仲の将来を狭めてしまうことになる。

迷いに迷った挙句、阿手木は俗世を捨てた。

——そう、それでよかったのよ、阿手木。仏におすがりしなさい……。

昨夜『夢浮橋』を読みながら、御主にそう言われた気がした阿手木は、声を上げて泣いた。御主に会いたい恋しさと、でも自分を受け止めてもらえた嬉しさと、そんなものが入り混じった温かい涙だった……。

こんなことは誰にも言えない。

だから阿手木はゆかりの君に、もっと当たり障りのない話をする。

「この胸に迫るようなお話は、どう言ったらいいのでしょう。結婚に絶望していく大君も哀れ、幸い人と噂されながら悩みの尽きない中君の心情もよくわかるし、でも何と言っても同情を禁じ得ないのは浮舟君です！　あんな立場に置かれたら、女はどんなにやるせない思いに駆られるか。それに、誰にも真似できない芳香を持つ薫と、それを妬んで薫物《たきもの》に凝る三宮がよいです。ひなびた浮舟はその二人の香の違いがわからないから身を誤ってしまう、二人の貴公子の特徴がまさに物語の運びに活かされて……」

そこまで一気にまくしたてたあと、阿手木は付け加えた。

「ですが、なんとなくわかったことがあります。まず、なぜ御主は生前にこれを娘の賢子さまに届けさせなかったのかということです。昨日賢子さまにお会いしましたが、ずっと気にかけていらしたそうですよ。御主が何も物語を残さなかったと」

「それは、物語の薫が多少間抜けに見えるからでしょうね」

「ええ、御主は最後まで藤原氏に厳しかったのですものね。そして……」

阿手木はいたずらっぽく微笑む。

「賢子さまの恋人は大殿の御子息の頼宗さま、その弟は宇治の荘の差配を仕切っていた能信さま、と聞きました。お二人が面白くないとお思いになるかも……と、御主は危惧されたということですね」

ゆかりの君はすました顔で相槌《あいづち》を打つ。

「そうかもしれません」

「だから、自分の死後に賢子さまが見付ければよいと思っていた。その時なら、賢子さまは宇治でゆっくりと読んで、この物語をどうすればよいか、考える暇ができるから。御主の遺品の始末のために庵にいる間は、頼宗さまや能信さまと会わずにすみますものね」

「そうね。香子さまの意図とは別のことが起きてしまったけれど、それでかえってよかったのかもしれない。毒の入った文箱を賢子さまが直接手に入れたら、そのことでも賢子さまは困ったかもしれないもの」

「え?」

「ああ、阿手木にお話ししていなかったわね。賢子さまの恋人の頼宗さまは、その頃は検非違《けびい》使別当《しべっとう》、つまり、都の罪人を取り締まる長だったのよ」

「まあ! それではたしかに、賢子さまが困るかもしれないですね。お母さまとしては、そんなことは何よりも避けたいでしょうし」

ゆかりの君は膝を進め、声を低くした。

「それにね、ほかにも、これを世に出していいものかどうか測りかねる思惑があってね。阿手木は都に帰ってきてまだ短いから気付かないかしら? 都人《みやこびと》の心がどこか変わっていることに。昨日は大殿家が建立した無量寿院を訪れたと言っていたわね。どう思った?」

「あの無量寿院は極楽往生を願う民が引きも切らずに訪れていましたが。荘厳なお寺でしたが、ありがたがって泣き叫ぶような人がいたり、怪しげな法師を拝んだり……。なんだか、あたしが都を去る時よりも、人々が妙に信心深くなっているような気もしました」

「そう。世は末法に向かっているとみんな怯えている」

「ああ、そう言えば昨日も末法と口走る者がいましたわ」

「そういう者に言わせると、だから、仏の戒めは厳に守らなければいけないのだそうよ。特に五戒を」

「五戒？　普通に生きて身を慎んでいれば、それでよいでしょうに。あたしも出家の身ですが、俗世に生きる者をそこまで縛ってよいものでしょうか」

「普通に身を慎むだけでは足りないと言い出す者が増えているの。みだりな色欲に惑わされてはいけない、罪障になることをしでかしてはならない、と。そうした者にとっては、たとえば誰彼かまわず女と見れば手に入れる、この物語の三宮など、不届き千万ということになるでしょうね」

「そんな！　いくら見事とは言っても、ただの物語じゃありませんか」

「その物語こそ不届きと言う風潮まであるのよ」

「え？」

「物語とは、つまりは作り話。本当にあったことではない嘘を描いたものだからと」

「冗談ではありません」

阿手木は憤然とした。

「御主はこんなに、真に迫った物語を作り出せるんですよ！」

「だから、真に迫っていればいるほど、なおさら不届きということになってしまうのよ」

阿手木はどう答えたらよいかわからず、鼻息を荒くして口を閉じる。たしかに、昨日の法師に「作り話は罪じゃ」とあおられたら、あの老女たちは物語の草子など火に投げ込みそうだ。

「ね、そんな世の中に、この物語を出してもいいものかしら。それに迷ったから、まだ阿手木にしかお話ししていないのよ」

腹立たしいが、ゆかりの君の言うことは、よくわかった。しばらく考えたのち、阿手木は口を開く。

「……それでも、出しましょう。世の人がどう受け止めようと、それは出してからの話です。御主はおっしゃいました。物語に生き残る力があれば、人々に受け入れられれば、生き残るものだと。決めるのは書いた者ではない、読む人なのだと。たとえ仏罰に触れると騒ぐ人間が出ようと、一方で読みたい人がいるなら、この物語はその人たちのためにあるべきです」

ついでに、阿手木は読んでいて気になったことを持ち出した。

「この物語、誰かが筆記したのでしょうが、かなり間違いが多いですね。夕霧は右大臣のままなのか、左大臣になったのか。薫は匂宮より後に生まれたはずなのに二、三歳年上と書いてあったり」

ゆかりの君は感心した顔になった。

「さすが、長年香子さまの筆記をしていただけのことはあるわね」

「でもまあ、筆写した者の労に免じて、このままで出すべきなのでしょうね」

「もう一つ、決めなければならないことがあるわ。賢子さまにはどうします？」

阿手木はもう迷わなかった。

「やはり、お渡しすべきだと思います。何と言ってもたった一人のお嬢さまなのですもの、知らずにいてよいわけがありません。物語は物語の力で生き延びる。それを、きっと賢子さまも教えられて育ったはず」

ゆかりの君はうなずいた。

「そうね。ただ、この文箱の中に毒が入っていたということは、隠していてもいいわよね」

「そうですね。この箱を持ち出すことに成功した何某のために……あ」

「どうしたの、阿手木？」

「ふと思い付いたのです。以前に玉葛《たまかずら》十帖のあたりを書いていた時なのですけど。御主はあの作中人物、特に玉葛と光源氏を、実在の人物になぞらえ、自分が書く物語によってその二人がどう振る舞うべきか、導いたことがあるんです」

ゆかりの君が興味津々と言った顔で身を乗り出した。

「まあ、そんなことが？　源氏は大殿かしら、玉葛になぞらえられたのは、誰？」

「……御本人の許しがもらえたら、いずれお話しします。でも、ふと考えたのです。もしかしたら、この十帖の物語でも同じように御主が企んでいたなんてことはないかしら」

ゆかりの君は笑った。

「まさか。それはいくら何でも考えすぎだわ」

阿手木も笑う。

「そうか。そうですよね」

ゆかりの君は立ち上がる。

「では早速、義正に使いに行ってもらいましょう。太皇太后御所の賢子さまのところへ」

3

「まったく、母上も過保護です」

駆け付けた賢子さまは、十帖の物語を前に憤然として言った。

「そんな弱気な心構えで紫式部の娘は務まりません。そのくらいのこと、わかっていていただきたかったわ」

言いながらも、袖で目を押さえている。

ゆかりの君が念を押すように尋ねた。

「賢子さま、では、この物語も世に出してよいのですね」

「もちろんです」

「藤原氏が軽んじられている物語でも、仏罰に触れるかもしれない罪深いものでも……?」

「母が仏道の妨げになるようなものを書いたとは思いませんもの。それに藤原の方々が気になさると御心配されていますが、そもそも太皇太后はお気になさらないんじゃないかしら」

「え？ 道長大殿の、御息女なのに？」

「もちろん出自は藤氏の姫ですけれど、十二歳で後宮に上がられ帝の御妻となり、今上と東宮の御母となってはや二十年余り。彰子さまは藤原のことよりも御子お二人のことだけを考えておいでです。今さら藤原の姫たちが后争いに負けるかどうかなんて、どうでもよろしいんじゃないかしら」

「言われてみれば……」

阿手木は賢子さまの目の付けどころに感心した。「なにしろ、御自身は後宮の争いに勝ち続けていらっしゃる方ですものね」

賢子は誇らしげにうなずく。

「そのとおり。おまけに、彰子さまの母君は源氏の姫ですわ。彰子さまがずっと里第としてお使いだった土御門邸も、源氏の祖父君から伝領されたもの、邸内の数々の秘蔵の品も含めてね。こう言っては何ですけど、藤原の公達と受領《ずりよう》だった藤原の姫を父母に持つ道長大殿とは、血筋に対するお考えも違うのではありませんか？」

阿手木は感心して賢子さまの顔を眺める。御自分の考えをしっかりと持った女人に成長されたのか。阿手木などが考えも及ばない新しい見方をなさる。ゆかりの君という初対面の方を前にすると言葉遣いが改まるのも、頼もしい。その賢子さまは誇らしげに言い放った。

「そして、今の世に彰子さまがお気になさらないなら、誰も憚《はばか》ることはありません」

阿手木は感心するしかない。そこでゆかりが念を押すように尋ねた。

「それから、母上の庵からこの文箱を持ち出した者についても……？」

「わたくしは不問に付しますわ。見当が付かないわけではないですけど」

「おわかりなのですか？」

ゆかりの君が、ぎくりとして問い返す。

「あの時。母の危篤の知らせを受けてわたくしが駆け付ける時。頼宗さまが、かねて作らせていたものがようやく完成したからと、法華経一巻を持たせてくださいました。わたくし、ただ早く母の元に行きたい、母の顔が見たいとそれしか考えていなくて、庵の中の調度になど目もくれませんでしたが、やがて臨終の後、その経箱はお寺へお納めすべきと申して、そこにあった白絹に包んで持って行かせたのです」

「持って行かせたとは、誰に……？」

阿手木は恐る恐る尋ねる。

「もちろん、母の庵までわたくしの供をしていた高松殿の家人にですわ。あの者、高松殿の能信さまも親しくお使いでしたから、母上も親しんでいたはずです。ええと、名前は……」

「思い出さずともよろしいのではないですか」

ゆかりの君が急いで口を挟む。

「賢子さまがその者をお咎めにならないなら、必要はないかと」

「そうですね。たしかその者、おそばを辞して東国へ参ったようにも聞いていますし、もうよろしいでしょう。そうそう、わたくし、母は物語を残さなかったかとそば近くにいた女童《めのわらわ》に尋ねたりもしましたが、何もないという返事で。一時はその童を疑ったりもしたのですが、悪いことをしたわ。なにしろ妙に信心深い童で、嘘の話など作ったら地獄に落ちると誰ぞに脅されていたようで」

賢子さまはその件をあっさりと片付けてから、眉を寄せた。

「それはよろしいとして、ただ、わたくし、御所の誰彼にも母は物語を残さなかったと言い回ってしまっていますの。実際、今まで知らなかったわけですし。これからどうやって出していきましょうか」

首をひねる賢子さまに、阿手木は膝を進めた。

「でしたら、賢子さま、僭越《せんえつ》ながら、この阿手木の元に生前の御主が届けてくださっていたということにしてはどうでしょう。このたび阿手木がようやく京に上り、賢子さまにお目にかけることができたと」

「そうね、それがよいわ」

賢子さまが手をたたく。そこでゆかりの君が、また口を開いた。

「では、よろしいのですね。不届きな色恋の作り話、摂関《せっかん》家があまり賛美されていない物語を世に出しても」

「もちろんですとも」

「はい、あたしもそう思います」

ほかの二人が口々に答えると、ゆかりの君は続けた。

「ただ、読ませる人は選んだほうがいいですよね。あまりに信心深い人は避けるべきでしょう」

「たしかにそうですね」

「それと、少しだけ言い訳をしておきませんか」

「言い訳？」

「末尾に、こんな風に書き足すのです。これは写本。元の本ではない。元の本にこう書かれていたからそれを忠実に書写したのであって、書写者のさかしらは混じっていないと」

ゆかりの君は、手近にあった反故紙《ほごし》に一言書きつけた。


とぞ本にはべめる。


「ああ、いいですね」

賢子さまが声を上げた。

「これで、この物語の作者はどこの者とも知れぬ、つかみどころのない存在になる」

「でも、それでは御主の御作ということが曖昧《あいまい》になります……」

「阿手木、母上がそんなことを気にすると思って？」

「ええ、阿手木、かまわないと思います。香子さまは、ただ、御自分の物語を読む人さえいれば、それで満足してくださるかと」

二人にこもごも言われ、阿手木はうなずいた。

賢子さまが、共感を込めてゆかりの君を見つめる。

「ゆかりの君、今までお親しくしてはいませんでしたが、今日、腑に落ちました。あなたは、母が物語を託すのにふさわしい方だったのね」

そこで阿手木は突然思い出した。

「そうだ、ゆかりの君、あなた御自身も何か書いていらっしゃいませんでしたか？」

冷静なゆかりの君が、その言葉にうろたえた。

「な、何を言うの、阿手木」

「あたし、この屋敷に仕える義正から聞きました。ゆかりの君も、夜なべによく筆を動かしていらっしゃると。だから……」

賢子さまと阿手木、二人に見つめられて、珍しくゆかりの君が顔を赤くした。

「……実は……。いいえ、ただ、玉葛のその後を描いてみようかと。いいえ、香子さまが宇治で物語を進めていらっしゃるのは承知していましたから、そんな本筋とは関わりのないお話を。香子さまも承知してくださったので……」

「読ませてください」

賢子さまが断固として言う。

「そして、わたくしたちの持つすべての物語の行く末は、世の人にまかせましょう」

「それがよいです」

阿手木はにっこりと笑う。「あたし、これからの日々はその写本を作ることに捧げますわ。慣れているし、得意なんです」

4

寛仁四(一〇二〇)年冬

ゆかりの君は、目の前にいる少女を、温かく見つめる。

「上総《かずさ》から、はるばる上ってきたのですね。道中御無事で何よりだこと」

「はい。道中は大変なこともありましたが、ようやく都に帰ってこられたことは、本当に嬉しゅうございます」

少女は緊張した顔でつつましく答える。年長の親族の前で、粗相をしてはならないと言う硬さが微笑ましい。この少女は、『蜻蛉日記』を書いた女性《にょしょう》——ゆかりの君のおばあさま——の、年の離れた異母妹《いもうと》君の娘だそうだ。都の貴族の血縁関係は密で、こうした関係は珍しくない。その血縁の中に、大層な出世をできる者もあればそうでない者もいるのは当然だ。

少女の父も菅原孝標という受領階級として、今まで上総の国司を務めていたのだ。元をたどれば菅原道真公に直結する家柄で代々大学頭《だいがくのかみ》や文章博士を輩出してきたとはいえ、頼通関白が全盛の都で華々しい活躍は望めないだろう。

それでも若い娘は、都へ帰ってきたことだけで心が弾むのだろう。都だからこそ、こうして竹三条宮のような場所へも出入りできるのだから。

「あ、でも道中でその土地の昔語りを聞くのは面白うございました。武蔵の国では、竹芝寺に京の姫宮がお住まいだったという話を語ってくれる女性がおりました」

「姫宮が、東国に？」

姫宮という言葉にゆかりの君の耳が留まるのは当然だろう。

「はい、仕える衛士《えじ》と恋に落ち、東国に連れていってくれと願った姫宮のお話です。それを語ってくださった女性はつい最近京からおいでになったとかでとてもお美しい方で、小さい頃からこのお話が好きだったと……」

少女の言葉を、ゆかりの君は上の空で聞いていた。姫宮と、身分の低い男との恋。高貴な姫宮だからこそ親しくできる相手は限られ、閉じこもって暮らさざるを得ない。そんな中で身近に惹かれる男がいたら、恋を覚えるのは自然なのかもしれない……。

ふと目の前の少女が話をやめているのに気付き、また微笑む。

「物語が、お好きなの？」

「はい！　でも、あまり読んだことはないのです、手に入らなくて。父は都に帰って実資大納言家への出入りも許されているようですが、なんといっても真名文字《まな》以外には目もくれない人ですし。だからわたくしはただ、母や乳母《めのと》が覚えているものをそらんじるのを聴くだけで。でも、そんな完全ではないお話でも、聴いているだけで心が躍るのです」

輝くような笑顔につられ、ゆかりの君の微笑も大きくなる。

「それでは、そのお好きなものをさしあげましょうか」

目を丸くする少女をその場に残し、別室でいくつかの物語を選ぶ。まだ物語を読み慣れていないのだから、簡単なものがよいだろう。もう修子姫宮は読み飽きたもので、ゆかりの君が写本も作っているいくつかの草子を取り出す。こうした短い話が、あの少女にはふさわしいだろう。

それらの草子を手早く小さな櫃《ひつ》に入れ、ゆかりの君は少女の所へ戻った。

「せっかく来てくださったのだから、これをどうぞ」

少女が信じられないという顔で口をぽかんと開ける。そして、見る見るうちに顔をゆがませ、涙を流し始めた。

「あらあら、泣くことはないでしょう」

「でも、わたくし、ずっと都の物語にあこがれるばかりで……。母も乳母も、覚えている話は語ってくれるのですけど、筋もおぼつかないようなものばかりで……。都に行って物語に出会えますようにと神仏にまでお祈りしていても、それもうまくいかなかったのに……。あの、これを皆、わたくしが読んでもいいのですか？」

「ええ。姫宮のお手元にあったものですが、姫宮はもう御不要なので……。ね、もうそんなに泣かないで」

「は、はい」

必死に涙を止めようとする少女の健気さに、ゆかりの君も胸を打たれた。昔、自分にもこんな頃があった……。

物語の入った櫃を大事そうに抱える少女に、ゆかりの君は声をかける。

「そのうちに、もっといいものをさしあげられるわ」

阿手木のことを思い浮かべたのだ。最近、大宰府から菅公につながる女性が上ってきて手伝ってくれているとかで——菅原氏であれば、この少女とも縁続きになるのか——、写本を作るのがはかどっているそうだ。

「もっといいものとは……？」

ゆかりの君は笑みを浮かべて答える。

「『源氏物語』を」

少女はぽかんと口を開けた。言葉にもならないというその顔がくしゃくしゃになって、また新しい涙が流れる。

「信じられない……。仏さまを作ってお祈りまでしていた、その願いがかなうなんて……」

「もう少しお待ちなさいね。そうそう、最後のほうでは、あなたのように東国育ちの姫が出てくるのよ」

「ありがとうございます！」

泣くやら喜ぶやら大騒ぎだった少女は、そのうちにふと思い付いたようにこう言い出した。

「あの、人に聞いた話ですが、光源氏は亡き皇后さまの皇子になぞらえられているというのは本当でしょうか？」

「え？」

一瞬、ゆかりの君はとまどった。光源氏になぞらえられている人物？　土御門の大殿がそのように思い上がっていたことは知っているが……。

少女は上気した顔で続けた。

「あの、この宮においでの姫宮の弟宮で、先年お亡くなりになった方です。ほら、その方の父帝には二人のお后がいて、先に亡くなった定子さまがこの世に遺した親王さま。そして後から入内なさったのが今の太皇太后彰子さま。ほら、そのつながり方が桐壺更衣と藤壺中宮と光源氏にそっくりだから、きっと紫式部さまはその関わりを物語に写したのだと噂に聞いて……」

ようやく少女の言っていることが呑み込めた次の瞬間、ゆかりの君は大声を出してしまった。

「とんでもない！　そんなことがあろうはずがありません！」

それではつまり、定子皇后の遺児の敦康親王が、彰子皇太后に横恋慕したということになるではないか。

現実の彰子太皇太后が入内した時敦康親王は生まれたばかり、二人の間に色恋などありえない。大体その考えを推し進めたら物語の冷泉帝——光源氏と藤壺との秘密の子——は彰子太皇太后の産んだ今上ということになってしまうが、今上御誕生の時に敦康親王はわずか十歳の子どもだ。

「現世と物語をはき違えてはなりません！　よいですか、そのようなたわごとは、ゆめゆめ口にしないように」

少女は目を丸くして、あわててひれ伏した。

「申し訳もございません。わたくしはただ、人から聞いたことを鵜呑みにして……」

「わかればよいのよ」

ゆかりの君は気を鎮めて少女をなだめてやる。また泣き出していたのだ。

「ただ、そのようなことは決してありませんからね」

「わかりました。あの……」

「はい？」

「もう、『源氏物語』を読ませてはもらえないのでしょうか……」

すくみあがった少女に、ゆかりの君は気を取り直して言ってやる。

「いいえ。間違った思い込みをしたままにはしておけませんからね。しっかりとお読みなさい。そして変に気を回したりはしないように」

そう、こうした世迷いごとや風評に惑わされるような者にこそ、すぐれた物語が必要だ。それにしても、早いうちに釘を刺せてよかった。敦康親王と彰子太皇太后の間にけしからぬことがあったなど、間違っても取り沙汰させておくことはできない。

この宮の修子さまが――敦康親王の姉君が――聞いたら何とお思いになるか。それでなくてもあの物語に厳しい清少納言は、どのように怒り狂うか。

ゆかりの君は心を鎮めて少女を送り出した。

「楽しみに待っていらっしゃい」

竹三条宮の一角では、阿手木が写本の真最中である。手伝っているのは大宰府で親しくしていたという姪《めい》の君だ。

少女を送り出したあと、ゆかりの君は二人のところに行って報告する。

「阿手木、先程、また愛読者が来ましたよ。菅原氏の娘ですって」

「まあ、それではわたくしとも縁続きですわ」

姪の君が嬉しそうな声を上げる。

「あら、阿手木、何をしていますの？」

阿手木が、何か一覧のようなものを書き出しているのだ。

「『源氏物語』は長いですから。目録を作っていますの。『桐壺』から始まり、『夢浮橋』までの」

のぞきこんだ姪の君が首をかしげた。

「ですが、この、『桐壺』の次にあるのは何ですか？　『かかやく日の宮』……はて、これは？　聞いたこともありませんよ」

「ええ、どなたも知らないでしょう。でも、入れておきたいのです」

阿手木がいたずらそうに微笑む。

「今に伝わってはいませんが、御主がたしかに一度は書かれたものですの」

「でも、本当に『源氏物語』の帖なのですか？　だってなんだか、帖の名からして似つかわしくありませんわ。ほかの帖は、『桐壺』『帚木』『空蟬』『夕顔』『若紫』『葵』……。皆、一文字二文字かせいぜい三文字、そこに並んでこれだけがそんな長い名を付けられているなんて」

「だって『桐壺』を書き上げた時に、先のことなどは、御主にさえおわかりではなかったのですもの」

阿手木は、姪の君の疑問をあっさりと退ける。

「もともとは誰に読ませるわけでもなく手すさびに書いていたもの。それが『桐壺』です。読んだ御友人たちに好評だから、では続きをと思い立たれたまでのこと。それが上《うえ》つ方《かた》のお目に留まり大評判になったけれど、最後にはこれほど長い物語になるとは、御主でさえ思っておられなかったのですよ。だから世の人の知らない二帖目は、題が長いか短いかなんて、そこにこだわる理由など一つもなかったのです」

阿手木は首をかしげて自分が書いた『目録』をながめる。

「でもそうね、こんな、あたし以外の誰も読んだことのない帖の名を入れても、皆とまどうだけね。いいわ、これはあたしだけの心覚えにします」

第六章　『その頃、按察使《あぜち》大納言と聞こゆるは』

治安四（一〇二四）年三月

ゆかりの君は、隆家中納言の使者を丁重に見送った。

「中納言さまに、よしなにお伝えください。また、上東門院《じょうとうもんいん》や実資右大臣のほうにも、お知らせ頂けましたらありがたいです、と」

使者が遠ざかるのを確かめてから、門の脇にいる義正を振り返る。

「犬比古は、まだ戻らないの？」

「はい……。姫宮の御命令で、大斎院という方に御縁のある神社に奉幣《ほうへい》に行きました」

大斎院とは、姫宮には大叔母さまに当たる方で、五十年もの間賀茂斎院をお勤めの女性《にょしょう》である。天下のよりどころとなっている方だ。

内親王が仏の道に入るとなると、日本の神であった方を父に持つ身として、あらかじめ朝廷にお許しをもらう必要がある、だが、ほかに重鎮である大斎院にもお断りをしなければと思ったのかもしれない。それに、たとえば、仏弟子にはふさわしくないお持物なども、大斎院にさしあげたかったのかもしれない。幣と一緒に何かの包みが添えられていたのを思い出して、ゆかりの君はそう思った。以前に実資さまから贈られた草子のようだが、ゆかりの君もあずかりしらない。修子姫宮は誰にも見せずに秘蔵されていたのだ。

「そう。とにかく、これで万事済んだわね」

「はい」

義正は、何かをこらえるように、唇を引き結んでいる。

「何もかも、姫宮がお決めになったことよ」

「こうでもしなければ、自分の意志は守れない。姫宮はそうおっしゃっていました……」

「それは、御本心だと思うわ」

「そうでしょうか？」

顔を上げた義正の目が赤い。

「姫宮は……、姫宮は、そんなにこの世が厭わしく、仏の道へ逃れたかったのでしょうか？」

この世、の言葉の中に自分が含まれていると義正は思っているのだろう。

おれを捨ててしまわれた、と。

修子姫宮は今日、髪を下ろし、仏弟子となられた。あまりに急の御発心だと、知らされた縁者の方々は騒いだが、姫宮としてはずっと考えてきたことだと、ゆかりの君は思う。

修子姫宮とずっと秘めた恋を育んできた義正が、自分が見捨てられたと感じてしまうのは無理もないことかもしれない。このまま悲しませていてもよいところだが、義正の様子があまりに哀れなので、ゆかりの君は言葉をかける気になった。

「姫宮は、もう一度、摂関家《せっかん》に――入道殿や嫡男の関白殿に――一矢報いたいとお考えなの。

そのために、関白殿の異腹の弟君、頼宗殿の御息女を養子に迎えられた」

「はい」

そのことはもちろん義正も知っている。その御息女は、現にこの竹三条宮で養育されているのだから。修子姫宮は相変わらず御簾《みす》の奥で誰にも姿を見せないながら、御息女の教育や衣食の心遣いには御自身で心を砕いている。

まるで、『源氏物語』の中で、紫上が明石姫君を手ずから養育されたように……。

「あなたなら誰にも漏らさないでしょうから、教えます。姫宮はいずれ、あの御息女を入内させたい、帝の妃にしたいとお考えです」

義正がはっと顔を上げた。

そう、今まで避けていた華やかな後宮の争いに、姫宮は養母として乗り込むつもりなのだ。

「わかりますか？　この竹三条宮を妃の里にするのなら、どこからも後ろ指をさされてはならないことが。後宮の争いに加わるとは、競争相手からのきつい視線にさらされ続けるということ。頼通関白も、亡き敦康親王の王女を養女として迎えている。当然、その方を妃に押し上げるつもりでしょう」

清少納言がずっとかしずいている王女だ。まだどちらも幼いが、すでに競争は始まっている。三年前、姫宮が養女の着袴《ちゃっこ》の儀を行おうとしたら、その前日、当て付けのように、関白は自邸で盛大に自身の養女の着袴の儀を執り行った。

あの家のいつものやり口、大殿入道もお得意だった手法だ。自家の威勢を見せつけ、敵対する者に嫌がらせをする。姫宮の母上も、これに何度苦しめられたことか。

だから、これからますます関白家の穿鑿《せんさく》が厳しくなる中、御養母の醜聞など、もってのほかなのだ。

「そなたは、姫宮が世を捨てたと言う。でもわたしには、ここまでの大きな決断をしなければ断ち切れないほどの絆が、そなたと姫宮にはあるのだと思える」

義正の目が大きく見開かれる。

「この世の至高のお立場の女人《にょにん》にそれほどの思いを抱かせることは、わたしなら身に余る光栄と考えるでしょうね」

ゆかりは、義正の目を見つめながら言葉を継ぐ。

「そなたとのことなど、誰にも知られるわけにもいかないことくらい、わきまえているでしょう？　これから竹三条宮はますます世間の耳目を集める。その前に髪を下ろすことで、姫宮はそなたも守ってくださったのよ」

義正が目をみはる。

「本当に……？」

「その、姫宮のお心を推し量ったことがなかったの？」

義正は、慌てて首を振る。

「そんな、だって、おれなんか、姫宮の近くにいるだけで畏れ多いんだから……。前に姫宮が励ましてくださったことがあるんですけど。あるところから手に入れた物語に、許されない恋でも美しいのだと教えられたと。だから、おれとのことも恥じていないと。それでも、おれは信じられなくて、いつも、これは夢だ、すぐに消える幻だって思っていた……」

「ならば、夢覚めたあとのことをこれから考えなさい。修子さまは出家なさっても、浮世にながらえておいでになる。わたしはこれからも変わらず、姫宮をお守りする所存ですが、そなたはどうするの？」

義正がきっぱりと言った。

「おれ……、いや、わたしも、どこにも行きません。生きている限り、姫宮にお仕えします。姫宮にそう約束したんです」

「よろしい」

ゆかりの君は義正を番所に残して邸内に戻る。

剃髪の儀式に臨んだ僧都《そうず》もすでになく、姫宮はお居間で脇息にもたれかかっていた。肩のあたりでぷつりと断たれた黒髪は豊かで、白い頬を隠している。お顔の痣にもかかわらず、いや、その痣の鮮やかさも相まって、ますますお美しいとゆかりの君は思う。

長いまつげは伏せられ、姫宮は寝入っているようだ。今日は長い一日だったから、お疲れになるのも無理はない。

墨染めの衣の袖から、草子がのぞいている。

『総角』。

宇治の大君が望んで果たせなかった本意を、修子姫宮は遂げたのだ。

＊＊＊＊＊

実資は、愛娘の千古を前に、苦虫をかみつぶした顔をしてみせた。

「……大殿家の長家《ながいえ》という子息との縁談は、どうしてもいやなのか」

「いやでございます」

千古は、きっぱりと言う。

「そうか」

実資は、謹厳な表情を崩さぬように気を付けた。

千古の結婚相手として今までにも幾人かの公達《きんだち》の名は上がってきた。だが、今回の長家は、一番見込みがあった。

もっともその長家にしても、実資にとっては、もろ手を挙げて賛成とはいかない話だった。大殿家の子息ではあるが六男、しかも芳しい噂も聞かない。郎党のしつけもなっていない。

そうか、千古もあの若造を気に入らないか……。

「失礼ながら、あの方は、政《まつりごと》の話も学問もお嫌い。ふわふわした歌や作り物語などのことばかりお好きで、話すのもそんなことばかり。面白くないし、そもそもわたくしが添うにはこころもとないのです」

苦り切った顔を見せながらも、実資はどこかでほっとしてもいる。

「まあ、よかろう。そのうちにもっと良い縁が舞い込むだろう」

そう、ゆくゆくは入内という可能性も、まだ実資は捨て切っていない。今上はお体が弱いし、御壮健だという東宮には多くの家が姫をさしあげたいと手ぐすね引いている現状に、若干腰が引けてきてはいるが。

「ところで父上、わたくしは父上の書庫は、もう自由に見てもよろしいのですよね？」

「ああ、よいとも」

漢籍が主だが、千古なら読みこなせるかもしれない。屋敷や荘園、調度は千古に譲る旨、すでに定めてあるのだ。

そうだ、そろそろ、千古に譲った屋敷のことなども任せる人物を定めなければならない。誰か適当な者はいるだろうか。たまに姿を見せる、あの菅公ゆかりの孝標あたりはどうだろう。最近昇進がうまくゆかぬことを嘆いているが、謹厳実直、ふさわしいかもしれない……。

「それで、あの『かかやく日の宮の草子』はどこにありますの？　いくら探しても見当たらないのですが」

「な、なんのことだ」

意外な言葉に実資はあわてるが、千古は動じる様子もない。

「ほら、以前、父上が厨子《ずし》の奥におしまいになっていた……」

「読んでいたのか！」

実資はさらにうろたえる。千古にだけは、絶対に見せられないと秘蔵していたのに。

「はい。こっそりと。ですが、先日思い出して厨子を開けてみたけれど、ありませんでしたわ。では書庫にあるのかと思ったのですけれど、そこにもない。父上が幼いわたくしに秘しておきたかったお気持ちはわかります。でも、今ならもうよろしいでしょう？　わたくしも一人前の女ですわ」

実資は、あわてて手を振った。

「もう、わしの手元にはないのだ。さる方にお譲りしたのだ」

「まあ、口惜しいこと。わたくし、あの草子のこと、もう長家殿にもお話ししてしまいましたのに」

実資は頭を抱えた。

＊＊＊＊＊

万寿四年（一〇二七）年三月

東宮御所では、今日もにぎやかな声がしきりだ。声の中心には当年三歳の皇子がいらっしゃる。

「皇子、桜が盛りでございますよ。御覧なさいまし」

賢子は皇子を抱き上げて庭を眺める。

生まれた直後に母君——大殿入道の末の御息女——を亡くされたものの、忘れ形見となったこの方は、東宮の唯一の皇子として何不自由なく育てられている。この方こそが未来の帝、大殿家の栄華を約束する存在なのだ。

その乳母《めのと》を拝命した賢子の責任は、大変重い。

「大丈夫だ、そなたならやれる」

頼宗さまはそう励ましてくれた。もっとも、賢子とはすでに他人となっている。竹三条宮の縁で知り合った菅原氏の娘の係累が時折恋文など寄こすが、そちらも、賢子はほとんど相手にしていない。今、賢子は忙しいのだ。

『源氏物語』の写本の差配だけでも手がかかる。しかし、おかげで『源氏物語』五十四帖は世に広まっている。賢子の書いた『紅梅』もゆかりの君の書いた『竹河』も、ぬかりなく含めてある。

——ゆかりの君とたくさん話し合い、母の残した宇治十帖も引き比べながら推敲した日々は、本当に楽しかった。

今となっては、よい思い出だ。とても苦労したから、物語を書くなど、もうこりごりだけれど。だいたい賢子は、それどころではない。ゆかりの君も、お仕えする竹三条宮に小さい方が住むようになって、そのお世話に大変らしい。

——竹三条宮の修子さまと言えば、光源氏亡き後の物語もたいそう喜んでくださったけど、やはり、最後の母の物語に惹かれすぎたのかしら。

修子内親王を頼通さまがひそかに口説いていたとも聞いたことがあるが、姫宮はそれに心を動かすこともなく、ある時、決然として髪を下ろした。

——孤高の存在の姫宮が本望を遂げられたのなら、傍《はた》の者が惜しいのなんのととやかく言うことではありません。

ゆかりの君はそう言っている。

孤高の存在の姫宮。

その言葉で賢子が思い起こす方はもう一人いらっしゃる。修子内親王とは全く別の道を選ばれた方が。

妍子皇太后の御娘、禎子内親王だ。

四年ほど前に裳着《もぎ》という成人の儀式を執り行ったが、それは評判になったほど盛大なものだった。彰子太皇太后——こちらも落飾して上東門院となられている——の御所で、門院みずからが裳の腰紐を結って成人を寿《ことほ》がれ、直後に最高の一品《いっぽん》に叙されたのだ。

その姫宮は今日、東宮に入内される。後見されているのは能信さまだとか。

今上陛下には残念ながら皇子がおられない。だから、病がちな大殿入道も頼通関白も、東宮に望みをかけておられる。この東宮こそ、皇統を継いでいくお方だと。

やがて東宮の御代《みよ》が始まったのちは、その次をどなたが継ぐのだろう。賢子がお抱きしているこの第一皇子か。それとも、今夜入内なさるあの禎子姫宮から、新しい世を拓く皇子が生まれるのか。

未来はどちらに続くのか、誰にもわからない。
ただ、桜は——母が一番愛した花は——、今年も美しかった。

終章

寛喜二（一二三〇）年

定家《さだいえ》は、借りてきた写本を丁寧に写している。『更級日記』と言われる、菅公の家の息女が記したものだ。

平安の都全盛と謳われた摂政太政大臣道長公の時代から、はや二百年余が過ぎ、こうした古い日記類を書き留め、確実に後代に残すことくらいしか、今の公家にできることはない。

この日記の作者は道長公の御曾孫に当たる内親王に仕えた女性《にょしょう》で、往古の栄華をしのばせる記述が多々ある。

以前にも定家は書写していたのだが、それを借りた者がけしからぬことに紛失したので、再度、菅家に懇望してようやく借り受けたものである。

「秘蔵の本でありますゆえ、くれぐれも御丁重にお扱いくだされ」

言われるまでもない。老年にかかり目もおぼつかなくなっているが、一字一字、大切に写してきた。

一枚の古びた紙が挟まれているのに気付いたのは、ようやく書写が終わりかけた頃だった。

「ほう、これは」

思わず、定家はひとりごつ。

そこに書かれていたのは、『源氏物語』の数々の名だ。もちろん定家はそらんじている。

――源氏見ざる歌詠みは遺恨のことなり。

亡き父俊成《としなり》には繰り返しそう教えられてきたし、定家自身、『源氏物語』の写本を手に入れては筆写に精を出してきた。

そう、この日記の作者も、若い時代にあの物語を手に入れた嬉しさ、灯火のもとで耽読する喜びを子細に語っていた。だから、源氏の帖名の心覚えを自ら作っていたのだろう。

それはよいのだが、この紙切れにはいささかの不審がある。

冒頭に『桐壺』とあるそのすぐ次に、定家の知らぬ名があるのだ。

『かかやく日の宮』。

これは何だろうか？　このような帖の名を、今まで定家は見たことがない。『源氏物語』を愛読する者は数多いるが、その者たちも口にしたことはない。

紙切れをそのままに、定家は写本を終えた。だが、心に何かひっかかっている。

かかやく日の宮。

その言葉を以前、どこかで聞いたことがなかったか？　一度も目にしていないなら、なぜ、定家には覚えがあったのだろう？

寄る年波には勝てぬ、何かを思い出すのにひどく難儀する。

ようやく思い当たったのは、夜更け、眠りかけた時だ。

——長家公の日記だ！

　長家公は摂政太政大臣道長の六男にして、定家の家、御子左家《みこひだりけ》を興された方である。若い時から大和歌や物語に堪能な方で、御子左家が現在歌の道の家として立っていられるのは、長家公の功が大きい。その貴重な日記はかなりとぎれとぎれであったものの、父も定家も秘蔵していた。にもかかわらず、惜しいことに、先年の火災で焼失してしまったのだ。

しかし、あの中に、たしかにあった。

『源氏物語』の異本として『かかやく日の宮』という帖があるらしい、と。

——長家公もお読みになってはおらぬらしいの。

——いかなるものなのでしょう。

父とそのように会話したことも、はっきりと思い出した。

定家はすぐに、先方に問い合わせの文を送る。

——拝借した『更級日記』の中のこの断簡に、ご存じよりのことを御教示あれ。

だが、その返答には落胆した。何一つ心当たりはない、ただ昔から挟まれていたというのだ。

定家はその返書を前に、また思案する。

『源氏物語』には、いくつかの異本があるとされる。巷でささやかれているそうした帖の名は、しかし、今の世には散逸《さんいつ》しており、すでに失われているとあきらめるほかない。

『かかやく日の宮』も、その中の一つなのだろう。

——しかし、惜しい。桐壺に次ぐ帖となれば、物語の根幹をなす、重要な筋立てであったはずだ。

平安、摂関家《せっかん》が謳歌した時代は遠く過ぎ去り、覇を勝ち取った平氏《へいし》の多くの者ばかりか、彼らを倒した頼朝《よりとも》も世を去った。定家を師と仰いでくれた三代将軍もまた斃《たお》れ、その後の鎌倉の混乱に乗じて挙兵なされた後鳥羽院――剛毅で気まぐれ、定家も翻弄《ほんろう》されたお方――は遠い隠《お》岐《き》。

この世に永劫残るものなど、ないのだ。

だが、だからこそ定家は抗う。美しいものをこの世に遺そうと。

世間では、『源氏物語』を書いた女人《にょにん》、紫式部の追善供養が盛んだ。これほど人の心を動かす作り物語の主は、あの世でさぞ仏罰を受けているであろう、少しでもそれを軽減するのが、あのたぐいまれな物語に慰められている者の務めだと。仏罰は恐ろしいけれど、それでも心を慰めてくれる物語は捨てられないものだから。

その心は定家にもよくわかる。定家自身、『源氏物語』に魅了され、晩年にさしかかった今、種々集めた古注をまとめた書物を作っているところだ。

――『かかやく日の宮』の文字も、そこに記すとしよう。

いつか、誰かがその帖に出会うことを祈って。

皇統図

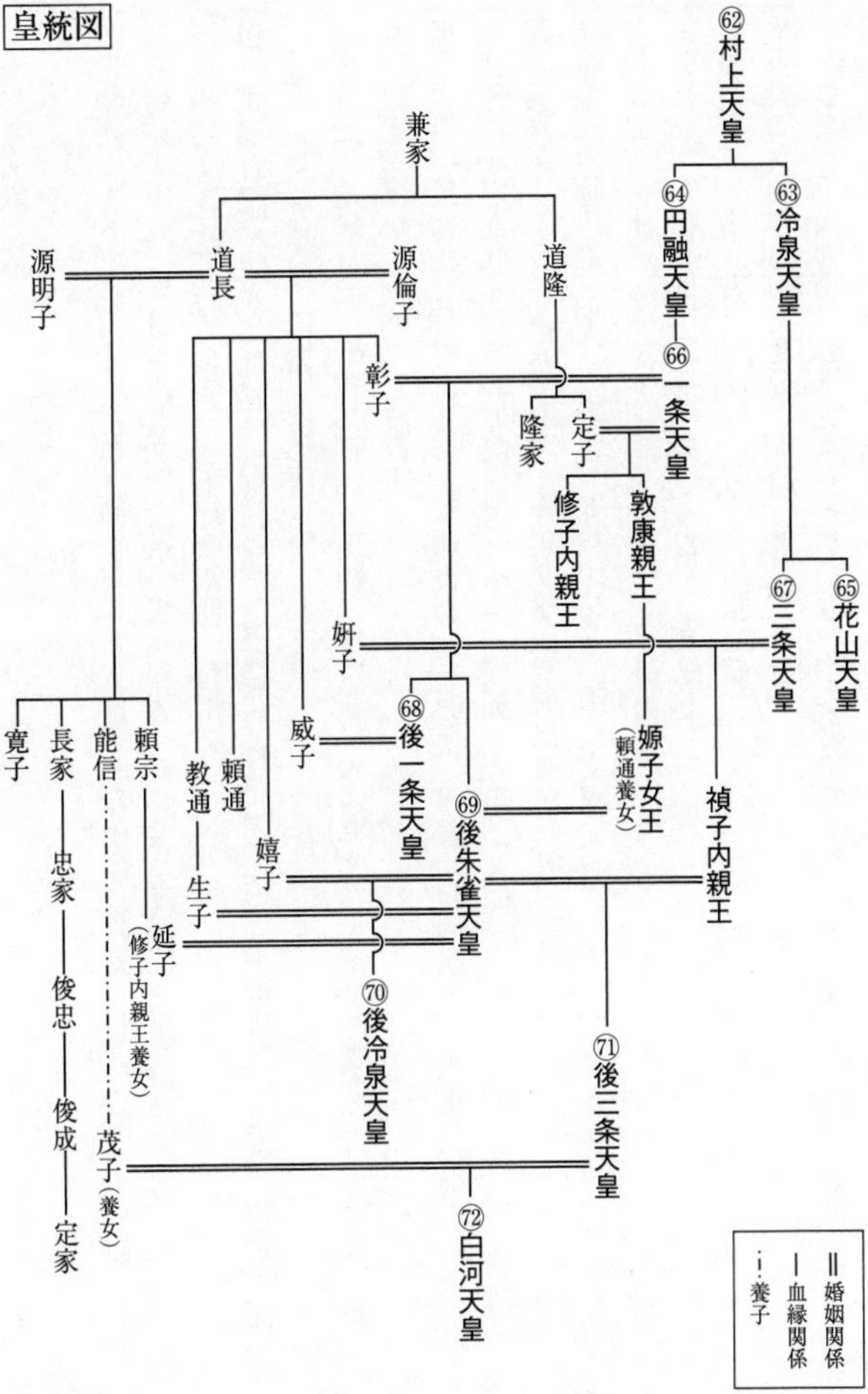

62 村上天皇
64 円融天皇
63 冷泉天皇
兼家
道長
道隆
源明子
源倫子
彰子
66 一条天皇
隆家
定子
修子内親王
敦康親王
67 三条天皇
65 花山天皇
妍子
68 後一条天皇
威子
69 後朱雀天皇
嫄子女王
(頼通養女)
禎子内親王
寛子
長家
能信
頼宗
教通
頼通
嬉子
生子
延子
(修子内親王養女)
忠家
俊忠
俊成
定家
茂子
(養女)
70 後冷泉天皇
71 後三条天皇
72 白河天皇
‖婚姻関係
|血縁関係
⋮養子

おもな参考文献

『源氏物語1～6』新編日本古典文学全集　紫式部著　秋山虔（ほか）校注・訳　小学館

『源氏物語1～5』新日本古典文学大系　紫式部著　柳井滋（ほか）校注　岩波書店

『源氏物語1～10』紫式部著　玉上琢彌訳注　角川文庫

『和泉式部日記／紫式部日記／更級日記／讃岐典侍日記』新編日本古典文学全集　和泉式部（ほか）著　犬養廉（ほか）校注・訳　小学館

『土佐日記／蜻蛉日記／紫式部日記／更級日記』新日本古典文学大系　紀貫之（ほか）著　長谷川政春（ほか）校注　岩波書店

『奥入・原中最秘抄』日本古典文学影印叢刊19　藤原定家著　行阿撰　貴重本刊行会

『現代語訳小右記10～14』藤原実資著　倉本一宏編　吉川弘文館

『訓読明月記4～5』藤原定家著　今川文雄訳　河出書房新社

『光る源氏の物語上・下』大野晋／丸谷才一著　中公文庫

『源氏物語宇治十帖の企て』関根賢司編　おうふう

『藤原行成』人物叢書　黒板伸夫著　吉川弘文館

『藤原定家』人物叢書　村山修一著　吉川弘文館

『承香殿の女御』角田文衞著　中公新書

『人がつなぐ源氏物語　藤原定家の写本からたどる物語の千年』伊井春樹著　朝日選書

『刀伊の入寇』関幸彦著　中公新書
『福岡県の歴史』県史シリーズ40　平野邦雄／飯田久雄著　山川出版社
『太宰府市史　古代資料編』大宰府市史編纂委員会編　太宰府市
『日本歴史地名大系41　福岡県の地名』有馬学監修　平凡社
『福岡の山々　宝満山・英彦山　２０２０年版』山と高原地図57　重藤秀世調査執筆　昭文社

あとがき

『千年の黙《しじま》　異本源氏物語』でデビューがかなった時、編集の方に「次は何を書きたいですか」と聞かれて筆者は答えました。

「『宇治十帖』について書きたいことがあるんです！」

そして諭されました。

「森谷さん、このまますぐ『宇治十帖』を書いたら終わっちゃいますよ。間の帖もスルーされちゃうし。その前に書くものもあるでしょう」

たしかに。以来、「その前に書くもの」をあれこれと模索しつつここまでやってきましたが、その間もずっと『宇治十帖』は頭の片隅にうずくまっていました。そしてこのたび、ようやく本作となりました。

二十年余りが経っていました。

＊一部内容に触れていきます。

・光源氏が主人公である『源氏物語』本編は第四十一帖『幻』で完結します。それに続く（名のみ残されている『雲隠』はノーカウントとして）『匂宮』『紅梅』『竹河』をスキップし、第四十五帖『橋姫』から第五十四帖『夢浮橋』までが、古来『宇治十帖』と呼びならわされています。間に挟まれた『匂宮』『紅梅』『竹河』三帖は、なんとなくはずされる扱い。光源氏死後の物語には作者別人説もささやかれていますが、中でもこの三帖については別人の作ではないかという意見が、かなり見られます。

その理由として挙げられるのが、この三帖の物足りなさと、つながりの悪さ。物語世界のその後を説明する『匂宮』はともかくも、『紅梅』には柏木の弟一家の姫君たち、『竹河』には玉葛の姫君たちが新登場して何やら物語の進展を期待させておきながら、結局そのあとに続く『橋姫』以降『夢浮橋』まで、ほとんど触れられずに終わります。一方で『宇治十帖』主要キャラの匂宮と薫は脇役に回っているし、宇治の姫君たちも『竹河』終わりでわずかに言及されるだけ。『宇治十帖』が『宇治十帖』だけできっちりとまとまっているのに比べ、どうにもおさまりが悪いのです。

この「おさまりの悪さ」は作者が実験的にキャラを作って成功させられないまま放置したから、かもしれない。

でも、光源氏世界の終焉に満足できない愛読者の誰かが作り出そうとしたスピンオフ的二次創作だから、かもしれない。そんな憶測を掻き立てるのです。

中でも『竹河』の異質さは気になるところです。『源氏物語』では何人もの女君の妊娠が描かれますが、女性の生理に関することですから、遠回しの表現で、「悩みたまふ（苦しむ）」

「気色ばむ（気分が悪い）」などと描写されるのが常です。ところが唯一『竹河』では、はっきり「孕みたまひ」と地の文で説明されます（俗世を離れた僧侶の言葉として使われる箇所はほかにもありますが）。紫式部の生きた女社会では、こんなぶしつけなワードははしたなくて使えなかったはずなのに。さらに同じく『竹河』で、右大臣という高位に昇っている光源氏の長男夕霧が、これまた高官となっている息子たちを全員引き連れて、没落しかけている玉葛の屋敷へ年賀の挨拶に訪問しています。偉い存在はめったやたらに動かず格下の表敬訪問を自邸で受けるのが常識だった平安時代に、この行動は異例ではないか（夕霧の息子が玉葛の娘に片思いしているからその結婚交渉のためと解説されますが、結局玉葛はその縁談も拒否します）。少なくとも、大臣昇進後の光源氏を、格下の存在のところには出向かず（女性を口説きに出かける以外、ですが）六条院に呼び付けたり息子を名代に出したり、と描いた同じ作者の筆とは思えない。宮廷作法や言葉遣いに疎い誰かが描いてみた帖ではないか。

本作には、まずそんな筆者の発想を盛り込みました。

•『源氏物語』の中で（たぶん）知名度＆人気筆頭、かつ読者の同情が集まる点でも筆頭格なのは紫上でしょう。才色兼備、光源氏溺愛の何一つ欠けることのない麗人。よその女が産んだ源氏の子を育て上げるようなフォローも完璧、源氏の数々の情事や晩年に現れたライバルに対しても見事に貴婦人らしい態度を貫いて、誰からも惜しまれて世を去った人。

ただ筆者はずっと、紫上よりも追い詰められた一群の人々がいると考えていました。

紫上って、源氏に数々苦しめられますが、それでも源氏のオンリーワン、最愛の人であり続けました。だから紫上の死は源氏に最大のダメージとなるし、その面影を涙ながらに恋い慕う周囲の人々の描写が何度も出てきます。多くの人にそこまで大切に思われた紫上は、決して打ちひしがれただけで終わった人ではない。

その一方では、不条理なほど重すぎる荷を背負わされ、どの生き方を選択しても自分ではどうしようもない人間関係や因習のせいで袋小路にしか行きつけない。そんな、とことん追い詰められていく人たちが存在します。『宇治十帖』にも。


•『千年の黙　異本源氏物語』のエンディングは、西暦一〇二〇年の春です。

没年も不明の紫式部ですが、この頃まで生存していたとされる説もあること。またこの直前に平安の世を騒がせる一大事が起きていたこと。などの理由でこの年に設定しました。

その後、『更級日記』の作者菅原孝標女が同じ一〇二〇年に初めて文学史に登場していることに気付きました。『源氏物語』崇拝の文学少女、『蜻蛉日記』作者の姪である孝標女は、この年の冬に上京して「竹三条宮に仕える親類から物語をもらい、その翌年に『をば』（母や姉よりは遠い関係の年上の身内女性）から『源氏物語』五十余帖を贈られた」と『更級日記』にはっきり書き残しています。

筆者は『源氏物語』メイキングを書く過程で、「竹三条宮に仕える『蜻蛉日記』作者の孫娘」を登場させていました。

『源氏物語』メイキングに興味がある一方で『源氏物語』を生き延びさせてきた千年間の人々にも関心を寄せていた筆者としては、この設定を活かすしかありません。調べるにつれ、フィクションを構築できる道筋が見えてきました。

『更級日記』の現存する最古の写本は、孝標女の約二百年後に生きた御子左家の藤原定家によるものです。ところで、今に伝わらない『更級日記』のある写本には「『譜』(年譜？　目録？等、諸説あり)が添えられた『源氏物語』をもらった」と孝標女が書いていた可能性があるそうです。この写本、残念ながら現代には存在が認められません。千年の時の間に散逸《さんいつ》してしまいました。

御子左家の藤原定家と言えば、筆者にとっては『源氏物語』最大の謎、『かかやく日の宮』を幻の第二帖として世に知らしめた人物。

歌道の家として高名な、この御子左家の祖は藤原長家。道長の第六男で、一時、藤原実資(筆者が『かかやく日の宮』を読んだと設定した人物)の娘と婚約していました。

これらの道筋に細い糸を通して作り上げたのが、本作『源氏供養　草子地宇治十帖』です。

• 『宇治十帖』を最初に読んだのは、記憶によると大学一年。人生でもっともミステリを読み漁っていた時期でした。そんな筆者の、初読後の感想は次のようなものでした。

——ああ、こんな面倒くさい関係、○○が××を殺しちゃえば一発解決なのに！

……もちろん、こんな思い付きで講義のレポートを書くわけにはいきません。けれど、本作はその思いを引きずり続けこだわり続けた結果でもあります。

筆者のこだわりの産物を根気よく推敲して形にしてくださった校正と編集の皆さま、そして何よりも、読んでくださった皆さま、本当にありがとうございました。

二〇二四年四月

森谷明子

著者紹介　神奈川県生まれ。2003年、『千年の黙　異本源氏物語』で第13回鮎川哲也賞を受賞してデビュー。卓越した人物描写とストーリーテリングで高い評価を受ける。他の著作に『白の祝宴』『れんげ野原のまんなかで』『花野に眠る』『星合う夜の失せもの探し』などがある。

検印
廃止

源氏供養
草子地宇治十帖

2024年7月19日　初版

著者　森《もり》　谷《や》　明《あき》　子《こ》

発行所　（株）東京創元社
代表者　渋谷健太郎

162-0814／東京都新宿区新小川町1-5
電話　03・3268・8231-営業部
03・3268・8204-編集部
URL　http://www.tsogen.co.jp
DTP　フォレスト
暁印刷・本間製本

乱丁・落丁本は、ご面倒ですが小社までご送付ください。送料小社負担にてお取替えいたします。

©森谷明子　2024　Printed in Japan

ISBN978-4-488-48206-0　C0193

創元推理文庫

第13回鮎川哲也賞受賞作

THE MILLENNIUM IN SILENCE◆Moriya Akiko

千年の黙《しじま》

異本源氏物語

森谷明子

◆

帝ご寵愛の猫はどこへ消えた？　出産のため宮中を退出する中宮定子に同行した猫は、清少納言が牛車に繋いでおいたにもかかわらず、いつの間にか消え失せていた。帝を慮り左大臣藤原道長は大捜索の指令を出すが――。気鋭が紫式部を探偵役に据え、平安の世に生きる女性たち、そして彼女たちを取り巻く謎とその解決を鮮やかに描き上げた絢爛たる王朝推理絵巻。解説＝杉江松恋

創元推理文庫

平安王朝推理絵巻その2

THE WHITE BANQUET◆Moriya Akiko

白の祝宴

逸文紫式部日記

森谷明子

◆

時は平安。人々の注目を集めるひとりの女性がいた——その名は紫式部。かの『源氏物語』の著者だ。実は彼女は都に潜む謎を鮮やかに解く名探偵でもあった。折しも、帝が寵愛する女性が待望の親王を出産、それを祝う白一色の華やかな宴のさなかに怪盗が忍びこみ、姿を消した。式部は執筆のかたわら怪盗の正体と行方に得意の推理をめぐらすが。平安王朝推理絵巻その２。解説＝細谷正充

創元推理文庫

平安王朝推理絵巻その3

AFTER THE HARVEST MOON◆Moriya Akiko

望月のあと

覚書源氏物語『若菜』

森谷明子

◆

平安の都は盗賊や付け火が横行し、乱れはじめていた。紫式部は『源氏物語』の人気に困惑気味の日々。そんななか訪れたお屋敷で、栄華を極める藤原道長が、瑠璃という姫をひそかに住まわせているのを知る。式部はこの瑠璃姫と道長になぞらえて物語を書きはじめるが……。瑠璃姫は何者なのか？　式部が道長に仕掛けた雅な意趣返しとは？　平安王朝推理絵巻その３。解説＝荻原規子